文春文庫

坂の上の雲

(二)

司馬遼太郎

文藝春秋

目次

日清戦争……7
根岸……113
威海衛……136
須磨の灯……160
渡米……190
米西戦争……229
子規庵……280
列強……314
関連地図……389

坂の上の雲　二

日清戦争

そのような時間が真之《さねゆき》の上にながれているとき、東京にいる子規の境涯は、かならずしもあかるくはない。

病気の進行は、ややとまった。ところがこのころ、子規は、あれだけかれが気に入っていた常盤会寄宿舎を追いだされてしまった。原因は居づらくなったのである。

「正岡は、毒をまきちらしている」

と、寄宿生のある勢力はつねに言い、事ごとに攻撃した。毒とは結核菌のことではなく、俳句・短歌のことである。

まさに毒のようなもので、せっかく立身出世の大望をいだいて国もとから出てきた給費生が、子規の文学熱にかぶれてかれの二号室にいりびたりになり、句会をしたり、短歌論に熱中した

り、小説本を読みふけったりしてついに多くの有為の青年が、当初の志をうしなうにいたっている、というのである。

「非文学党」

とでも名づけるべきその勢力のリーダーは、佃一予《つくだかずまさ》という東京大学政治学科の学生であった。佃はのちに満鉄理事になったが、かれがリーダーであったために、この一群は佃派といわれた。

この当時の日本は、個人の立身出世ということが、この新興国家の目的に合致していたという時代であり、青年はすべからく大臣や大将、博士にならねばならず、そういう「大志」にむかって勉強することが疑いもない正義とされていた。自然、佃一予の正義は、時代の後《うし》ろ楯《だて》をもっている。佃によれば、伊予松山の旧藩主から給費されている書生たるものは立身を志すべきであり、立身してこそ郷党の名を高からしめ、国家の前進に寄与し、ひいては旧藩主の恩にむくいるということになる。この論法には、子規といえどもかなわず、

——また佃が階下《した》で咆《ほ》えているかや。

と、句会のときなど、首をすくめるばかりであった。

佃一予にすれば、ふんがいのたねは子規だけではない。

「監督の内藤鳴雪先生からしてよくない」

それであった。鳴雪はこういう懦弱《だじゃく》な気分に痛棒《つうぼう》をくらわせるために舎監にえらばれているはずだが、鳴雪がまっさきに子規の弟子のようになってしまったのである。

「とりしまるどころのさわぎではない。あるとき二階の句会があまりに騒がしいのでそっとあが

ってみると、ふすまから洩れてくる高声は鳴雪先生のものであった」
と、佃一予はこぼしたり慨嘆したりした。

子規のこういううわさは松山にまでひびいていて、子弟が上京して東京の学校に入ろうというときは、

「正岡のノボルさんらには接近せぬようにおしよ。詩歌俳諧なんどいう遊戯にたずさわらなくても遊び様《よう》はいくらもあろうから」（柳原極堂「友人子規」）
などといって、いましめた。

こういう空気が、子規の退舎の原因になった。

常盤会寄宿舎における子規の文学活動に反対した佃一予というひとは、子規よりも三つばかり年上である。

明治二十三年に東京大学政治学科を卒業して内務省に入っているから、子規の退舎問題がおきたときは、厳密には寄宿生ではない。が、たえず出入りしていたから、舎生とかわらない。

——正岡に与《くみ》する者はわが郷党をほろぼす者ぞ。
と、わめきながら廊下をあるいたこともあるが、べつに狂人ではない。この時代の青春の一形態にすぎない。

佃一予にとっては官界で栄達することこそ正義であったが、事実かれは栄達した。のち大蔵省の参事官になり、総理大臣の秘書官にもなった。大阪や神戸の税関長にもなったし、さらに野望

をいだき、清国にわたって袁世凱の財政顧問になり、その後興銀副総裁や満鉄理事をし、子規よりもながく生きて、大正十四年六十二歳で死んだ。

佃はよほど青年の文学熱がきらいだったらしく、明治三十年ごろ、常盤会寄宿舎の蔵書のなかに子規のやっている俳句雑誌「ホトトギス」や小説本がまじっているというので大さわぎをし、監督内藤鳴雪を攻撃し、窮地に追い込んだ。鳴雪は佃の前に叩頭《こうとう》した。佃というより、時代精神の前にあたまをさげざるをえなかったということであろう。ただ俳誌「ホトトギス」についてはかろうじて弁明し、

「これさえ禁ずるというなら、書生には新聞雑誌の閲読もゆるすなということとおなじことになる。また文科学生の入舎も禁ぜねばならない」

と、いった。

むろん佃にすれば大学に文科があるというのも不満であったろうし、日本帝国の伸張のためにはなんの役にも立たぬものと断じたかったにちがいない。この思想は佃だけではなく、日本の帝国時代がおわるまでの軍人、官僚の潜在的偏見となり、ときに露骨に顕在するにいたる。

子規のあわれさは、寄宿舎から退いただけでなく、常盤会給費生という名簿からも削られてしまったことであった。子規は、これよりさき東京大学国文学科に進んでいたが、このままでは学校をつづけてゆくことが不可能にちかくなった。

が、子規はこれほど饒舌《じょうぜつ》な男のくせに、この仕打ちをうらむ様子もない。元来腹を立てることのすくない性分で、それにひとを恨むといったところが皆目《かいもく》なく、佃一予に対しても悪声を放っ

たことがなかった。

もっとも、子規もよくなかった。二十五年の初夏に、二年目の落第をしてしまっている。二度も落第するような劣等生を扶持《ふち》することはない。このような強硬論があったのであろう。

子規は、退学を決意した。郷里の母親や叔父などはそのまま学業をつづけてとにかくも文学士になってくれることを切望したが、子規の決意はかたかった。友人へ手紙を書き、

「小生遂に大失敗を招き候。可賀《かすべし》可弔《ちょうすべし》」

といった。弔すべしというのは落第のかなしみを指すが、賀すべしというのは筆一本の暮らしをすることに、かえってふんぎりがついたという意味にちがいない。

落第と退学については、子規の保護者である陸羯南《くがかつなん》に対し、まっさきに報告に行った。羯南はこういうことについてすら優しかった。

「いいんだよ」

と、津軽なまりでいった。

「いいのさ」

羯南は子規よりも自分をなぐさめるようにいった。羯南は親友の加藤恒忠から子規をあずかり、子規の東京遊学中のことについては責任をもたされている。その子規が落第して退学したとあれば、フランスにいる加藤に申しわけが立たぬようにもおもえるのである。

「いいのさ。加藤に対しては私からも手紙を出しておく。あれはこういうことにおどろくような

男ではありませんからね」

「先生は、いかがです」

「私も、おどろきゃしませんよ」

と、あわれな子規をなぐさめるために、ことさらに顔に力を入れ、うなずいてみせた。

(そりゃそうだろう)

と、子規はひそかにおもった。だいたい、叔父の加藤恒忠も陸羯南も司法省法学校の三年生のときにストライキをおこし、退学を命ぜられた。子規のばあいよりも不穏《ふおん》であり、とても子規を説論できない。

そのときのストライキで退学させられた者は十六人にのぼった。原敬《たかし》、国分青厓《せいがい》、福本日南、陸羯南、加藤恒忠らである。ふしぎなことに、退学組のほうが、明治大正史にその存在をとどめた。福本日南をのぞいて日本の在野史学は論ぜられないし、国分青厓をのぞいて明治大正の漢詩は論ぜられず、陸羯南をのぞいて明治の言論界は論ぜられず、のちに平民宰相といわれた原敬をのぞいて近代日本の政治は論ぜられないであろう。

「そのかわり、ひどいめにあいましたよ」

と、羯南はいった。退学後の窮迫である。津軽藩の貧乏士族の家に生まれた羯南はいったん弘《ひろ》前《さき》にもどったが、継母とのおりあいもわるく、また食うにあてもなく、たまたま創刊したばかりの青森新聞にたのみこんでそこに入ったが、ほどなくやめ、北海道にわたった。当時紋別《もんべつ》に製糖所があってそこにつとめたのだが、ここもおもわしくなかった。ついにきりあげて上京したが、

職のあてもない。たまたま法学校でフランス語を学んでいたため、その語学力を買われて太政官文書局の翻訳をして暮らした。この時期に子規がはじめて上京し、羯南をたずねたのである。

「私が味わったああいう苦しさは、あれを女にたとえれば女郎にさえなれずに夜鷹《よたか》をして北海を放浪しているといったものです。あなたは決して味わってはなりませんよ」

「しかし、げんに退学しております」

「左様、私の社においでなさい」

と、羯南はいった。

羯南はこの当時、明治の新聞界で特異な地歩を占めた「日本」の社長になっていた。

「ついでに、私のそばに越してきなさい」

とも、羯南はいってくれた。子規の生活や病気が心配だったのであろう。

常盤会宿舎を出た子規は、はじめ駒込追分町三十番地に住んだ。もとは大名屋敷だったらしいが、いまは奥井というひとが家主で、庭園もあり、はなれ家もある。子規はそのはなれ家のひとつを借りた。

「きわめて閑静なところで」

と、子規は書いている。「勉強には適している。しかも学課の勉強は出来ないで、俳句と小説との勉強になってしもうた」

そのあとほどなく、根岸に移った。

上根岸八十八番地である。陸羯南がすすめた借家で、羯南の隣家であった。保護者の羯南のとなりに住めるというのは、病身のこの落第生にとっては心丈夫であったであろう。

隣家の羯南宅から、しばしば読書の声がきこえてきた。

芭蕉《ばしよう》破れて書読む君の声近し

と、子規は俳句をつくって、このあたらしい環境のあたたかさに浸《ひた》っているようである。このあたりは道幅がせまく、狸《たぬき》横丁とか鶯《うぐいす》横丁といった横丁が多い。黒塀がつづき、どの家からも古い樹木の枝が道にまでせりだしており、枝の下のどぶは流れがわるく、いつも地面が黒くしめっている。

「いっそ、母さんや妹さんをよんではどうだろう」

と、羯南はいってくれた。

子規もその気になり、明治二十五年の夏、松山に帰っている。この当時、妹のお律はもとのひとり身になって正岡家にもどっていた。

母親は松山を離れることをいやがったが、かといって子規の病気が気にかかることでもあり、東京移住を決意した。

子規はいったん東京にもどり、この年の十一月九日母と妹をむかえるべく東京を発ち、神戸までゆき、ここで落ちあって十七日帰京した。

翌日、羯南がやってきて、

「あなたの入社が決定しましたよ」

と、吉報をもたらした。羯南が社長になっている新聞「日本」に入社するという件である。

この件は羯南が社長だからかれの独断でやれそうなものだが、やはり羯南も編集主任に相談する必要があった。編集主任は古島一念《こじまいちねん》というこの当時の名記者であった。本名は古島一雄といい、但馬《たじま》豊岡の人、のち衆議院議員になり、名利に淡泊なことで知られたが、昭和二十七年、八十八歳で死んだ。

羯南がはじめ古島に子規入社のことを相談したとき、

「正岡というのは学歴もちゃんとしている。文章の才もある」

といったが、古島は子規を文学青年とみていたから乗り気でなく、

「新聞人は学歴も文才も要らない。新聞というものに適格の人でなければならない」

と、その持論をのべた。しかし論説一点ばりの「日本」に短歌や俳句の入った紀行文などのやわらかい欄も必要だろうと古島はおもい、そういうところで賛成した。

月給は十五円であった。

子規には、数字の観念がある。俳句という十七文字を数学的に分析するという奇妙な試みをやった人物であったが、しかし、生活のなかに計算機をもちこむという才能はほとんどない。しかしそういう子規でも母親と妹と三人で東京でくらすには、月二十五円の生活費は要るとみていた。

が、陸羯南が気の毒そうに言いわたすところでは、初任給は十五円だという。

「内規などがあって、あなただけを特別にあつかうということはできないのです。しかしおいおいふやしてあげます」

と、羯南がいってくれはしたが、十円の不足はどうにもならない。

いったいが正岡家というのは、未亡人が清げに暮らしているというふうで、他所目《よそめ》からみると、貧というほどでもない。

大学予備門時代のおわりごろから急に親交を深め、松山の正岡宅もその家族も知っている夏目漱石は、

「僕は其形勢を見て正岡は金がある男と思つてゐた。処《ところ》が実際はさうでなかつた。身代を皆食ひつぶしてゐたのである」

と、「正岡子規」に書いている。

たしかに食いつぶしていた。家禄奉還金千二百円というのは、未亡人の母親が実家の大原家にあずけ、大原家はそれを伊予で設立された第五十二銀行にあずけ、さらにその一部を同銀行の株にしてくれた。正岡家はそれをすこしずつひきだしては生活費にあててきた。それでも、二十年になる。家族が松山をひきはらって東京に出てきたときは、ほとんど底をついていたであろう。

大原家の当主は、大原恒徳《つねのり》である。恒徳は母親お八重の弟で、加藤恒忠の兄にあたり、一族の長という立場から、東京の正岡家の暮らしむきまで心配せねばならぬ位置にある。子規はこのあたらしい生活に入って早々、この叔父にむかい、

「毎度恐れ入り候えども」

と、金を無心する手紙を送っている。十円ばかり送金してほしいと言い、理由をこまかく述べ、

「私、生まれて以来第一の困難に陥《おちい》り申し候」

と書き送っている。

母親や妹が東京にやってきた当座は、隣家の陸羯南もずいぶん面倒をみた。なにぶん、母のお八重も妹のお律も東京がはじめてであり、このため当座のみそ・しょうゆのたぐいはみな陸家からはこばれてきた。入浴まで陸家のやっかいになった。

世帯道具もどこで買えばよいのかわからなかったから、子規が買いに行った。なんでも書きとめることのすきな子規は、これらの品々を記録している。

へっつい、七りん、箒《ほうき》、火箸《ひばし》、釘《くぎ》、つるべ、杓《ひしゃく》、杓子《しゃもじ》、草履《ぞうり》。

買うてくる釣瓶《つるべ》の底やはつしぐれ

と、子規は町からもどってくるわが姿を俳句にした。

子規の初任給の安さについては陸羯南もよほど気になっていたらしく、

「なんなら他の新聞社に紹介してやってもよい。朝日や国会（新聞）になら、三十円、五十円で

かけあってみる自信はある」

と、子規にいった。この当時の言論界における羯南の位置のおもさからいえば、こういうかけあいは簡単なはずであった。

が、子規は即座にことわった。

「幾百円くれても右様の社へは入らぬつもりに御座候」

と、国もとの叔父大原恒徳に書きおくっている。要するに子規は陸羯南という恩人のもとで働く以外のことを考えたことはなく、結局はこの「日本」新聞社の社員としてそのみじかい生涯をおわることになる。

もっとも給料については羯南はその約束どおり入社数カ月ですぐ二十円にしてくれたし、やがて三十円にあげてくれた。

勤務については、羯南は子規が病身のことでもあり、

「べつにこれという仕事もないから、毎日出る必要はありませんよ」

といってくれた。これは子規にとってありがたかった。

ところがのちの話（明治二十七年二月）になるが「日本」は、「小日本」という家庭新聞を出すことになった。もともと「日本」は論説新聞で、しかも政府攻撃についてはもっとも尖鋭で勇敢な新聞であり、このためしばしば発行停止処分をうける。そういうばあいの社の経済を救う別種の刊行物が必要ということでこの「小日本」の発行が企画された。「家庭むきで上品な」というのが編集方針であり、ある意味では論説新聞より作りかたがむずかしい。

その編集主任に子規がえらばれた。

当初、「日本」の編集主任の古島一念は子規のことを、

——どうせ浮世ばなれした文学青年だろう。

とみていたのだが、「小日本」を編集するようになった子規を見て意外におもった。

古島と子規については、かれが入社早々のころに插話がある。古島は、新聞人に学歴は無用だという持論があり、帝国大学の国文学科を中退したという子規の資質に多少の疑問をもち、

「帰りに牛鍋屋《ぎゅうなべや》へ寄ろう」

と、さそった。子規に、新聞はいかなるものかということを教えて焼きを入れるつもりだった。

そのころ「日本」新聞は神田雉子町《かんだきじ》の路地奥にあった。路地を出ると、両側が赤レンガ造りの店舗で、その表通りをつききると、「中川」という牛肉屋がある。

古島はその二階へあがり、子規に牛鍋を馳走しながら、新聞の文章はいかに書くべきかをとうとうとしゃべったが、子規はずっとだまっている。

「終始子規はだまっていたが、しだいに自分は押され気味になった」

と、古島はのちに述懐した。子規はそういうことを百も承知していた証拠に「小日本」の編集はみごとなほどであった。子規の才能にはもともと新聞をやれるような常識的な感覚がまじっていたし、事務処理にかけては社内のたれにも負けなかった。

子規と新聞「日本」の関係は、すでに学生時代からであった。入社前に、「獺祭書屋俳話《だっさいしょおくはいわ》」などを連載したことがある。三十余回にわたったもので、あとで「日本」から単行本にして刊行された。もともと小冊子にすぎず、子規の若さからくる幼稚さが多分にあるにしても、俳句という、いわば古くさい、明治の知識人からみればとるにもたらぬ日本の伝統文芸に近代文学の光があてられた最初の評論であろう。

俳句も短歌も子規によってよみがえらされたが、それまでの、とくに俳句は町の隠居のひまつぶし程度のもので、縁台の素人《しろうと》将棋とかわらない。

子規は、大学予備門のころものずきで俳句に入った。はじめはどうにもならぬほどへたで、どうしてこれほど下手な男が俳句にうちこむようになったのだろうとおもわれるほどのものだった。

夕立やはちす（蓮）を笠にかぶり行く
初雪やかくれおほせぬ馬の糞

というのは、明治十八年予備門時代の句である。

しかし、作るにつれてしだいにうまくなった。実作をかさねて練磨したというよりも、かれは古今の俳諧をたんねんに調べることによって文芸思想として深くなり、それが実作に影響したと

いうことのほうが大きい。たとえば、

「文学上の空想は又しても無用の事なるべし」

とかれのいう「空想よりも実景の描写」というその芸術上の立場は俳句というものを完膚《かんぷ》なきまでに調べたところから出発しているといっていいであろう。

「あしは知的な面から文学に入ろうとする。これはよくないが、性分じゃからしかたがない」

と、子規は真之にもよくいったが、とにかくかれは俳句というものを歴史的にしらべようとし、その驚嘆すべきエネルギーでそれをなしとげた。この当時、古い俳書や句集の書物はめったに見つからなかったが、子規は古本屋をたんねんにあるいてそういうくず本のたぐいを買いあつめ、仲間にもあつめさせた。かれの「俳句分類」はこのような努力からできあがった。

「子規は俳句が判《わか》ってから師表になったのではなく、俳句の判らぬうちから師表となったのだ」

と、子規の後継者となった七つ年下の高浜虚子は書いている。初期のころ、子規は虚子らの作品をなおしたり○をつけたりしていたが、虚子が一家をなしてからそれをみるとひどく幼稚で、要するに初期の子規は「今考えてみるとそのころの子規は発句《ほつく》が判っていなかった」（虚子）ということになる。子規の俳句や俳論が大きく成長したのは、「日本」に入った時期からであろう。

真之が「吉野」の回航のために英国に派遣されているこのとし、子規は「日本」に「芭蕉雑談」を連載しはじめた。子規はまだ年若で、論旨に青くさい気おいこみがあるにしても、これが、俳句復興の大きなたいまつになったことはたしかであろう。

芭蕉といえば俳諧の神のようなものであり、たまたまこの明治二十六年は芭蕉の二百年忌にあたり、全国の崇敬者たちのあいだでさまざまな催しがおこなわれた。子規のこの「芭蕉雑談」はそういうさなかに出て、芭蕉の句といえばそれだけで神聖とし、ことごとく名品とみるこの道の傾向に冷水をあびせた。

子規は芭蕉の偉大さをみとめつつも、

「芭蕉の俳句は過半、悪句駄句を以《もっ》て埋《う》められ」

という、芭蕉のあとたれもそれをなしえなかった断案をくだした。

芭蕉がのこした俳句は千余首、子規はそのうちで「上乗と称すべきは二百余首にすぎず」という。芭蕉に悪罵《あくば》をなげかけたのではなく、芭蕉の作品に対して、はじめて近代的批評精神による公正な場をあたえようとしたといっていい。

「むしろ一人で二百首も上乗の作を残したというところに芭蕉の一大文学者たるところがある」としている。

秀句よりも悪句駄句の比率がはるかに高いという事情については、子規はみごとに救済している。

「芭蕉の文学というのは古《いにしえ》を模倣したものではなく、みずから発明したものである。それ以前の貞門《ていもん》や檀林《だんりん》の俳諧を改良したというよりもむしろ蕉風《しょうふう》の俳諧を創始したというほうが妥当である。ところが芭蕉がこの自流をひらいたというのはかれの死をさかのぼる十年前のことで、その十年のうちでも詩想がいよいよ神《しん》に入《い》った時期は死の前三、四年というところであろう。この創

業の人にむかって、僅々《きんきん》十年間に二百以上の好句をつくり出せというのは望むほうがむりである」

と、子規はいう。

こういう、いわば芸術家の寿命についても子規はきわめて計数的に発想する男で、「わが国古来の文学者や美術家をみるに、名を一世にあげてほまれを後世に垂れるひとの多くは長寿の人である」とし、古来八十九人のひとびとの寿命を分類した表をかかげている。文献のすくないこの当時に、こういう表をつくるだけでも大変だったであろう。

なるほどこの表をみると、子規のいうとおり、寿命のながいひとが結局は勝ちであるらしい。七十歳以上というグループにもっとも「偉大な人」が多く、ついで八十歳以上のグループである。六十歳以上というと、うんと数が減る。

五十歳以上の項に、尾形光琳《こうりん》、山東京伝、池大雅《いけのたいが》、頼山陽、井原西鶴などが入り、芭蕉もここに入っている。この項のひとびとは創作時間がみじかかったためにやはり人数がすくない。二十歳以上といういわば夭折《ようせつ》の天才たちとなると、子規のあげるところは実朝《さねとも》ぐらいのものになる。このような表によっても、子規は芭蕉のためにその「持ち時間」のみじかさをなげいてやっている。

子規は、新聞社につとめていることを気に入っていたらしい。

とくに、陸羯南の「日本」新聞の社員であることに満足していた。

寒川《さむかわ》鼠骨《そこつ》という、子規より四つ五つ下の後輩がいる。松山三番町のうまれで、子規をやはり「升さん」とよぶ同郷グループのひとりであり、はやくから俳句で師事した。寒川は京都にできた第三高等学校に入ったが、ほどなく中退し、上京してきて子規をたずねた。新聞社につとめることが希望であり、たまたま「朝日新聞」にもつてがあり、「日本」にも子規というつてがある。

「どっちにしようかしらん」

と、相談した。朝日は月給が高く、日本は新聞界でももっともひくい。

「考えるまでもないがの。日本におし」

と、子規はいった。

その理由が、ふるっていた。

「人間のえらさに尺度がいくつもあるが、最少の報酬でもっとも多くはたらく人ほどえらいひとぞな。一の報酬で十の働きをするひとは、百の報酬で百の働きをする人よりえらいのぞな」

さらに子規はいう。

「人間は友をえらばんといけんぞな。日本には羯南翁がいて、その下には羯南翁に似たひとがたくさんいる。正しくて学問のできた人が多いのじゃが、こういうひとびとをまわりに持つのと、持たんのとでは、一生がちごうてくるぞな。安くても辛抱おし。七十円や八十円くれるからというてそこらへゆくのはおよし。あそばずに本をお読みや。本を読むのにさほど金は要らんものぞな」

子規の死後、母親のお八重は、

──升は、生きているうちは大変お金にこまりました。

といって、涙をこぼしたという。子規の生涯を通じ、その収入はこの「日本」新聞から入る安い給料のほかはなかった。

ややのちのことになるが、俳誌「ホトトギス」の編集を、子規が「清サン」といっていた高浜虚子にまかせることになったとき、子規は手紙を送り、

「君は俳句のほうではあしよりもうまいところがあるが、しかし雑誌の経営というようなことになると、あしのほうがうまい。とにかく売れるような雑誌をこしらえる技倆は君らにはなさそうだ」

という意味のことを書いたところをみると、子規は自分の編集上の腕をみずからみとめていたのであろう。

かれが編集主任になった「小日本」の編集室は、「日本」が手ぜまなので、社屋から半丁ばかり離れたところに設けられた。角家の土蔵を借りた。その土蔵の二階八畳が、かれの編集室だった。

「小日本」は誕生してほどなく政府の弾圧をくらって発行停止になり、子規は「日本」にもどることになるが、とにかく子規の編集者としての腕は、新聞にうるさい古島一念もみとめるようになり、子規の死後、

「天がその才幹をねたんでこのひとを夭折《ようせつ》させた」

とまで古島は言い、その死を惜しんだ。

戦争がはじまろうとしている。

いわゆる日清戦争である。日本の近代史がはじめて経験したこの対外戦争を、この物語のなかにおける三人の伊予人も、当然ながらそれぞれの場所で経験してゆく。

日清戦争とは、なにか。

「日清戦争は、天皇制日本の帝国主義による最初の植民地獲得戦争である」

という定義が、第二次世界大戦のあと、この国のいわゆる進歩的学者たちのあいだで相当の市民権をもって通用した。

あるいは、

「朝鮮と中国に対し、長期に準備された天皇制国家の侵略政策の結末である」

ともいわれる。というような定義があるかとおもえば、積極的に日本の立場をみとめようとする意見もある。

「清国は朝鮮を多年、属国視していた。さらに北方のロシアは、朝鮮に対し、野心を示しつつあった。日本はこれに対し、自国の安全という立場から朝鮮の中立を保ち、中立をたもつために朝鮮における日清の勢力均衡をはかろうとした。が、清国は暴慢であくまでも朝鮮に対するおのれの宗主権を固執しようとしたため、日本は武力に訴えてそれをみごとに排除した」

前者にあっては日本はあくまでも奸悪な、悪のみに専念する犯罪者のすがたであり、後者にあってはこれとはうってかわり、英姿さっそうと白馬にまたがる正義の騎士のようである。国家像

や人間像を悪玉か善玉かという、その両極端でしかとらえられないというのは、いまの歴史科学のぬきさしならぬ不自由さであり、その点のみからいえば、歴史科学は近代精神をよりすくなくしかもっていないか、もとうにも持ちえない重要な欠陥が、宿命としてあるようにもおもえる。他の科学に、悪玉か善玉かというようなわけかたはない。たとえば水素は悪玉で酸素は善玉であるというようなことはないであろう。そういうことは絶対にないという場所ではじめて科学というものが成立するのだが、ある種の歴史科学の不幸は、むしろ逆に悪玉と善玉とわける地点から成立してゆくというところにある。

日清戦争とはなにか。

その定義づけを、この物語においてはそれをせねばならぬ必要が、わずかしかない。そのわずかな必要のために言うとすれば、善でも悪でもなく、人類の歴史のなかにおける日本という国家の成長の度あいの問題としてこのことを考えてゆかねばならない。

ときに、日本は十九世紀にある。列強はたがいに国家的利己心のみでうごき世界史はいわゆる帝国主義のエネルギーでうごいている。

日本という国は、そういう列強をモデルにして、この時点から二十数年前に国家として誕生した。

ヨーロッパの興隆というのは白人の人種的優越にあるというよりも、一ツ大陸によく似た能力

水準の民族がひしめき、それぞれ国家をつくり、相互に影響しあい、模倣しあい、戦いあい、混血しあい、それらのひしめきの結果、地球上の他の域にすむ人種をついに力のうえで圧倒してしまったということであろう。

フランス人が滑車《かっしゃ》を考案すればスペイン人がすぐそれを模倣するし、スペイン人が風浪につよい船体を発明すると、それがすぐフランス人の船台ででも作られ、イギリスで発生した産業革命はやがてはヨーロッパの能動的な他の社会がそれをうけ入れてゆく。技術だけでなく、学問や芸術、宗教もかわらない。宗教といえば、各国共通の組織であるカトリックが各国のそういう学芸や技術をたがいに伝播《でんぱ》しあう役割をはたしてきた。

その間《かん》、日本は極東で孤立している。

ヨーロッパが真に大きな力をもちはじめたのは十五世紀ごろからであり、日本にあっては戦国時代に相当している。日本の戦国時代はこのせまい島国のなかでたがいに攻伐しあい、戦乱のたえまがなかったが、ヨーロッパも同様であった。ただ国家単位にそれがおこなわれたところに、規模のちがいがある。

十五世紀のヨーロッパ諸国はみずからの力を列強のあいだだけでためしあうということ以外に、そのはけぐちを、ヨーロッパ以外の非キリスト教世界にもとめるようになった。

日本人が応仁ノ乱をたたかい、また足利義政《あしかがよしまさ》が銀閣寺をつくっている時期には喜望峰《きぼうほう》が発見され、つづいてアメリカ大陸が発見された。織田信長が天下平定に活躍しているときには、英国の女王公認の海賊フランシス・ドレークは五隻の船で世界周航をこころみた。

やがて日本が徳川家というただ一軒の家の権力を永久にまもるために対外関係をきりすて、鎖国をしたころ、ヨーロッパにあっては三十年戦争がつづいている。以後、日本には奇蹟のような平和がつづいたが、しかしヨーロッパはそのまま戦争の歴史であり、さらには国富の増大のための植民地獲得競争の歴史であった。この間《かん》、ヨーロッパではあらゆる方面の「人智」がいよいよ発達した。たとえば国家が君主のもちものであるという性格が変質し、君主権が後退し、国民の国家というものにかわってゆく。

とはいえあいかわらずの帝国主義はつづくが、そういう国家的利己主義も、国際法的にも思想的にも多くの制約をうけるようになり、いわばおとなの利己心というところまで老熟した時期、「明治日本」がこのなかまに入ってくるのである。

「明治日本」というのは、考えてみれば漫画として理解したほうが早い。

すくなくとも、列強はそうみた。ほんの二十余年前まで腰に大小をはさみ、東海道を二本のすねで歩き、世界じゅうのどの国にもないまげと独特の民族衣装を身につけていたこの国民が、いまはまがりなりにも、西洋式の国会をもち、法律をもち、ドイツ式の陸軍とイギリス式の海軍をもっている。

「猿まね」

と、西洋人はわらった。

模倣を猿というならば、相互模倣によって発達したヨーロッパ各国民こそ老舗《しにせ》のふるい猿であ

るにちがいなかったが、しかし猿仲間でも新店の猿はわらいものになるのであろう。

　自分こそ猿でなく、世界の中華であるとおもっている清国は清国で、日本人の欧化をけいべつした。もっとも日本人をけいべつしたのは、大清帝国の文明を信じ、その属邦でありつづけようとする朝鮮であった。朝鮮は日本に対し「倭人《わじん》なるものは唾棄《だき》すべきことにおのれの風俗をすてた」というそれだけの理由で日本を嫌悪し、日本の使節を追いかえしたことさえある。明治初年の征韓論は、そういう、双方のこどもじみた感情問題が、口火《くちび》になった。

　いずれにしても、維新後国をあげて欧化してしまった日本と日本人は、先進国家からみれば漫画にみえ、アジアの隣国からみれば笑止《しょうし》な、小面《こづら》憎い存在としてしかみえず、どちらの側からも愛情や好意はもたれなかった。

　しかし、当の日本と日本人だけは、大まじめであった。産業技術と軍事技術は、西洋よりも四百年おくれていた。それを一挙にまねることによって、できれば一挙に身につけ、それによって西洋同様の富国強兵のほまれを得たいとおもった。いや、ほまれというようなゆとりのある心情ではなく、西洋を真似て西洋の力を身につけねば、中国同様の亡国寸前の状態になるとおもっていた。日本のこのおのれの過去をかなぐりすてたすさまじいばかりの西洋化には、日本帝国の存亡が賭けられていた。

　西洋が興隆したそのエネルギー源はなにか、という点では、日本の国権論者はそれが帝国主義と植民地にあるとみた。民権論者も、「自由と民権にある」とは言いつつも多くのものが帝国主義をもあわせて認めた。帝国主義と自由と民権は渾然《こんぜん》として西洋諸国の生命の源泉であると見、

当然ながらそれをまねようとした。西洋の帝国主義はすでに年季を経、劫《こう》を経《へ》、複雑で老獪《ろうかい》になり、かつては強盗であったものが商人の姿をとり、ときに変幻してヒューマニズムのすがたをさえ仮装するまでに熟していたが、日本のそれは開業早々だけにひどくなまで、ぎごちなく、欲望がむきだしで、結果として醜悪な面がある。ヨーロッパ列強では、帝国主義の後進国であるドイツが多分にそれであった。

話を、変えたい。

どのようにこの当時の日本やそのまわりの状態と状況を説明すべきか、筆者はあれこれとまよっている。

いっそ、小村寿太郎《じゅたろう》というこの当時中国に派遣されていた外交官の言動から察してゆくほうが、ひょっとすると早いかもしれない。

小村寿太郎というのは日向《ひゅうが》（宮崎県）飫肥《おび》藩の出身で、この物語の主人公のひとりである秋山好古《よしふる》よりも四歳上である。

明治三年、藩の貢進生にえらばれて東京の大学南校に入り、法律をまなんだ。

小村が十七、八のころ、東京の町にはちょうど後年のスターのブロマイドのようにして太政大臣や参議の写真が売られていた。政治家がスターの時代であった。小村はそのうちの参議大隈《おおくま》重《しげ》信《のぶ》のそれを買ってきて、寄宿舎の机の上にかざった。その写真の裏に、

「謹呈小村寿太郎君　辱友《じょくゆう》大隈重信」

と自分でかいた。サイン入りということであろう。もっともそのサインは小村の偽筆であったが。

学友がおどろき、君は大隈重信と知りあいか、と問うと、小村は傲然《ごうぜん》と胸を張り、

「むこうは知らんだろう。わが輩は知っている」

といった。この時代、この小さな新興国家の書生たちの学問の目標がなんであったかがわかる。単純明快な立身出世主義であり、子規もこの年齢のころにはそうであったように大臣参議になって一国の運営をすることであった。

在学中に征韓論がおこり、内閣はふたつに割れ、征韓派であった参議西郷隆盛、同板垣退助、同江藤新平らは辞表をたたきつけて郷国に帰った。このため内乱の気配がもりあがった。書生たちも両派にわかれて論議した。

小村はいった。

「この様子ではかならず内乱がおこる。政府は討伐軍をくりだし、両軍相戦い、多大の軍費が浪費され、おおぜいの人間が死ぬ。同士討で同胞が大金をかけて殺しあうくらいなら、海をこえて朝鮮を討ったほうがよい」

討たれる朝鮮こそいい面《つら》の皮だが、この時代のこの国の人間の政治感覚はほぼこういうものであった。

明治八年、文部省の留学生として渡米し、ハーヴァード大学で三カ年、法律をまなび、あと二カ年はニューヨークの弁護士事務所ではたらき、法律の実際をまなんだ。

小村寿太郎という、この明治時代を代表する外交家は生涯「攘夷主義者」をもって自認したが、米国留学中も日本人としての自負心が強烈すぎるところがあった。

たとえば、新島襄《にいじまじょう》（同志社の創立者）を米国で世話をした知日家で、ハーディという人物とボストンで会ったことがある。ハーディが、「新島は京都で学校をひらいたという。私はかれのキリスト教主義による日本人教育が成功することを祈っている」というと、小村は言下に、

「祈ってもむだですな。日本では成功しやしませんよ」

と断言した。

そういうあたりが、小村寿太郎の攘夷家的気質のあらわれといっていい。

——新島襄のキリスト教主義による教育事業は成功しない。

という。ハーディがおどろいてわけをきくと、この日本人のなかでもとびきり小柄な男は、

「日本の文化と歴史が邪魔をするでしょう。あなたがたアメリカ人は、日本をフィリピンかハワイのようにおもっているらしい。そういう土地に対してならキリスト教の伝道は大いに滲透《しんとう》するが、日本はキリスト教文明とは別系列にしてしかも堂々たる文明とその伝統をもってきている。日本人は西洋の技術はまなぶが、しかしそれに付帯するキリスト教文化というものについては容易に許容すまいし、したがって新島襄の事業はあなたが期待するほどには成功しないでしょう」

といった。

明治十三年、小村は、

「米国法律学士」

という肩書きで帰国し、司法省につとめた。ほどなく外務省に転じ同二十一年三十四歳で翻訳局長になった。このころ、かれが書生のころブロマイドを買った大隈重信が、黒田内閣の外務大臣をしており、小村の上官であった。あるとき、大隈は自邸で盛大な晩餐会《ばんさんかい》をひらき、元老、大臣、次官、局長といった大官連中を招待した。

その席に、落語家の円朝が余興をやるためによばれ、酒席の末席に侍《はべ》った。

正面には、枢密院議長《すうみついんぎちょう》の伊藤博文がすわっている。伊藤が、

「円朝、盃をやろう」

と、左手をあげた。が、末座の円朝は身分を考えて恐縮し、ひとのかげにかくれ、頭をさげたまま前へ出ようとしない。そのとき小村が、

「円朝、出るのだ。なにを遠慮することがある」

と、大声でいった。そこまではよかった。

「この席に廟堂《びょうどう》の大官がずらりとならんでいるが、このなかで当代もっとも偉いのは貴公ではないか。元老も大臣もいま死んだところであとに偉い後継者がひかえて（自分のことであろう）いるが、貴公に後継者があるか。ないだろう。だから円朝、堂々と前へ出ろ」

といった。小村はこの時期、翻訳しごとだけでその自負心からすれば不遇のおもいがつよく、それでつい大官たちにとっては暴慢きわまることを放言したのであろう。が、この当時、維新後日がまだ浅く、官僚の秩序が、秩序感覚だけでうごくといったふうのものではなかったから、伊

藤も大隈も苦笑するだけで小村をべつにどうもしなかったようであった。ただ不遇がつづいた。五カ年、小村は翻訳局長のまますえおきになっていた。

明治二十六年、外務省の官制がかわって、翻訳局が廃止された。

小村は、当然廃官になるところだった。かれは父親の負債を相続していたためにおそろしく貧乏で、いつもすりきれたフロック・コートを着ていたし、そのうえ小男で容貌が貧弱で全体がねずみのようであったため、たれもがかれに外交官のしごとができるとはおもわなかった。

当時、外務大臣は陸奥宗光《むつむねみつ》であった。外務省の翻訳官にすぎなかった小村は、この陸奥によって外交舞台にひき出された。

両人は、もともと縁が薄かった。あるとき、陸奥宗光が司法大臣の芳川顕正《よしかわあきまさ》とともに新橋駅のプラットホームをあるいていると、小村は高声で笑い、

「あれをみろ、ヘチマ（陸奥）とカボチャ（芳川）があるいてゆく。一《いっ》はほそく一はまるし。しかしながら両方ともなかみがカラッポということで共通している」

と言い、居ならぶ同僚にまゆをひそめさせた。

ある日、外相官邸で宴会があった。英国へ総領事として赴任《ふにん》する同僚を送別するための宴で、食後、たまたま英国の綿製品のはなしが出、話題が紡績論にまでおよんだ。

ところがこの席上、小村が精緻《せいち》そのものの英国綿業論を論じはじめたのである。年度別の原棉《げんめん》の産額、輸出入の消長、さらに各種綿製品の優劣まで論ずると、同僚たちは驚嘆した。小村にす

れば五年間のひましごとのあいまに調べたことだが、同僚たちにとっては翻訳官がこれだけのことを知っているとはおもわなかったのである。当時、翻訳局長などは外交官とはおもわれていなかった。陸奥もおどろき、

「君はどうしてそんな小さなことまで知っている」

ときくと、小村は、

「小さなことだけではありませんよ。天下国家の大事についてもいささか抱負をもっております」

と言うなり、この小男の癖で、はじけるような高笑いをあげた。

陸奥は、異動人事をするにあたってそのことをおぼえていたのであろう。

しかし、空席が北京《ペキン》にしかなかった。当時外務省のふうとしてアジアの任地を卑しみ、欧米の任地を貴んだ。まして小村は米国に留学した男であり、その英語と英文は米国人でさえ感嘆したほどの力があったから、北京には不向きであった。

「君をワシントンにやりたい。しかしいま空席がない。当座、北京にゆく気はないかね」

と、陸奥は、小村をよんでいった。小村は内心、おどりあがるほどよろこんだ。任地がどこであろうと、外交の第一線に出られる機会が到来したのである。

「むしろ、北京のほうこそ望むところです」

というと、陸奥は小村の遠慮かとおもい、

「しばらくの辛抱だ。何年かのちにはワシントンに君を置くことを考慮する」

「ご心配はありがたいですが」

と、小村はいった。

「そういう将来においてもあなたが外務大臣をつづけていらっしゃるという保証はございますまい」

カミソリといわれた陸奥は、どういう場合でも鋭利きわまりない論理を用意していたが、このときばかりは沈黙せざるをえなかった。

この明治二十六年は、日清戦争の前年である。このとし、正岡子規は「日本」新聞に入社し、小村寿太郎は秋十月、北京へ赴任する。

おなじ時代のひとというだけで両人のあいだにどういう縁もないが、ただひとつ、陸羯南が子規に、

「この小村寿太郎というひとは、相当にやるかもしれないね」

と、外務省人事の記事を見ながらいった。羯南が偶然この名前を知っていたことをのぞけば、ものしりの編集主任古島一念も知らず、編集同人のたれもかれもこの名前についてなんの知識ももっていなかった。要するに、一年後に世間に喧伝《けんでん》されたこの人物は、この時期では無名の外務省役人にすぎなかった。しかし、羯南はいう。

「杉浦君が、いつもいっている」

杉浦君とは、杉浦重剛のことである。近江膳所《おうみぜぜ》のひとで、大学南校では小村寿太郎と同窓であ

り、のち英国に留学して化学をまなんだが、帰国後、国粋主義に転じ、教育者になった。子規が大学予備門のころの校長であった。もっとも当時、杉浦は二十八、九歳でしかない。

その杉浦と陸羯南は親友の仲で、ふたりはほとんど毎日のように牛込五軒町の日本倶楽部《くらぶ》で会っている。その杉浦が羯南に、

「こんど北京公使館の参事官になった小村寿太郎というのは物の本質を見ぬくに長《た》けた男で、どのように複雑な状況に直面しても、ごまかされることなく本質を見ぬく。英語でいう fallacy（誤謬《ごびゅう》）の見える男で、しかも実行力があるから、かならずなにごとかをするにちがいない」

と語ったという。

子規のことは、しばらく措《お》く。

とにかく小村寿太郎は北京へ赴任した。職は参事官であったが、中国駐在公使である大鳥圭介《けいすけ》は韓国の駐在公使をも兼ねており、実はそのほうがはるかに多忙であったため、小村は北京につくと即日、代理公使を命ぜられた。

当時、日本にとって清国は見あげるばかりの大国であったが、かといって公使館のしごとは案外すくない。

英米仏独といったいわゆる列強に駐在している日本公使館員は、条約改正や国債の処理など、大きな継続問題をかかえていわば重要なしごとをしていたが、中国に対しては日本はそういう課題をもっていない。

この点、列強は対中国外交を重要視している。英米仏独露といった国々は中国の領土を蚕食《さんしょく》

し、早くから大きな市場を獲得しており、それらの権益を擁護したり、さらにより大きな権益を得るという重大な目的があって、それぞれ相当の重量をもった外交官をここに置いている。

北京におけるそれら列強の公使たちは、たえずかれらだけのコンサート・オヴ・パワーズを組み、中国を相手の共通の利害のために緊密な連絡をとりあっていたが、むろん日本公使はその仲間に入れてもらえない。

中国の大官たちも、日本の公使を列強のそれとくらべると露骨に差別することが多い。

小村寿太郎は北京の任地におもむくまで、中国のことはなにひとつ知らない。

着任以来、懸命に研究した。

この男が見た当時の北京は、かれが在任一年たらずで翌二十七年、日清開戦のために東京にひきあげたとき、ひとに速記させてこう語っている。「小村寿太郎の清国観察」と題すべきもので、当時の北京の様子が視覚的にうかんでくる。

「北京の人口は二百万というが、実際は八十万余にすぎない。戸数は十数万。みな平屋である。道路はわが東京の上野御成道《おなりみち》ほどのひろさのものが二、三ある程度で、それも道路の両側に露店がならび、はなはだ窮屈である。その道路には人道と馬車道とがある。露店はそのぬしがそこに泊まりこむから一戸の家とかわらない。道路は古来のままの状態で修繕ということをしないからデコボコであり歩行ははなはだ困難である」

「その往来の不潔さは、聞きしに違《たが》わぬもので、みな道路上に大小便をし、臭気紛々《ふんぷん》。しかしか

れらは習い性となっているから平気である。小便はいたるところ川をなし、また池をなす。ために行歩、注意を怠ればたちまちこれに踏みこむ」

「さいわい大便は」

と、この公使は観察する。

「ながくそこに止《とど》まらず。その大便は、豚、犬、人の三つのものがたがいにあらそってこれを片づけてしまう。人は犬を逐《お》い、犬は豚を逐い、たがいにおのおの獲物《えもの》の多からんことを競争す。犬は狡猾《こうかつ》である。子供が路上で大便するとき、そばでそれを待ち、終わればたちまち食ってしまう。人は犬を逐う。人はちょうどわが東京の紙クズ拾いのように器を背負い、犬を逐って大便をすくいとり、市外へ持ちゆき、肥料として売る」

「このような不潔のうえに、夏は雨がつゆのごとくふりつづけ、やめば風あり。週に一度は砂漠よりの吹きまわしがやってきて天日を遮《さえぎ》り、天地晦冥《かいめい》となる。ためにむし暑く、その暑さよりも堪えがたきは白色の微虫である。この微虫はかの南京虫とはちがい、ほとんど目に触れがたいほどの飛虫であり、これにさされればときに医者の治療を要するほどになる。自分もこれに侵され、いまも黒アザのごとし」

「水は悪し。飲むに堪えるものなし」

「北京政府の軍兵十五万というも、実数は十二、三万である。その不規律は言語《ごんご》道断で、たとえばわが公使館の料理人もこの兵卒であるが、かれは演習には代人を出してごまかしており、実際に兵卒らしい者は二万の数にも満たない。ただ李鴻章の直轄《ちょっかつ》にはさすがにみるべき軍隊がある

が、これも不規律でおそるるに足らない」

「渤海《ぼっかい》湾の守備おそるるに足らず。わずかの危険をおかせばわけなく上陸、北京を衝《つ》きうる。ただし大沽《タークー》の要塞は堅固で上陸おぼつかなし」

「わが軍は、碁《ご》でいえば、定石《じょうせき》（近代戦術）を学んだばかりで、あくまでも定石どおりにやりたがろうとするであろうが、習いたての定石はかえって不馴れで、不覚をとるおそれがある。むしろ従来の手覚えのやりかたで大胆にやるほうが、清軍に対してはかえってうまくやれるであろう」

北京における列強の外交団《コンサート・オヴ・パワーズ》のなかまに、むろん日本の公使は入っていない。日本の公使など、清国政府からみても、列強の外交団からみても、巨獣のなかに虫ケラがまじっている程度の存在であったであろう。

「ここまで日本の位置がひくいとは、おどろいたな」

と、新任早々のころ、小村寿太郎がいったが、古い公使館員はそれを訂正した。ひくいというもんじゃありませんよ、という。位置がないというにひとしい、というのである。

「位置がない。……」

「金もございませんしね」

という。公使がつかえる交際費がないということである。だから清国政府の大官や列強の公使たちから招待されても、あとでお返しの宴をひらくための経費がないということであった。

「もっとも、どこからも招待はございませんがね」

と、古参館員がいった。

小村が着任した季節は冬である。いくら日本の公使館といってもストーヴは入っているが、かといってすべての部屋がそうではなく、石炭を買う金がとぼしいため火鉢だけですませている部屋もあり、そういう部屋の館員たちは、大火鉢のほかにまたぐらにも小火鉢をかかえている。

「とにかく、清国はわれわれを外交団とはおもっていませんや」

と、古参館員はいった。

「なんだとおもっている?」

「こどもが外交団のまねをしているとでもおもっているでしょうな」

「ひとつ、戦争でもぶっぱじめなきゃいかんな」

と、小村がいった。朝鮮半島ではすでに日清間の空気が険悪になっており、小村のいう戦争ということばは唐突《とうとつ》ではなかった。とくに小村はつねに主戦論であり、国家に勝算があるかぎり、戦争の気がまえをすることによって国力の伸張と国際社会における地位の向上をはかるという思想のもちぬしであり、この点、列強の外交思想とすこしもかわらない。

「清国にかぶりついてへこましてやりゃ、連中の尊大さは一朝でなおるさ」

小村は、ねずみ公使といわれた。

このあだなは、列強外交団の主役ともいうべき英国公使N・R・オコンナーがつけたらしい。

まったくねずみ公使《ラット・ミニスター》であった。小さな顔に大きなブラシひげをはやし、とびきりひくい背丈の

体を、くたびれたフロック・コートでつつんで、なにか事があるとねずみのような敏捷《びんしょう》さでとびまわる。

——おかしなやつがきた。

と、列強の連中もおもっていたし、あたまから軽視していた。身分が代理公使であるということも、列強が不審《いぶかし》んだところだった。ある意味では世界でもっとも重要な都に、日本は代理公使しか駐在させていないというのがふしぎだったらしい。

当時、北京の代表的政治家は李鴻章であった。たんに北京というだけでなく、この時代、世界を通じてみても李鴻章ほどの政治家は多くはない。

李鴻章はわかいころ、文官の出身であったが、みずから投じて軍事にも従った。清国はあらゆる面で末期的現象を示していたが、とくに内乱が相次ぎ、長髪賊がはびこり、政府軍がはなはだふるわなかったとき、かれは郷里にかえって郷勇《ごうゆう》（志願兵）を組織し、それを訓練し、それによって大いに賊をふせぎ、その後、英人ゴルドン将軍と連合して各地に賊をやぶり、いよいよその材幹をみとめられた。

その後のかれの官歴は絢爛《けんらん》としている。五国通商大臣をふりだしにほどなく南洋通商大臣をかねた、というこの経歴は、かれを外交上の腕達者に仕あげてゆく。さらに欽差《きんさ》大臣になり、北洋通商大臣をかね、ついで海軍を建設し、わがくにの明治十九年、全権大臣になった。北京にいる列強外交団などは李鴻章をおだてて、

「東洋のビスマルク」

とほめたし、日本の外務省などでは、

「夷人ころばしの名人」

ともいった。

あるいはビスマルクより李鴻章のほうがすぐれているであろう。かれの祖国である清国はドイツとは異なり、内乱相つぎ、政綱《せいこう》みだれ、兵弱く、しかも国土ひろく資源はゆたかであり、それらにつけ入られて列強の利権欲のえじきにされつつある。李はそういう困難な状況下でこの国の宰相になり、老大国の体面をたもちつつ、多くの利権を列強にあたえながらもかれらを相互に牽制し合わせて北京外交の勢力均衡《きんこう》をたもたせようとした。このあたりは名人芸といっていいであろう。

ただ李鴻章の外交の欠陥は、東洋的尊大さで終始していることであろう。

小村寿太郎は、着任早々、万寿節の賀宴にまねかれた。

外国の外交団にとって、北京はアジア外交の主舞台であった。この万寿節の賀宴は外交官にとっては北京における華麗な祭典であるといっていい。

宴がおわり、小村は別室にもうけられた控えの間で休息し、他の国々の外交官と談笑していたが、そこへ、李鴻章が巨軀《きょく》をゆすってあらわれ、ふと小村の姿をみとめ、その前にきていんぎんに辞儀をしたあと、

「ところで小村閣下」

と、身をかがめながらいった。

「この席に各国の貴顕紳士がおられ、淑女も大輪の花のようでございます。しかしながら見まわしたところ、閣下のお背丈《せたけ》がいちばんお小さいようでございますが、貴国のひとびとはみな閣下同然小そうござるのかな?」

「残念ながら」

と、小村は背をそらし、

「日本人は小そうございます。ただ大きい者もおります。閣下のごとく巨軀をもつ者もおりますが、わが国ではそれをうどの大木とか、大男総身に智恵がまわりかね、などと申し、左様な者には国家の大事は托さぬということになっております」

あとは、哄笑した。

そろそろ、戦争の原因にふれねばならない。

原因は、朝鮮にある。

といっても、韓国や韓国人に罪があるのではなく、罪があるとすれば、朝鮮半島という地理的存在にある。

ゆらい、半島国家というものは維持がむずかしい。この点、ヨーロッパにおけるバルカン半島やアジアにおけるベトナム(安南)などがそれを証明しており、たまたまこの日清戦争の直前、ベトナムにおいてよく似た問題がおこっている。清国がベトナムの宗主権を主張し、これを植民

地にしようとしたフランスと紛争し、その結果、清仏戦争がおこり、フランス海軍は清国福建艦隊を全滅させ、さらに陸戦においても清国は連戦連敗した。明治十七年のことである。

朝鮮半島のばあいは、ベトナムよりも複雑である。

清国が宗主権を主張していることは、ベトナムとかわりがないが、これに対しあらたに保護権を主張しているのはロシアと日本であった。

ロシア帝国はすでにシベリアをその手におさめ、沿海州《えんかいしゅう》、満州をその制圧下におこうとしており、その余勢を駆ってすでに朝鮮にまでおよぼうといういきおいを示している。

日本は、より切実であった。

切実というのは、朝鮮への想いである。朝鮮を領有しようということより、朝鮮を他の強国にとられた場合、日本の防衛は成立しないということであった。

日本は、その過剰ともいうべき被害者意識から明治維新をおこした。統一国家をつくりいちはやく近代化することによって列強のアジア侵略から自国をまもろうとした。その強烈な被害者意識は当然ながら帝国主義の裏がえしであるにしても、ともかくも、この戦争は清国や朝鮮を領有しようとしておこしたものではなく、多分に受け身であった。

「朝鮮の自主性をみとめ、これを完全独立国にせよ」

というのが、日本の清国そのほか関係諸国に対するいいぶんであり、これを多年、ひとつ念仏のようにいいつづけてきた。日本は朝鮮半島が他の大国の属領になってしまうことをおそれた。そうなれば、玄海灘《げんかいなだ》をへだてるだけで日本は他の帝国主義勢力と隣接せざるをえなくなる。

このため日本は全権伊藤博文を天津《てんしん》におくって清国の李鴻章と談判せしめ、いわゆる天津条約をむすんだ。

その要旨は、

「もし、朝鮮国に内乱や重大な変事があったばあい」

という想定のもとに、

「そのばあい、両国（清国と日本）もしくはそのどちらかが派兵するという必要がおこったとき、たがいに公文を往復しあって十分に了解をとげること。乱がおさまったときにはただちに撤兵すること」

ということであった。この条約によって日本は朝鮮の独立を保持しようとした。

韓国自身、どうにもならない。

李王朝はすでに五百年もつづいており、その秩序は老化しきっているため、韓国自身の意思と力でみずからの運命をきりひらく能力は皆無といってよかった。

そこへ東学党ノ乱がはびこっている。東学とは西学（キリスト教）に対することばである。儒・仏・道という三教をあわせ、これに現世利益《げんぜりやく》をくわえた新興宗教で、これがわがくにの幕末ごろから朝鮮の全羅道《ぜんらどう》、忠清道の農民のあいだにひろがり、やがてそれが農民一揆《いっき》の色彩をおびてきた。

それが韓国の秩序をゆるがすほどのいきおいになったのは、明治二十七年二月のいわゆる甲午《こうご》

農民戦争からである。東学の布教師のひとりである全琫準《ぜんほうじゅん》らが指導し、千人をもって古阜《こふ》の郡役所を占領した。五月十一日、これを鎮圧しようとした政府軍を黄土《こうど》峴《けん》でやぶった。同二十七日には新式火器をもつ官軍を四千の農民軍がやぶり、同三十一日には全州城を陥落させた。

韓国政府は大いにおどろいた。韓国が直面したおそるべき不幸はみずからの政府の手で国内の治安を維持できなくなったところにあるであろう。

「清国に要請して大軍を急派してもらおう」

という議が、もちあがった。

――日本に要請して。

とは、ほとんどの者がおもわなかった。日本を小国とかろんじていたし、在来、清国を宗主国としていたから当然ながら宗主国にたよるという考えかたになった。ただ、

――清国に救援軍をたのめば、それに対抗して日本軍もやってくるのではないか。

という消極的反対論はあったが、すでに足もとから農民蜂起《ほうき》の火がついている以上、自重論などはとおらなかった。

そのうえ、京城《ソウル》には韓国駐在の清国代表として袁世凱《えんせいがい》という清国政府きっての実力者がいる。韓国政府はひそかにこの袁に右の旨を申し入れた。袁はいまこそ、朝鮮に清国の支配力を強化する好機とみて大いによろこび、その旨を本国に申し送った。

このころ、京城にいた日本の代理公使は朝鮮通をもって知られる杉村濬《ふかし》であり、このうごきを探知し、本国にしらせ、

「日本としては万一の場合にそなえ、いつでも出兵できる支度をすべきであり、もし清国に先手をうたれれば朝鮮における日本の発言権は永久に消え去るであろう」

と、上申した。外務大臣陸奥宗光は同意見であった。かれは機敏に処置した。

日本陸軍は陸奥以上に機敏であり、韓国政府が内々で袁世凱に救援を申し入れた六月一日には、早くも兵員輸送の船舶を確保しようとしていた。その翌二日には、閣議で出兵が決定した。

ただ首相の伊藤博文は、のちの日露戦争のばあいもそうであったように、このばあいも清国を相手に戦争をおこすことを極力さけようとした。伊藤の政治家としての基本性格であったであろう。

かれは派遣軍に対しては「清国との勢力均衡をはかるという埒外《らちがい》に出るな」ということを、陸相大山巌《いわお》に言いふくめた。大山は承知した。が、参謀本部はべつの肚《はら》をもっていた。開戦を必至と見、それを基本思想として出兵を計画した。

人類は多くの不幸を経、いわゆる帝国主義的戦争を犯罪としてみるまでにすすんだ。が、この物語の当時の価値観はちがっている。それを愛国的栄光の表現とみていた。

日本は国が小さすぎたが、しかし清国との戦争に勝とうとした。勝つには、勝つためのシステムと方法があるであろう。

そのシステムと方法こそ、参謀本部方式というべきものであった。

プロシャ主義である。

これについては、プロシャ陸軍の参謀少佐メッケルがおしえた。さらにそれをより多く知るため多くの英才がドイツに派遣された。そのなかでの最大の人物は、この当時、陸軍の至宝といわれた川上操六であった。

かれは明治二十年一月にドイツに派遣され、ほぼ一年半、ベルリンに滞在し、参謀本部の組織と運営を研究し、帰国後、参謀次長に再任した。

この帰国後、この薩摩出身の軍人の思想はプロシャそのものになったといっていいであろう。国家のすべての機能を国防の一点に集中するという思想である。

たとえば、鉄道である。鉄道は海岸をも通るが、川上はこれを不可とした。

「敵の艦砲射撃をうけるではないか。一朝有事のさい、軍隊輸送がそれによって大いにはばまれる。鉄道はよろしく山間部を走るべきである」

明治二十五年、かれは鉄道会議議長となってこれを主張した。この当時、東海道線はすでに開通していたが、中央線、山陽線その他は敷設計画中であった。九月、鉄道の主管大臣である逓信《ていしん》大臣黒田清隆の官邸でその会議がひらかれ、逓信省側がその精細な実測図と計画案を出したが、川上はこれに異論をとなえ、「海岸暴露線はやめよ」とあくまでも主張し、川上の意見をとおすとなれば山間にトンネルを無数にほらねばならず、そのための経費がぼう大になるという理由で、会議は大いに紛糾した。

川上の反対者は陸軍大臣大山巌であった。

「そういうばかなことをすべきでない」

と、大山はいう。大山は川上とおなじ薩摩出身の陸軍幹部ながら、その教養をフランスでうけたために発想の方法は多分にフランス的であった。

「なるほどわが国は将来、他国と戦いをするかもしれない。しかし世界中を相手に戦いをするというようなことはありえず、つねに同盟国があるはずであり、その海軍の援助も受けうる。それに鉄道は国民の便利のためにあるものであり、軍隊輸送を眼目におくなどということはあるべきではない」

この議論には、大山、川上と同郷の黒田清隆が川上の反対側にまわり、コブシでテーブルを乱打し、

「川上君、陸軍だけがよければ、鉄道のために国家がほろびてもよいのか。君が男なら庭へ出ろ。庭で真剣勝負しよう」

と怒号したため、川上も譲歩せざるをえなくなったが、要するに参謀本部は日本のなかのプロシャとして巍然《ぎぜん》として立とうとしていた。

ドイツは遅れて統一を遂げた。目下、ドイツ帝国の伸張期にあるが、そういうドイツの現実を他の欧州人たちは、

「プロシャでは国家が軍隊をもっているのではなく、軍隊が国家をもっている」

と、冷笑した。

川上操六は骨のずいからのプロシャ主義者といっていい。かれはその思想であったため、参謀

本部の活動はときに政治の埒外に出ることもありうると考えており、ありうるどころか、現実ではむしろつねにはみ出し、前へ前へと出て国家をひきずろうとしていた。この明治二十年代の川上の考えかたは、その後太平洋戦争終了までの国家と陸軍参謀本部の関係を性格づけてしまったといっていい。

――日清戦争はやむにやまれぬ防衛戦争ではなく、あきらかに侵略戦争であり、日本においてはやくから準備されていた。

と後世いわれたが、この痛烈な後世の批評をときの首相である伊藤博文がきけば仰天するであろう。伊藤にはそういう考え方はまったくなかった。

が、参謀次長川上操六にあっては、あきらかに後世の批判どおりであるといっていい。そこがプロシャ主義なのである。

プロシャ主義にあっては、戦いは先制主義であり、はじめに敵の不意を衝く。

それ以外に勝利はありえないとする。そのためには「平和」なときからの敵の政治情勢や社会情勢、それに軍事情勢を十分に知っておかねばならない。

そのために、諜報《ちようほう》が必要であった。

川上は、諜報を重視した。

しかも諜報は諜報屋にまかせることをせずかれの配下である参謀将校のなかからもっとも優秀な者をえらび、敵地に潜入させた。それらがいざ開戦のときには作戦を担当するという点で、他の国とのやりかたがちがっていた。

たとえば明治十七年、清国が安南《ベトナム》の問題でフランスと戦うや、川上は、

「清国の軍隊の実情を調査せよ」

と、おおくの参謀将校を現地に派遣した。大尉福島安正、同小島正保、中尉小沢徳平、同小沢豁郎《かつろう》であり、さらに少尉青木宣純《のぶずみ》に命じて南シナに三年間、潜伏させた。青木少尉の変名は広瀬次郎といった。また中尉柴五郎に特命して北シナに潜入させたのは、この付近が将来戦場になることを予想したからであり、作戦のための地形地理を調査させた。

中尉小沢豁郎にいたっては、潜伏中、福州の哥老会《かろうかい》という地下組織とむすび、革命運動をさえおこそうとした。日本政府はこれをきき、あわてて本国によびもどした。

明治二十年七月になると、将校の現地派遣はいよいよさかんになった。中佐山本清堅《きよかた》、大尉藤井茂太、同柴山尚則などで、かれらは北シナ方面に派遣され、沿岸上陸地の選定、軍隊輸送の方法、上陸後の戦略目標の選定などを主題に、朝鮮の仁川《じんせん》から芝罘《チーフー》を経、天津にいたり、大沽《ターク―》砲台を見聞し、北京にいたり、永平府街道をへて山海関にまで達した。

すべてプロシャ式であった。この間《かん》、清国陸軍の機能はねむったがごとくうごいていない。

参謀次長川上操六の諜報網からすれば韓国や清国の大官のうごきは、対日問題に関するかぎり手にとるようにあきらかであったろう。かれは東京にいながら、すべてを知っていた。

韓国が清国に内乱鎮圧のための出兵を要請したその翌日、東京では日本も出兵するという旨を閣議が決定したことはすでにのべた。しかし、単に出兵であり、戦争をおこすということではな

い。閣議は「韓国における日清両国の勢力均衡を維持し」という。勢力均衡の外交思想は英国の伝統思想であり、日本はそれを英国からまなんだ。さらに閣議はいう、「なるべく平和をやぶらずして国家の名誉を保全する」

「出兵」

というのは、むろん無法の出兵ではない。準拠すべき条約があった。明治十五年八月十三日、韓国とのあいだにむすばれた済物浦《さいもっぱ》条約がそれである。

「日本公使館は兵員若干をおき、護衛すること」

という条文があり、それによって出兵する。

が、川上操六はそういう意味での出兵には満足できなかった。かれと同思想をもつ者は外務大臣陸奥宗光である。

陸奥も、多年、韓国において清国のために外交上の圧迫をうけつづけているというこの現状を打破するには、砲弾による解決法のほかはないとしており、戦えば勝つという自信もあった。それに日本政府は連年国会の内外において在野勢力の攻撃をうけ、いまや収拾のつかぬまでになっている。陸奥にすれば開戦によって在野勢力の視点をそとに転ぜしめようともおもった。

この六月二日の閣議のあと、川上操六はひそかに陸奥をその官邸に訪問し、密談した。

川上はいった。

「自分が得ている情報から判断するに、清国はすでに韓国に五千の兵を駐在させている」

——ところで日本は。

と、川上はいう。これに対しすくなくとも七、八千の兵は動員せねばならぬ。

「勝算は如何《いかん》」

と、陸奥。

「たとえ京城《ソウル》付近で衝突するも、撃破することは易々《いい》たるものである。むろん、清国はわが出兵をきいていそぎ増派するにちがいない。李鴻章はその直属軍四万のうち三万を韓国に派遣するにちがいないが、そうなればわが軍もそれにつれて増派してゆく」

「要するに初動の兵数は七、八千だな」

「左様、最低の人数である」

「しかし、伊藤首相はゆるすまい。かれはあたまからの平和主義者である」

「そこを、ごまかすのだ」

と、川上操六はいった。

「首相に対しては一個旅団をうごかす、といっておく。一個旅団の兵数は二千である。これならば首相もゆるす」

「それで？」

「二千は平時の兵数である。しかし旅団が戦時編制をすれば七、八千になる。首相はそこまで気づかぬはずだ」

川上がみるように、首相伊藤博文はこの日清間の出兵問題が戦争にまで飛躍することをおそれ

つづけた。

六月二日の閣議がおわってから伊藤は川上をよんでこの点を問いただしている。

「どれだけの兵を韓国に派遣するつもりか」

と、伊藤。

「一個旅団です」

川上はさりげなく答えた。伊藤はその程度ですら不満であった。多すぎるな、といった。

「いいかね、もうすこし兵数をすくなくするのだ」

「閣下、おことばですが」

川上は、まゆをひそめた。

「それについてはうけあいかねます」

伊藤の命令にはしたがわぬという。

首相に対し、参謀次長が胸をはってこのようにいうについては法的根拠があった。伊藤がつくった憲法はプロシャ憲法をまねしたものであり、それによれば天皇は陸海軍を統率するという一項があり、いわゆる統帥権は首相に属していない。作戦は首相の権限外なのである。このことはのちのちになると日本の国家運営の重大課題になってゆくのだが、そういう憲法をつくってしまった伊藤は、はるかな後年、軍部がこの条項をたてに日本の政治のくびを締めあげてしまうにいたろうとはおもわなかったであろう。

ただしこのばあいの伊藤と川上の会話は、それほど深刻ではない。川上は維新創業の元勲とし

て伊藤を尊敬していたし、それに川上自身、昭和期の軍人のようにこの国の政治を壟断《ろうだん》してしまおうという野心はまったくなかった。

「出兵するかどうかについては閣議がそれをきめますし、閣下ご自身それを裁断なさいました。しかし出兵ときまったあとは参謀総長の責任であります。出兵の兵数は、われわれにおまかせください」

「憲法だな」

伊藤はにがい顔でいった。かれ自身がそれをつくった以上、なんともいえない。

すぐさま人事が決定された。

朝鮮に派遣される混成旅団の旅団長は、少将大島義昌ということになった。それを輔佐する参謀は、中佐福島安正と少佐上原勇作のふたりである。

——あのふたりはあぶない。

と、陸軍大臣大山巌はおもった。陸軍省を主管する陸軍大臣は内閣の一員であり、閣議に制約されているが、参謀総長とその参謀本部は天皇に直属している。そのため自由な行動をとることを大山はおそれた。このため、この両人の東京出発にあたって大山は厳重な訓示をおこなっている。訓示の要点は、

「アジアを西洋の侵略からまもっているものは日本と清国である。もしこの両国が戦うことになれば西洋の列強が漁夫《ぎょふ》の利を占め、ついには両国の大害になり、アジアの命脈も回復しがたきにおち入る。されば絶対に戦争を誘発する行動はとるな」

ということであった。しかし参謀次長の川上操六はこれとはまったくべつの内訓をかれらにあたえた。

首相の伊藤博文も陸軍大臣の大山巌もあれほどおそれ、その勃発をふせごうとしてきた日清戦争を、参謀本部の川上操六が火をつけ、しかも手ぎわよく勝ってしまったところに明治憲法のふしぎさがある。ちなみにこの憲法がつづいたかぎり日本はこれ以後も右のようでありつづけた。とくに昭和期に入り、この参謀本部独走によって明治憲法国家がほろんだことをおもえば、この憲法上の「統帥権」という毒物のおそるべき薬効と毒性がわかるであろう。

とにかく参謀次長川上操六は、清国についてのあらゆる材料を検討した結果、

「短期決戦のかたちをとれば成算あり」

という結論をえた。

長期にながびけば、不利になる。第一に日本の財政が破綻《はたん》し、さらには国際関係の点でもロシアと英国が清国側につくにちがいなかった。そのことについては、川上は外相陸奥宗光と内々で十分なうちあわせをとげていた。短期に大勝をおさめるしごとは川上が担当し、しおをみてさっさと講和へもってゆくしごとは陸奥が担当する。この戦争は、このふたりがやったといっていいであろう。

兵は、神速《しんそく》にうごいた。

閣議決定後わずか十日の六月十二日、混成旅団の先発部隊ははやくも仁川に上陸した。

清国はおどろき、韓国はろうばいした。

「日本帝国の公館と居留民を保護するというには、上陸旅団の人数が多すぎる」

と、清国側はさかんに抗議した。

このとき京城には公使として大鳥圭介が駐在していた。大鳥は旧幕臣であり、かつては薩長に抗して関東に転戦し、最後は函館《はこだて》の五稜郭《ごりょうかく》にこもったという経歴をもっている。智謀の士ではなかったが、一種の蛮勇があった。外相の陸奥はこの部下の蛮勇をつかい、

——大鳥をして一雨ふらさせる。

とおもい、そういう内訓をあたえた。

大鳥は元来がそれが生地《きじ》であったが、一個旅団の応援をえていよいよ韓国に対し強引な外交をやった。「日本の大使は銃剣の威をかりて強盗のようなことをする」と京城の列国外交団はことごとく大鳥をきらい、この悪評が東京にまできこえた。

大鳥は、韓国朝廷の臆病につけ入ってついにはその最高顧問格になり、自分の事務所を宮殿にもちこんだ。

韓国に対する大鳥の要求はただふたつである。「清国への従属関係を断つこと。さらには日本軍の力によって清国軍を駆逐《ちく》してもらいたいという要請を日本に出すこと」であった。

が、韓国側は清国が日本よりもはるかに強いと信じているため、この要求を容《い》れることを当然ながらためらった。

しかし七月二十五日、ついに韓国はこの要求に屈し、大鳥に対し清国兵の駆逐を要請する公文

書を出した。

大島はすでに派遣旅団長の大島義昌と気脈を通じている。公文書が出るや、大島旅団はときをうつさず牙山《がざん》に布陣中の清国軍にむかって戦闘行軍を開始した。

この第一戦は、日本側の勝利であった。成歓《せいかん》の清軍陣地を猛攻して抜き、清軍三千をして平壌へ敗走させた。

七月二十九日である。むろん、宣戦布告はまだおこなわれていない。これら一連の戦いは、「韓国政府の要請による」というかたちがとられていた。

それより以前、同月二十五日に海上ではすでに最初の砲煙があがった。作戦の予定になかった突発事件といってよく、日本政府だけでなく世界中をおどろかせた。

このころ、巡洋艦三隻からなる第一遊撃隊が、朝鮮北西の豊島《ほうとう》沖を游弋《ゆうよく》していた。艦名は、吉野、秋津洲《あきつしま》、浪速である。

三艦が単縦陣によって豊島の沖に達したのは、七月二十五日の早朝であった。

この日、晴天で微風、海面にときにあわい霧がながれている。

このとき沖あいに数条の黒煙があがり、艦船がちかづいてきた。よくみると清国海軍の済遠《さいえん》、広乙《こうおつ》の二隻であることがわかった。

日本側は、宣戦布告以前であるため、礼砲を用意した。

が、距離三千メートルのところで済遠は実弾を発射し、このため戦闘が開始された。双方砲戦

するうち、済遠は逃げ、広乙はなにをおもったかにわかに速力を増し、陸上に突進してみずから浅瀬にのりあげ、のち降伏した。

午前十時、済遠を追いかけていた浪速は、べつの目標を発見した。大型汽船であった。マストに英国旗をかかげているが、眼鏡でとらえたところでは清国陸軍の将兵を満載していることがわかった。

「ただちにとまれ。ただちに投錨《とうびょう》せよ」

と、浪速は信号をあげた。

浪速からボートが出、士官が派遣された。その報告によると、この英国汽船高陞《こうしょう》号は清国が陸兵輸送のためロンドンのジャーデン・マジソン・コンパニーからやとい入れたもので、現在、陸兵千百人、大砲十四門をつみ、牙山に上陸させようとしているという。

浪速の艦長は、大佐東郷平八郎であった。

かれは英人船長に対し、

「その船をすてよ」

と、信号で命じた。

ところが、高陞号の船内は騒然としており清国兵は船長以下をおどし、下船させなかった。東郷はこの間《かん》の交渉に二時間半もかけたあげく、マストに危険をしらせる赤旗をかかげ、そのあと、撃沈の命令をくだした。浪速は水雷を発射し、ついで砲撃した。

高陞号はしずんだ。

船長以下船員はことごとく救助されたが、清国兵はほとんど溺死した。

この事件はすぐ上海《シャンハイ》電報によって英国に打電され、最初の報道はきわめて簡単であったために英国の朝野を激昂させたが、やがて詳細がわかるにつれて浪速艦長東郷平八郎のとった処置は国際法にてらしてことごとく合法であることがわかった。

このような事件のあと、清国に対して宣戦布告が発せられたのは八月一日である。

日清戦争の当時、秋山真之は海軍少尉、巡洋艦筑紫《つくし》ののりくみである。

――どうやらいくさはまぬがれまい。

といううわさが海軍部内で常識になりはじめたころ、真之は自分の運のなさをなげかざるをえなかった。筑紫などという小さなふねにのっているようなことでは、主決戦場にはのぞめないであろう。

筑紫は明治十六年竣工の英国製で、一三五〇トンであり、二六サンチ砲を二門つんでいた。軍艦の分類でいえば砲艦に近く、とうてい大海戦の主役たりえない。

六月二日の閣議で朝鮮への派兵がきめられたとき、その段階では日本海軍の艦艇は一カ所に集結していなかった。いそぎ連合艦隊が編成されねばならなかった。

「いそぎ佐世保に集結せよ」

と、全艦艇に命令がくだり、その電信を軍艦筑紫がうけたとき、この艦は京城における在外公館の保護のために仁川港にいかりをおろしていた。僚艦は大和である。

日清戦争は海軍に関するかぎり、さほどに計画的ではなかった。艦艇はなお平和な勤務についていた。軍艦がはたすべき平時の職分はわりあい多い。たとえばこの時期、主力艦ともいうべき高千穂は金剛とともにハワイへおくる移民保護というしごとでホノルル港にいたし、おなじく主力艦の松島は千代田、高雄《たかお》をひきいて親善航海のために清国の福州へゆき、旋回して北上中であったし、赤城《あかぎ》はこんど敵として海上で見《まみ》えねばならぬ清国北洋艦隊からまねかれ、その大演習を見学し、その見学をおえて芝罘《チーフー》港に入って休息していた。さらに大島は釜山にいかりをおろしており、磐城《ばんじょう》は北海道で測量に従事していた。

それらが「連合艦隊」として佐世保港に集結をおわるのは、閣議が決定してから一カ月半もたつ七月十九日である。

連合艦隊の全勢力は、

軍艦二十八隻、水雷艇二十四隻、合計トン数は五万九千六十九トン

であり、これに対し清国海軍は四大艦隊をもち六十四隻の軍艦と二十四隻の水雷艇をもち、合計トン数は八万四千トン。しかしながらこのうち日本にあたるのは北洋艦隊で、この勢力は軍艦二十五隻、水雷艇十三隻、合計トン数は五万トンで、ほぼ日本のそれにちかい。ただ北洋艦隊は鎮遠、定遠という世界最新鋭の戦艦をもち、ぶあつい装甲板による防御力と旋回式砲塔による攻撃力をそなえ、この点で日本艦隊よりもはるかに有力であった。日本艦隊のうち九隻は鎮遠・定遠におよばぬにしても鋼鉄製で四千トン前後の大艦であり、運動性も高く、主力決戦にもちいることができた。が、他は老朽か旧式艦が多く、天竜、葛城《かつらぎ》、海門、天城、磐城にいたっては木造

艦であった。

この戦役から日本ははじめて連合艦隊方式をとった。その司令長官は、中将伊東祐亨《すけゆき》である。伊東は薩摩の人。

海軍の技術は、旧幕時代、勝海舟が坂本竜馬《りようま》を塾頭にして神戸でおこした神戸海軍練習所でまなんだ。

元治元年夏、禁門ノ変がおこるにおよんで退塾し、陸兵として薩摩藩軍に従軍し、維新後はいちはやく海軍に入り、いきなり富士山《ふじやま》艦の一等士官になった。明治五年には春日の艦長、さらに東、日進などの艦長をへて西南戦争に従軍し、さらに海上勤務をつづけた。これらの履歴でもわかるように伊東がうけた海軍教育というのは竜馬らの神戸の塾での一年程度のものであり、その後、留学もせず、国内での正規教育もうけていない。要するにこのサムライあがりの男は、海上の実務でみずから海軍を会得《えとく》したらしい。

もっともこういう正規教育をうけずに海軍の将官や佐官になっていた者は明治初年から二十年代のなかごろまではふんだんにいた。たいていは伊東と同様、薩摩藩出身であり、維新の功労や藩閥のおかげでそういう階級をあたえられていた。が、役には立たない。

明治海軍をほとんど一人で近代化したといっていい薩摩出身の山本権兵衛はこの当時、大佐の身分で、海軍大臣西郷従道《つぐみち》のもとで官房主事をつとめていた。

「たたかいに勝つにはこれら無用の人物をすべて整理する必要があります」

と、同郷の西郷海相に意見具申《ぐしん》し、そのゆるしを得、将官八名、佐官・尉官八十九名という大量の首きりを開戦前の明治二十六年に断行し、兵学校教育をうけた士官を海軍運営の主座にすえることにした。

そのときでさえ、伊東祐亨は整理されていない。かれは明治二十二年海軍大学校の二代目の校長になり、校長でありながら学生とともに高等戦術を傭《やと》い外国人からまなんだりした。そういういわば頭脳の柔軟さと努力が、この人物をして近代海戦の戦闘指導者の能力をもたせるにいたったのであろう。

明治二十七年七月二十三日、伊東祐亨は旗艦松島に搭乗して佐世保港内にあり、午前十一時、麾下《きか》艦隊に対し、

「予定順序にしたがい、出港せよ」

と、信号をかかげた。連合艦隊司令長官としての最初の信号である。

ときに、軍令部長樺山資紀《かばやますけのり》が汽船高砂丸に乗って見送りに出、港外帆揚岩《ほあげいわ》のあたりで停船しつつ、

「帝国海軍ノ名誉ヲアゲヨ」

と、色あざやかな信号旗をかかげた。まず出港したのは第一遊撃隊の吉野、秋津洲、浪速であり、旗艦吉野はそれに答え、

「全クスル」

と、信号をあげた。ついで本隊松島に座乗する伊東祐亨は、

「タシカニ名誉ヲ揚グ」

と答え、ついで第二遊撃隊旗艦葛城は、

「凱旋《がいせん》ヲ待テ」

と言い、最後に出港した輸送船護衛の愛宕《あたご》は、

「懸念《けねん》スルニ及バズ」

と、答信した。この日、晴天であった。

この連合艦隊は、

豊島沖
黄海
威海衛《いかいえい》

という三つの水域で清国艦隊と海戦し、それぞれの水域で世界の海戦史上記録的な戦勝をあげるにいたるのだが、しかしふりかえってかんがえてみればかならずしも模範的とはいいがたい。

——まったくしろうとだ。

と、秋山真之は巡洋艦のりくみの一少尉の身ながら、伊東祐亨の戦術を批判し、この戦いの最中、高千穂にいる同期の少尉たちに書きおくって、

——われわれは将来、こういう愚をくりかえしてはならない。

といった。

真之が批判した段階では清国北洋艦隊は健在であり、その所在がわからない。日本艦隊はこれをもとめて一戦すべく索敵《さくてき》をかさねている。一方、陸軍を護送する役目をつとめている。「清国艦隊もまたわれをもとめている。いつかれが出現するかわからないのに、わがほうの態勢ときたらばらばらであった」

たとえば真之ののっている筑紫は牙山港に入って陸上部隊を援護している。ところが陸上では陸軍の奮戦で牙山が陥落し、清国兵は大同江の北へにげ、平壌には一兵の敵も見あたらないというのになおも筑紫は牙山に釘づけされ、別命をうけていない。

またわがほうのスター艦ともいうべき巡洋艦高千穂は漢江付近の警戒を命ぜられて孤立していたし、主力はそれよりもはるか南方の長直路《ちょうちょくろ》の根拠地にいる。

海上勢力がこのように離隔し、それぞれ分立し、しかも連絡が断絶していてはどうにもならず、もしここに敵主力があらわれれば一艦または数艦ではとうてい歯がたたず、各個に撃破されれ、結局は敗れ去ってしまう。

海戦の要務は（海戦にかぎらず陸戦でもそうだが）勢力を集中し、より大きな打撃力を構成して敵にあたらねばならない。兵力の分離は海上戦略上もっともいましむべきところである。「たとえ筑紫程度の小艦でもこれをうしなうようなことがあっては彼我《ひが》のバランスをうしなうのみならず、全軍の士気を沮喪《そそう》せしめ、ついには国家の大計をあやまるにいたるだろう。ときあたかも二百十日の荒天もちかいころである。われに天敵がせまっている。荒天によってわが艦隊に修理を必要とする艦ができるようでは、いよいよ彼我の均衡《きんこう》をうしなう。わが指揮官はいかなる

目算があってこのような愚を演じているのか。あるいは目算がなく、なすべきことをなさずにいるのか」

もしこの批判を伊東祐亨が知ればどうであったろう。

しかし伊東もまたこの作戦の初動期における戦略方針についてはあとで多少の後悔をし、それでも勝つにいたったことを、戦後、

「天佑《てんゆう》」

であるとしている。

しかしながら真之は後日、ほめるべきところはほめた。伊東司令長官がとった戦隊区分、戦闘隊形、翼撃旋回の戦法など、まことに時宜《じぎ》に適して文句のつけようがなく、近代戦術の好範例である、といった。

ふたつの艦隊が游弋するこの海域ほど、この当時、世界の専門家から注目されつづけた海はないであろう。

このところ、大規模な海戦はたえてなかった。主力艦隊の決戦は、二十八年まえ、わが国の慶応年間にイタリアとオーストリアとのあいだにかわされたリッサ海戦いらいのことであり、その後、世界の海軍が近代化され、軍艦その他の兵器も一変した。その近代海戦というものがどういうものであるかというといわば専門家にとっての「実験」が極東でおこなわれようとしている。

「おそらく清国艦隊が勝つであろう」

と、列強海軍のほとんどの専門家がそう予想した。その理由は、清国艦隊には定遠、鎮遠という本格的な戦艦があるのに対し、日本艦隊は巡洋艦が主力であり、大艦巨砲が勝利のきめてになるという絶対原則からみれば当然ながらそう予想されていい。

ただ日本艦隊についての有利な材料は、その快速であった。それも主力艦群の速力がほぼそろっており、この運動性を統一艦隊としてたくみに運用すればあるいはきわどいながらも勝利をおさめられるかもしれない。

ところが、日本の全面的勝利を予想した専門家がいる。米国海軍の少将ジョージ・E・ベルナップであった。

ベルナップは、日本通であった。安政四年にはじめて日本へ来航し、その後慶応三年から一年間滞日し、さらに開化後の日本を、明治二十二年の段階と同二十五年の段階とでみた。かれは黄《こう》海《かい》海戦後、「ニューヨーク・サン」に寄稿している。

「日本人の素質を知るには過去千年のあいだの日本歴史を知る必要があろう。それによって、この民族における献身的武勇と戦略的才能、それに英雄的行動がいかにすぐれているかを知ることができる。その歴史は英国史もしくはヨーロッパの各国史といささかの遜色《そんしょく》もない」

かれは、源義経、加藤清正、織田信長、豊臣秀吉、徳川家康の例をひき、かれらは西洋史におけるブラック太子、クロムウェル、ウェリントンと質においてかわりがないとし、さらに日本戦史におけるたとえば壇《だん》ノ浦《うら》の海戦はトラファルガーと均《ひと》しく重要であるとし、その決死熱闘の状についてはその上に出るとし、関ケ原の戦いはウォーターローの戦いよりも戦史的価値は大き

い、とし、日本人は英国人とその質においておとらないとする。さらにベルナップは維新後の日本陸海軍の訓練の精度が英国陸海軍にかわらぬことを説き、とくに海軍については、

「自分はかつて日本の海域においてたまたま英国海軍の司令官が十隻の艦隊を指揮しているのを見た。おなじころ日本の司令官が二十二隻の艦隊を運動させているのをみたが、そのみごとさに甲乙がなく、もし英国艦隊と日本艦隊とがたたかえばその勝利はどちらに帰するか予測はできない」

といい、まして訓練精度のひくい清国艦隊が相手である以上、その結果がどういうものであるかが容易にわかる、と説く。


英国海軍のイングルスという大佐は、数年間、日本の海軍顧問であり、開戦前に退職し帰国した。同大佐が、帰国後、

「日本の海軍は、まったくヨーロッパの水準に達した」

といった。これを聞いたひとびとは信じなかったという。

同大佐のことばを信じたのは、この戦役中極東視察をしていた英国海軍の中将フリーマンターであった。同中将はいう。

「日清両艦隊とも、最新の兵器を装備した良装艦隊であり、その兵力にも大差はない。であるのに格段の差で日本がつよかったのは、軍人の士気の差が大きすぎたからであろう。清国人はゆらい平和を愛し、守旧を愛しすぎた。さらには民族的伝統として軍役に従事する者をいやしむ風

があり、清国政府の大官でさえ、軍人をもって賤業とし、戦争は大人君子のなすべき事業にあらずとし、軍人などは粗暴狂癖の者をやとっておけばすむとしている。ある英人が戦艦定遠を訪問したところ、艦長室の入口で番兵がファン・タン（ばくち）をしているのをみた。すべてがこのようであり、おどろくべき軍規の頽廃《たいはい》であるが、国家そのものがそういう頽廃を容認しているふうがある」

同中将は、日本海軍についてもほめてばかりはおらず、国際法上の問題をひきおこした豊島沖における英国船高陞号の撃沈につき、こういっている。

浪速艦長東郷平八郎は、この英国商船が清国の陸軍部隊をのせていることを確認し、その理由をもってこれを撃沈した。撃沈にいたるまでの手続きは、なるほど国際法にあかるい東郷らしくきわめて慎重で、結果として合法的であった。

「しかしながら東郷は、波間にうきしずみする千余の清国兵を、一兵だに救わなかった」

と、同中将はいう。

東郷はこの論告に対し、あるいは抗弁するかもしれない。浪速は救助のためのボートを二隻おろした、と。しかしこのボートは漂流中の清国兵をすくわなかった。海面をゆききし、英人船長ほか数人の英国人を見つけ、これを救いあげただけであった。英人のみを救ったのは、国際世論のなかで優等生たろうとする日本陸海軍の意識のあらわれであるといっていい。

さらに東郷はいうであろう。高陞号は浪速の水雷と砲弾をうけてから沈没まで三十分を要し、この間《かん》、沈みゆく高陞号の甲板から清国兵が小銃をもってはげしく抵抗し、海上救助がおもうよ

うにゆかなかった、と。それはあったかもしれないが、高陞号が午後一時四十六分に沈没し、その後浪速は午後八時ごろまでこの付近の水域にあり、これだけの豊富な時間内にひとりの敵兵もすくわなかったというのは、その意志がなかったとみるほかない。

同中将はいう。

「日本人は元来が温厚で親切である。それでもなおこのようであるのは、戦時の人道についての知識がなかったからにちがいない。そこへゆくと英国海軍の伝統はまったくちがっている。ネルソンがトラファルガーにおいて〝戦勝後ノ仁愛ハ英国艦隊ノ特色タルベシ〟といって以来、無力化した敵兵を救助するのは当然のことになっている」

日本艦隊は、作戦の初動においては陸軍部隊の輸送に専念した。それも艦隊の総力をあげてそのようにした。

それがほぼ終了したころ、

「そろそろ敵の北洋艦隊をさがしもとめて主力決戦をすべきではないか」

という案が出た。これによって黄海海戦の作戦が発動された。

案を出したのは、艦隊に同行している軍令部長（陸軍における参謀総長）樺山資紀であった。

樺山は薩摩人で、西南戦争までは陸軍におり、のちに海軍に転じた。この人物また海軍技術の基礎教養があったわけではない。

ちなみに、この日清戦争がはじまる前、海軍軍令部長は樺山ではなく、佐賀藩海軍出身の中牟《なかむ》

田倉之助《た》であった。中牟田は戊辰戦争で旧幕海軍とたたかい、のち西南戦争に従軍したりして実戦歴が豊富なうえ、卓越した技能家でありその専門知識は同時代のどの海軍関係者よりもすぐれていたが、ただ、性格としてつねに自重をこのみ、冒険をきらった。

明治二十六年、海軍大臣西郷従道《つぐみち》からもし清国とたたかったばあい、日本海軍はどうなるかと諮問《しもん》された。中牟田は即座に、

「そういうばかなことをたれが考えた。日本が清国と戦争して勝てるとおもっていなさるのか。とうていあの海軍には勝てぬ」

と答えた。

海相の西郷従道も同感だったが、周到な政略のもとにやれば勝てぬことはないと考えた。短期決戦ということであった。出端《ではな》で景気よくくじき、しおをみて講和にもちこむという方法であった。これが、日清戦争の基本政略であったといっていい。

とにかく西郷はこの中牟田をやめさせ、多少暴勇をこのむきらいのある樺山資紀を、予備役の身ながら起用したのである。

開戦とともに樺山は、軍令部長の身ながら海上に従軍した。むろん艦隊の指揮権は司令長官伊東祐亨にあるが、樺山は相談役ということで艦隊と行動をともにした。軍艦にのるわけにはいかないから、仮装巡洋艦（本来は商船）の西京丸に砲若干門をのせ、それでもって作戦海域に出没し、各国の観戦者から、

「西京丸ほど大胆な船はない」

と、感嘆された。

ただ、日本海軍の最高幹部が、ほとんど薩摩人であることについても、各国の観戦者は注目した。海相西郷、軍令部長樺山、司令長官伊東、緒戦で問題をおこした浪速艦長東郷など、その数はじつに多い。

世界の海軍界でもっとも権威のある英国のブラッセー年鑑一八九五年発刊の「日清海戦」の項にも、このことにふれている。この年鑑の記者は薩摩人というのは日本人のなかの特殊なある種族であるとおもっているらしく、

「おもうに、薩人もしくはその一派の種族は、天資剽悍《ひょうかん》で勇猛ではあるが、元来学識とぼしく、従って冷静な判断力に欠けている」

と、書いている。

が、おなじ薩人ながら樺山にくらべ伊東は自重家のかたむきがあった。その伊東も、この時期においてはもはや樺山提案の主力決戦に賛成している。

まず索敵である。

その索敵は、艦隊そのものをもってすることとし、敵〝発見〟のばあいただちに戦わねばならぬため、伊東司令長官は、決戦態勢をとった。

伊東は、艦隊に高速の運動性をもたせるため、足手まといになる弱艦をきりすてた。このため、秋山真之がのっている筑紫は決戦兵力という選にもれた。

九月十六日、北鮮の西岸にあるチョッペキ岬《みさき》を出撃した決戦艦隊は、十隻である。先陣は、吉野、高千穂、秋津洲、浪速の四隻、本隊は松島、千代田、厳島、橋立、比叡、扶桑の六隻である。

これに偵察と連絡のために砲艦（赤城）が一隻。さらに例によって樺山資紀が乗りまわしている西京丸がついてゆく。

索敵の予定期間は、一週間ときめられた。その海域は、渤海《ぼっかい》と直隷《ちょくれい》沿岸であり、さがしもとめるあいなは敵がひそんでいそうな港で、大連、旅順《りょじゅん》、大沽《ターク－》、山海関、営口、威海衛などである。それを艦隊は巡歴してゆく予定であり、その精密な日程表まで作成された。

艦隊がチョッペキ岬を出たのは、この十六日夕刻五時である。この日の目標は、鴨緑江の南西八十海里にうかぶ海洋島であった。

この夕、雨模様で、西南の風がややつよく、小雨をともない、ときに水平線上に「閃々《せんせん》電光ヲ見ル」とある。

この海域には各国の観戦軍艦が無遠慮に出没し、艦隊はときにそれを敵と見誤りがちで、この点索敵に無用の神経が浪費された。付近を游弋している外国軍艦のうちもっとも多いのは英国軍艦で、数隻にのぼり、米国、フランス、ドイツ、ロシアなどが、一隻ないし二隻を派遣していた。

このころ、清国北洋艦隊もまた南下しようとしていたらしい。司令長官丁汝昌は、その麾下の将兵の質はともかくかれ一個についてはその勇気と智謀はあるいは日本の伊東祐亨をしのいでい

たであろう。

丁汝昌は、伊東とおなじように作戦の初動においてはその艦隊を陸兵輸送と護送につかってい
た。

しかしこの時期、なぜその根拠地をはなれて洋上に出つつあったか、その意図はよくわからな
い。

両艦隊とも、たがいに相手の所在をたしかめるのに苦心したが、かといって索敵艦をつかわな
かった。つかえばかえって艦隊主力の所在を敵に知らしめるため不利であるとしたのは伊東祐亨
の理由であったが、丁汝昌も同様の理由であったであろう。

清国艦隊の内実にあかるいロシア海軍のウィトゲフト大佐は、この時期の丁汝昌の思惑につい
てつぎのように書いている。

「丁提督は、自分の艦隊の戦力が日本のそれより優勢であることを考え、巡洋艦よりなる日本の
機動艦隊はあえて清国艦隊を攻撃してくるまいとおもった。たとえ日本人が攻撃してきても、清
国の堅艦群のなかを突破するような無謀は企てまいとおもった」

出港のとき、日本艦隊は石炭を満載した。むこう一週間というながい索敵航海を覚悟したから
であった。

が、日清どちらにとって幸運であったか、この日の夜があけた十七日、両国艦隊が黄海の洋上
で遭遇《そうぐう》することになった。

「突如の遭遇であった」

と、のちに伊東祐亨は言い、清国の司令長官丁汝昌も、

「最初、はるかに黒煙をみとめたが、たちまちにして日本艦隊の艦体があらわれ、ついで戦闘を開始するまでその進航速度はきわめてはやかった。ほとんど不意討にあうおもいがした」

と、ロシアの観戦武官に語っている。そういう遭遇のしかたであった。

遭遇にいたる経過を日本側においてのべると、まず先鋒の第一遊撃隊が海洋島付近にまで達したのは、この日（十七日）の夜あけまえであった。

このあたりは鴨緑江の河口をかかえた大いなる湾であり、海洋島はその湾口にうかんでいる。この島かげで本隊を待った。

やがて夜があけ、六時三十分ごろ、本隊が追いついてきた。敵影はみえない。

この間《かん》、砲艦赤城は猟犬のように走って海洋島の港をさぐり敵艦隊の有無をたしかめたが、やがてもどってきて、

「敵影ナシ」

と、信号をあげた。ここで伊東は艦隊運動についての教練を命じた。やがて本格的海戦がはじまろうというのに、なお教練しようというのは世界海戦史でも類がすくないであろう。

第一遊撃隊は、浪を蹴って旋回し、たちまち単縦陣をとり、針路北東へすすんだ。本隊はそれにつづき、赤城と西京丸は本隊の右側をすすんだ。

夜来の雨はすでにやみ、陽がのぼるにつれて天が高くなり、絶好の好天になった。風はまった

く死んでおり、

「鏡のごとき黄海の」

と、歌にうたわれたように、海上のうねりはほとんどない。

第一遊撃隊の旗艦は吉野である。司令官坪井航三（少将）がのっている。この吉野のマストが東北東の水平線上にひとすじの黒煙がにじんでいるのを発見したのは午前十時二十三分であった。

吉野はただちに信号をもって本隊に報告した。それから一時間七分後に煙のかずが三すじにふえた。吉野はふたたび本隊へ信号し、

「敵ノ艦隊、三隻以上、東方ニ見ユ」

と急報した。正午ごろには、双眼鏡に十隻の敵艦がうつるまでになった。さらにその左方にも別に二、三隻が従っていることがわかった。

零時五分、伊東祐亨は各艦に命じて大軍艦旗をマストにかかげしめ、兵員を戦闘配置につかせた。


この時期、清国艦隊は七ノットの速力で日本艦隊に接近している。

「丁汝昌提督にとって不幸であったのは、事態が突如やってきたことであった。かれは自分の艦隊に対し必要な命令をくだすいとまがなかった」

と、ロシア武官はこれを批評しているが、しかしどうであろう。実際は、命令はつぎつぎにく

だされていた。丁汝昌の司令長官室には、ドイツ人ハネッケン以下数人の傭い参謀がいた。かれらは欧米人であり、みな自発的に志願してきた冒険家だけに、この事態に敏感に反応し、丁にくだすべき命令をつぎつぎにおしえた。

もともと丁汝昌の艦隊顧問はラングというイギリス人の大佐で、これが数年にわたってこの艦隊を訓練し、海戦のばあいにおけるその戦闘隊形の型などもきめておいた。ところがラング大佐は清国人の怠惰と命令に対する慢性的なサボタージュに愛想をつかし、この戦いがはじまるまえに退職して中国を去ってしまっていた。

が、戦闘隊形や艦隊運動その他の型はすべてラングの遺法であった。

その隊形は、全艦が横陣になり、一文字でなく凹凸《おうとつ》してノコギリ歯のようなかたちをなすものであった。

しかも、同型の姉妹艦がカップルになりあう。たとえば定遠と鎮遠、超勇と揚威といったぐあいに姉妹艦同士が一つ単位に組み、進退をともにする。

「これは紙上の陣形としては完全と称すべきものである」

と、イギリス海軍のフリーマンター中将は批評している。ただし、と同中将はいう、「よほど練達の指揮官と、最高度に訓練された艦隊でなければ採用すべき陣形ではない」

清国艦隊は、その逆であった。

訓練が不十分なうえに、もっとも致命的なことは、信号および号令のコトバが清国語に翻訳されておらず、英語がもちいられていたことであった。外国語をもって将士をうごかすというの

は、とくに戦闘中は意思疏通《いしそつう》が困難で、不可能にちかいといっていい。これだけの艦隊をもちながら、海軍用語すら翻訳していなかったというのは、清国政府のおそるべき怠慢というべきであろう。

とにかくこの単横陣（ノコギリ歯型の）が、丁汝昌の命令一下、機敏にうごいてゆくということは訓練の精度からみても、期待できなかった。やむなく、開戦前に、丁は艦隊に指示し、

「信号はつかわない」

と、そういう異様な内容を下達《かたつ》せざるをえなかった。英語信号をつかえばかえって混乱をまねくからである。さらに指示し、

「戦闘中は旗艦の運動をよくみよ」

「同型艦はたがいに協同せよ」

「つねに艦首を敵にむけよ」

と命じた。いわば、開戦前において統一指揮をやめ、各艦の自発的行動にまかせてしまったといっていい。

陣形が、できた。定遠・鎮遠という主力艦が中央にすわった。隊形はつばさをひろげたように横へひろがり、弱艦がはしに行った。

ところがはしへゆくはずの揚威と超勇、済遠と広甲が遅速なためうまく位置につけず、このため全体のかたちは日本艦隊からのぞめばV字型のようにみえた。

V字型の横陣をもって、清国艦隊はのろのろとすすんでくる。

これに対し、日本艦隊は単縦陣をとり、猛速度をもって接近した。

「単縦陣」

というのは日本海軍のお家芸といっていいであろう。

艦隊が一列縦隊になって突撃する。横陣を青眼《せいがん》の構えとすれば、単縦陣は駈けこんで抜きうちに斬って駈けすぎる「歩き抜きうち」のようなものであった。

繰りかえすようだが、清国艦隊は横陣をとっている。清国艦隊の軍艦の多くはドイツ製で、ドイツの軍艦は主として沿岸防御用につくられていたため、横陣をとらざるをえなかったともいえる。もともと軍艦というものは正面からみるとほそく小さいため、横陣ならば敵の射撃による被害をよりすくなくできる可能性がある。ただし敵を攻撃するという段になると横陣では自艦の両舷《りょうげん》の砲がつかいにくく、前方主砲のみが活動するという点で、やや単縦陣より不利であろう。

逆に、単縦陣は防御には欠陥がある。敵の主砲の真っ正面に自艦の長大なわきばらを露呈せねばならない。そのかわり、片舷の砲がことごとく働くという大利点がある。

海戦には、いずれがいいのか、横陣か、縦陣かという議論は、この時期、世界の海軍界で論議され、結論がなかった。結局、陣形に完全なものはなく、そのいずれをとるかはその民族の民族的性格にかかっているといっていいであろう。

「日本艦隊は、敵の前面をナナメに横ぎってその右翼に出ようとした。伊東がとったこの単縦陣は、おのれと同力量の艦隊に対してはもっとも危険な戦法であった」

と、英国のG・フィブス・ホールンビー元帥はいう。

「しかし伊東は清国艦隊の陣形をはるかに望み、これをクサビ型（V型）と判断し、クサビ型なら艦隊運動が大いに不自由であろうとみてこの単縦陣をとり、快速を利用して敵を混乱におとしいれようとした。この戦法はトラファルガーの海戦においてネルソンが用いたが、理論的には完全でないにしても、全勝を期するばあいにはもっともよい」

この当時、米国の海軍少佐マクギフィンが清国にやとわれ、この艦隊の参謀のひとりとして鎮遠にのっていた。戦後、「センチュリー・マガジン」に寄稿したところでは、

「わがほう（清国）十二隻に対し、日本艦隊十二隻（西京丸をふくむ）は、じつにハッキリした単縦陣でやってきた。その艦隊がまるで一ついきもののように秩序をたもち、一定の間隔と速力をととのえつつやってくるさまは賛嘆するほかなかった」

敗者に立ったマクギフィン少佐は、その敗因のひとつとして清国政府（北京総理衙門《がもん》）が丁汝昌に出したふしぎな指令をあげている。「どういう理由があっても、山東灯台から鴨緑江河口に劃《かく》する線上から出てはいけない」というものであった。このため清国艦隊はみずからすすんで日本艦隊をさがしだすという積極戦法をとれなかったという。

「それからみれば伊東にはこういう拘束《こうそく》はない。それにしてもその単縦陣は、勇ましくはあっても冒険すぎるであろう。日本はただ一セットしか決戦用の艦隊がないというのに、なぜこういう冒険をえらんだか。日本人種の勇敢さは常識をもっては考えられない」

黄海海戦における最初の砲弾は、日本の先頭艦吉野にむけて発射された清国の旗艦定遠のものであった。

ときに距離五八〇〇メートルであり、定遠がほこる一二インチ（三〇サンチ）の主砲弾は吉野のうしろ数十メートルの浪間におち、すさまじい水煙をあげた。

信号を用いぬ清国艦隊にとって、旗艦がはなつ最初の一発が、射撃開始命令の代用だったのであろう。つづいて吉野の前後左右におびただしい水煙があがった。

ところが、吉野は射たない。艦長は「三〇〇〇メートルに近づくまで発砲するな」と、命じ、その距離に接するため速力をにわかに一四ノットにあげた。吉野の最高速力は二三ノットであった。ちなみに日本艦隊はその艦隊速度を一〇ノットに規整していた。これでもこの当時の世界の海軍の水準からいえば艦隊速度としては速かったであろう。

一方、清国艦隊は、低速艦をかかえているために七ノットに規整していた。

「その差は、三ノットである。しかし日本艦隊は艦の手入れがいいためか、もっと高速を出しているように思われた」

と、清国側の外国武官はいう。おそらく吉野がにわかに速力をあげたのをみて全体がそうだと錯覚したのであろう。

吉野は零時五十五分、三〇〇〇メートルに達してから、右舷の砲門をことごとくひらき発射した。後続の高千穂、秋津洲がこれにならった。目標は揚威と超勇であった。吉野が三分間右舷斉《せい》射《しゃ》をやるうち、敵の経遠が大胆にも猛進してきた。その衝角《しょうかく》をもって吉野の右腹を突きやぶるつ

もりだったのであろう。吉野はそれをかわし、十分後には揚威・超勇二艦との距離を一六〇〇メートルにまでちぢめた。近距離であるため、むだ弾がなくなり、ほとんど命中した。

が、致命傷をおわせるにいたらない。砲が小さいためであった。艦が小さく砲も小さくただ速力のみ高いため、日本艦隊は外国の観戦武官から、

「軽艦隊」

といわれた。

軽艦隊としては、最初から敵を轟沈《ごうちん》するというのぞみをすてていた。ことに世界でもっとも防御力のつよい定遠、鎮遠を沈めることは不可能であるという前提のもとに作戦をたてている。

要するに、小口径の速射砲を活用することであった。日本艦隊はそういう小さな砲の数において清国艦隊に優越していた。清国が一四一門に対して日本は二〇九門ももっており、速射砲については清国が新式のものをまったく装備していなかったのに対し、日本は七六門をそなえていた。そのうえ快速力があり、この高度の運動性を利用して小口径や中口径の大砲を大いにはたらかせ、敵の艦上施設を破壊し兵員を殺傷することに主眼をおいた。敵艦をしずめるだけの巨砲をもたなくても、敵の艦上施設や兵員を無力化させることによって「浮かべるスクラップ」にしてしまえば効果はおなじであろう。この思想と戦法が全海戦を通じてみごとに成功し、

――快速の軽艦隊は、その運用いかんによっては、重装甲・巨砲をそなえる艦隊をやぶることができる。

というあたらしい戦例がこれによって確立された。

清国艦隊も、よく戦った。

鎮遠のりくみの米人マクギフィン少佐は開戦早々のころの鎮遠の艦内の状況をつぎのように描写している。

「(開戦寸前)頭に辮髪《べんぱつ》をまきあげ、両腕をはだかにした浅黒い壮漢たちは、甲板にならんだ砲側に群れ、いまや殺すか殺されるかという緊張のもとに号令を待った。甲板上には、戦闘中、足がすべらぬように砂がまかれていた。重い沈黙が、艦の上部構造にも艦の腹部にもみちた。弾送滑車のそばにも、揚弾機のそばにも、水雷室にも、号令をまつ清国人が無言でそれぞれの姿勢をとっていた。一人の少尉は、マストの上にのぼり、六分儀をもって距離をはかり、それをいちいち下のほうへ小信号旗をもって報《し》らせている。距離の報らせがあるたびに砲手はそのぶんだけ照尺を低くした。それが五四〇〇メートルになったとき、旗艦定遠の砲が吼《ほ》え、敵の吉野艦のそばにおちて水煙をふきあげた。これと同時に鎮遠は、旗艦につづく第二弾を吉野に送った。しかし日本艦隊の砲は応射せず、かれらが応じてきたのは五分ののちであった」

「ほどなく鎮遠の一二インチ砲が送りだした一弾がまさしく日本の先鋒隊の一艦に命中したときは、艦内は手をうって歓呼した」

この鎮遠がほこる一二インチ砲の命中弾をうけたのは、おそらく連合艦隊の旗艦松島であったであろう。松島は、一七〇〇メートルの近距離まで鎮遠に近づいたとき、鎮遠の一二インチ砲二門が同時に咆哮《ほうこう》した。その砲弾は松島のブリキのようにうすい艦腹をつらぬき、そこでは爆発せ

ず、砲楯《ほうじゅん》にあたって爆発した。さらに砲側にうず高くつまれてあった装薬をも爆発させたため、その音響は天地をふるわせ、付近にいた九六人を一挙に死傷せしめ、さらに備砲をこわし、そのうえ艦の舷側に張ってある鋼板をめくりあげ、艦骨まであらわになった。すさまじい威力であった。

この海戦中、日本艦隊が鎮遠に命中させた砲弾は二二〇発にのぼった。さらに定遠には一五九発を命中させたが、しかし両艦を鎧《よろ》っている装甲板をついに貫通させることができなかった。ただ両艦ともしばしば火災をおこし、猛煙が艦をおおい、このため両艦の乗組員は艦上活動がときに中断された。

戦闘四時間半で、清国艦隊は一二隻のうち四隻が撃沈された。経遠、致遠、揚威、超勇であった。さらに広甲が擱座《かくざ》した。が、日本側は一艦も沈んでいない。

清国艦隊ののこる七隻が戦場を離脱し、旅順方面にむかって逃げた。

伊東祐亨はこれを追うべきであったであろう。敵を追撃して戦果を拡大することが戦術の原則であったが、夕刻、艦隊をまとめてひきあげてしまっている。この点、清国艦隊の参謀マクギフィン少佐は不審とし、

「日本の主力は戦闘力がなおたっぷりあるというのに、どういうつもりか南東の方向にひきあげてしまった」といっている。

はなしは、かわる。

秋山好古は、当然ながらフランスから帰朝していた。明治二十四年の暮に帰国、すぐ東京に駐屯している騎兵第一大隊の中隊長に補せられた。

が、ほどなく職務がかわった。

明治陸軍は、この騎兵の開拓者に対し、それにふさわしいしごとをあたえた。陸軍士官学校と同幼年学校の馬術教官にしたことであった。ところが、期間は半年にすぎなかった。

陸軍は、好古が身につけた騎兵思想を軍政の中枢《ちゅうすう》につぎこませようとし、騎兵の世話をする最高の役所である「騎兵監」の副官とした。

「騎兵一筋の男が所を得た」

と、他の科の友人たちがいった。好古はこのとき同時に騎兵少佐に昇進した。明治二十五年十一月一日付であり、同期のたれよりも早かった。とし三十四歳である。

が、その翌二十六年五月五日、ふたたび隊にもどった。騎兵第一大隊長である。理由はすでに陸軍が日清戦争を想定して動員態勢に入ったということであろう。好古の騎兵思想を野戦で実験させてみようとした。

ちなみに、大隊というのはひとつの戦術単位としていくつかの中隊を統一し、独立部隊としての機能をもっている。そういう意味で、好古ははじめて独立機能をもった指揮官になった。

明治二十七年になった。

日清戦争の宣戦布告は八月一日におこなわれるが、事前の衝突というかたちで在朝鮮の大島混成旅団が七月二十九日、成歓で清国軍をやぶった。宣戦とともに日本は第五師団の渡韓を開始

し、さらに第三師団をも動員した。この第五、第三をもって第一軍を編成した。軍司令官は大将山県有朋である。

第一軍が活動すべき戦場は朝鮮に限定されている。九月十五日、これが平壌で清軍をやぶった。

同時期の九月十七日、黄海で伊東艦隊が北洋艦隊をやぶって制海権を確立したため、海上の輸送の安全がひらけた。

それによって大本営（在広島）は、あらたに大軍を輸送して満州に上陸させ、そのあとすすんで直隷《ちょくれい》平野に決戦をもとめるため、第二軍を編成した。軍司令官は大将大山巌で、その隷下に第一、第二の両師団、それに混成第十二旅団（第六師団）をおいた。その動員がはじまった。要するに黄海の勝利による自動的進出といっていいであろう。

その第二軍の動員とともに当然、好古の騎兵第一大隊も動員された。かれとその部隊が、その駐屯地である東京目黒の兵営を出発したのは九月二十三日である。

かれらの輸送のためにこの当時青山に仮停車場がつくられていた。そこから出発し、二日のちに広島に到着した。

第一師団長は、片目がないために独眼竜といわれた中将山地元治《もとはる》である。軍司令官の大山が薩摩人、この山地が山内容堂の近習《きんじゅう》あがりの土佐人、それに傘下《さんか》のふたつの旅団の旅団長は、ひとりは長州人の少将乃木希典《のぎまれすけ》、ひとりは薩摩人の少将西寛二郎であった。なお、明治政権を成立せしめた藩閥が濃厚に生きているといっていいであろう。

広島でのことである。好古は指揮刀をつっている。町ですれちがった同期の歩兵大尉が、

「なんだ、その腰は」

と、おどろいた。指揮刀のことである。

指揮刀はおもちゃのような刀身で、刃がなく、当然ながら切れない。将校は平時、いわばかざりと指揮用のために指揮刀をつる。しかし戦時は軍刀にかえる。軍刀はサーベル式に拵《こしら》えられているが、なかみは日本刀であり、それが制式になっている。要するに好古は平時のままであった。

「これでいいんだ」

と、好古はそのままわかれた。隊の宿舎にかえると、部下の曹長が不安気におなじ質問をした。

不安がるのも、当然であった。騎兵には突撃ということがある。馬をつらねて敵中にとびこみ、刀か槍（日本騎兵には槍はない。ヨーロッパの重騎兵や清国の騎兵にはそれが武器になっている）で、刺突してたたかわねばならない。指揮刀ではいわば竹光とおなじであり、突いても敵の衣服を突きとおすことはできず、ふりかぶっても敵を切ることはできない。第一、護身のための武器がおもちゃでは不安でいくさの場に立っていられないではないか。

「いや、ええんじゃ」

と、好古はいった。

このあたりが、この人物の奇妙なところであろう。かれはのちの日露戦争にも腰にこの指揮刀をつって戦場を往来した。理由はいわない。

理由をいわなかったが、おそらく指揮官の役目は個人で敵を殺傷するものではなく一隊一軍を進退させて敵を圧倒するところにある、によって個人としての携帯兵器はいらない、というようなことであったのかもしれない。

それ以外にも理由がありそうである。好古は同時代のあらゆるひとびとから、

「最後の古武士」

とか、戦国の豪傑の再来などといわれた。しかし本来はどうなのであろう。

考える材料が二つある。ひとつは、かれは他の軍人のばあいのようにその晩年、自分のこどもたちを軍人にしようというきもちはさらになかった。福沢諭吉の思想と人物を尊敬し、その教育に同感し、自分のこどもたちを幼稚舎から慶応に入れ、結局ふつうの市民にした。

いまひとつは、かれが松山でおくった少年のころや大阪と名古屋でくらした教員時代、ひとびとはかれからおよそ豪傑を想像しなかった。おだやかで親切な少年であり、青年であったにすぎない。それが、官費で学問ができるというので軍人になった。軍人になると、国家はかれにヨーロッパふうの騎兵の育成者として期待し、かれもそのような自分であるべく努力した。

かれは自己教育の結果、「豪傑」になったのであろう。いくさに勝つについてのあらゆる努力をおしまなかったが、しかしかれ自身の個人動作としてその右手で血刀をふるい、敵の肉を刺し、骨を断つようなことはひそかに避けようとしていたのではないか。むろんそのために竹光を

腰に吊るということは、よほどの勇気が要る。勇気はあるいは固有のものではなく、かれの自己教育の所産であったようにおもわれる。

指揮刀のはなしのついでながら、陸軍騎兵少佐秋山好古の指揮下にある騎兵大隊（二個中隊）の装備についてふれねばならない。

騎兵は、その長大なサーベルと小銃を兵器としている。もっとも将校は小銃をもたず、拳銃をもっている。

騎兵の小銃は、ななめに肩へかける。ヨーロッパのばあい、乗馬者の負担をかるくするためと馬上操作の必要上、銃身をとくべつにみじかくした騎兵銃というものがあったが、この時期の日本にはない。歩兵銃である村田銃をながながと背負っている。

村田銃というのは、日本陸軍の制式銃であった。

旧薩摩藩士で村田経芳《つねよし》という人物がそれを発明した。村田は旧藩時代から小銃に関心をもち、明治八年、歩兵少佐のときヨーロッパに渡って小銃の機能と製造を研究した。明治十三年、遊底《ゆうてい》式《しき》の小銃を開発したのが最初の村田銃であり、単発であった。

明治十八年、これに改良をくわえ、同二十二年さらにその機構を一新し、連発式にあらためたが遊底式という点ではかわらない。この村田連発銃というのはのちにこれを原型として三八式小銃が開発されるまでこの時代の世界でもっとも能率と精度のたかい軍用小銃とされたが、しかし、生産がおっつかず明治二十七年の日清戦争ではこの式がさほどにはゆきわたらず、秋山大隊

の小銃のほとんどは改良単発式の十八年開発のものであった。

ついで、馬である。

馬は、この日清戦争の段階では、アラブもサラブレッドもつかわれていない。雑種ですらない。日本馬であった。大隊長である好古も、西洋人が日本騎兵をみてわらったように、

「馬のような馬に」

乗っていた。

ただひとり例外があった。沢田中尉という若い将校がひとり洋雑種の馬にたかだかと乗っていた。この馬はかつて東京《トンキン》戦でフランス軍がつかった馬を陸軍が種馬として買い、日本馬と交配させてうまれたもので、沢田はそれを手に入れ、新馬のあいだから自分で調教してきた。

白馬である。厳密には葦毛《あしげ》で、白い地にまばらの斑紋《はんもん》がある。

沢田はその馬で、広島へきた。ところが広島滞在中、陸軍から達示があり、白馬を戦場にもってゆくことが禁止された。敵の目標になりやすいからであった。

沢田は窮したあげく、染料を買ってきてみどり色にそめた。緑馬というのは世界にもないであろう。

宇品《うじな》から出港する前、山地師団長による軍装検査がおこなわれた。沢田は、この大きな緑馬に乗って颯のなかで閲兵をうけた。

やがて山地が巡視してきてその前に立ち、おどろいたように随行の好古をふりかえった。好古はすかさず、

らしい。

「閣下、この馬は元来妙な馬であります」

と大声でいうと、山地はただ一つの目をそびやかせ、鉄色の顔をわずかに崩した。ほぼ察した

宇品を発ったのは、十月五日である。好古が属している第一師団は、三梯団《ていだん》にわかれてそれぞれ上陸地にむかった。

「これが汽船か」

と、はじめて見て感心する兵も多かった。ただしかれらのころの輸送船は、千トン前後の小船で、外洋に出るとわずかの波にもゆれた。ほとんどの者が船よいをした。

ちなみに、当時の日本海運界には、汽船が四百十七隻、ぜんぶで十八万千八百十九トンしかなかった（ほかに帆船が二百二十二隻、三万三千五百五十三トン）。

陸軍の参謀次長の川上操六は、開戦にあたってこのことがまず苦のたねであった。陸兵を輸送できなければ戦おうにも戦えないであろう。

これについて、插話がある。開戦前、川上は混成一旅団を朝鮮の仁川におくるにあたって船の手配をしようとし、日本郵船所属の船舶のリストを点検した。当時、日本の汽船の総保有数のうち、日本郵船が三分の一をもっていた。

川上は、副社長近藤廉平《れんぺい》をよんだ。

——大演習のため。

という名目で、リストのなかから十隻の汽船に赤点をつけ、「いそぎ借りあげたい。これらを一週間以内に宇品にあつめてもらいたい」といった。

近藤は、阿波の人、大学南校、慶応義塾にまなび、のち岩崎弥太郎にみとめられた。このとし、四十七歳である。

「承知しました」

と、いったが、しかし会社には会社の規定がある、によって、この件、役員会の議に付し、その決定をみたのち正式におひきうけすることになる、左様ご承知ありたい、とつけくわえた。

川上は、難色を示した。そういう会議にかけられてしまえば機密の保持はもはや期しがたいであろう。当時、清国がスパイを東京や横浜に潜入させてしきりに日本の動静をうかがっていることをむろん川上は知っている。

「あんたの肚ひとつでやるわけにはいかないか」

といった。近藤は、かぶりをふった。

ついに川上はにおわさざるをえなかった。大演習というのはじつは表むきだけのことである、ということをである。

「とにかく、重大秘密である。もしこの事情が洩れれば国家の大事は去るであろう。あなたはその秘密をまもることを誓われるか」

そのことばで、近藤は開戦を察した。が、川上の言いかたが気にくわなかった。

「わざわざご念を押されるとは心外である。ゆらい秘密は官界からもれるといわれる。私よりも

閣下こそ口に注意されよ」

「これはきずてならぬ。この川上が秘密をもらすおそれがあるといわれるのか」

「閣下がこの近藤をうたがうからそういうのです。この秘密はわれわれ二人しかしらぬ。もし洩れれば犯人は閣下か私かのほかあるまいから、そのときは私は閣下の胸ぐらをとり、刺しちがえて死ぬ」

　はなやかといえばはなやかな明治のナショナリズムが、この戦争を遂行させている。

遼東《りょうとう》半島の花園口《かえんこう》という海浜の寒村に上陸したのは、十月二十五日である。

「金州および大連湾付近を占領すること」

　というのが、第一師団に対する軍命令であった。好古の騎兵大隊は金州の敵情を偵察するために前進した。好古にとっても、日本騎兵にとってもこれは初陣《ういじん》というべきであった。行動を開始したのは十一月のはじめである。天はすでに寒く、地が凍って馬の蹄《ひづめ》がわれそうであった。かれらは復州街道をゆき、やがて四十里堡《りほ》付近ではじめて敵に遭遇した。

「敵騎兵、約二百」

　という急報が斥候《せっこう》によってもたらされたとき、好古は馬からおりて丘にのぼり、双眼鏡をとりだした。この眼鏡は西洋の婦人がオペラ見物につかう倍率のひくい眼鏡で、役者の顔はみえてもはるかな敵状を見るには不適当であった。もっともこの時代、砲兵科をのぞけば、どの将校もこの程度のものしかもっておらず、ツァイス双眼鏡がゆきわたるのは日露戦争後になってからのこ

とである。

刻々、斥候からの報告がくる。好古が練りあげた「騎兵」は十分に機能していた。それらによると、敵の騎兵二百は、こちらの存在にすこしも気づかずやってくるという。

好古の大隊には、歩兵が一個中隊つけられている。これによって「秋山支隊」とよばれていた。

歩兵中隊長はただちに部下を散開させ、地物によって身をかくさせ、射撃の用意をさせた。

「ええかな」

と、好古は歩兵中隊長の大尉に言いふくめた。わしはヨーロッパで大陸というものがどういうものか知っとるが、このようにひろびろとしておっては距離を近くに見あやまりがちなんじゃ。敵を十分ひきつけてから射撃せよ。二、三百メートルにきてから射て、といった。

好古は、どうみてもふだんのままの顔つきである。

他の将校は、みな逆上《あが》っていた。歩兵大尉は、ことにひどかった。

敵は、だんだん近づいてくる。歩兵大尉はたまりかねて、

「もう、距離五百であります」

と、好古に嚙みついた。好古はオペラグラスをとりだして、「いけんな、まだ八百はあるぞな」といった。

ところが歩兵大尉は我慢しきれなくなり、散兵線に対し、射撃を命じた。

敵はたちどまった。

ゆうゆうとひきかえしはじめたのである。日本歩兵の小銃弾は一発も敵に達せず、その中間におちてはさかんに砂けむりをあげた。敵はその砂けむりのむこうで姿をしだいに小さくし、ついに地平線のむこうに消えてしまった。

好古は、笑いだした。

「いま、君は何百でうたせたかい」

と、問うた。歩兵大尉が三百の照尺をかけさせました、と答えると、好古はおかしそうに鼻をこすり、支隊の前進を命じた。

いくさにおける勇猛さ、大胆さというものは、どういうことなのか。

好古は、かつてそれを考えたことがある。かれは軍人である以上、それを考えねばならなかった。

戦国末期の武将で、加藤嘉明《よしあき》という人物がいる。豊臣秀吉によって子飼いからそだてられた秀吉の軍事官僚で、一時、好古の故郷の伊予の国の大名になったことがある。伊予松山城はかれがきずいた城で、好古は年少のころからこの武将の名を身近なものとして感じてきた。

嘉明は晩年、ひとから、

「どういう家来が、いくさに強いか」

と、きかれた。当然、強いといえば天下にひびいた豪傑どものことであるという印象がその当時の世間にもある。

が、嘉明は、

「そういうものではない。勇猛が自慢の男など、いざというときどれほどの役にたつか疑問である。かれらはおのれの名誉をほしがりはなやかな場所ではとびきりの勇猛ぶりをみせるかもしれないが、他の場所では身を惜しんで逃げるかもしれない。合戦というものはさまざまな場面があり、派手な場面などはほんのわずかである。見せ場だけを考えている豪傑など、すくなくとも私は家来としてほしくない」

と、豪傑を否定し、戦場でほんとうに必要なのはまじめな者である、といった。たとえ非力であっても責任感がつよく、退くなといわれれば骨になっても退かぬ者が多ければ多いほど、その家は心強い。合戦を勝ちへみちびくものはそういう者たちである、と嘉明はいう。

——いくさは、たれにとってもこわい。

と、好古はかつて弟の真之に語った。うまれつき勇敢な者というのは一種の変人にすぎず、その点自分は平凡な者であるからやはり戦場に立てば恐怖がおこるであろう。

「そういう自然のおびえをおさえつけて悠々と仕事をさせてゆくものは義務感だけであり、この義務感こそ人間が動物とはことなる高貴な点だ」

といった。

この日清戦争における好古は、一将校としての義務感以外に、さらに大きなそれによってうごいていた。

騎兵のことである。

「騎兵など、無用である」

という意見が、陸軍の内部に頑固に根をはっていた。騎兵は創設費も維持費もらんとかかる金食いの兵科であるとともに、防御力がじつによわい。敵歩兵の一斉射撃の前にもくずれるし、敵砲兵の集中弾をうければ、歩兵とちがって露出部隊であるために損害がきわめて大きい。なるほど突撃力、打撃力は大きいかもしれないが、それで成功する戦略的戦機をさがすのはじつにむずかしく、機会はまれである、というものであった。

好古は、味方のこの意見とたたかわねばならない。たたかうには戦場で勝つ以外にはなく、かれは行軍中も戦闘中もつねにそのことだけが脳裏にあった。

——たれもが騎兵を理解しない。

というなやみが、好古にある。

「騎兵の特質はなにか」

ということを、好古は後年、陸軍大学校で講義したとき、講義の最初にその命題をかかげ言いおわると、かたわらの窓ガラスを拳固《げんこ》でつきやぶった。ガラスがみじんにくだけ、その破片が好古の手を傷つけ、血を噴きださせた。が、ヒンデンブルグの相似形といわれたその顔つきをすこしも変えず、

「これだ」

といった。

なるほど、そのとおりであった。

騎兵は、歩兵のようにくぼ地にもぐることができず、地上にたかだかと肉体を露出している。このため容易に敵の銃砲火をうけ、全滅する例も戦史にはざらにある。その意味では、はだか身でしかも素手《すで》である。

が、いかなる兵科よりも機動性に富み、その機動性を利用すれば、敵のおもわぬ場所と時機に出現することができ、きわめて効果的な奇襲に成功することができる。古来、多くの名将はこの騎兵を戦略的につかって敵を奇襲し、潰乱《かいらん》させた。

要するに、戦術的兵種というよりもきわめて戦略的兵種とみるべきであり、戦場の推移をつねにするどくしかも大局的にみることができる将のみが騎兵を使用しうる。

しかも、騎兵は集中していなければならない。一騎々々はよわいが、これを密集させてよき戦機に戦場に投入すれば信じがたいほどの打撃力を発揮する。

「打撃」

それを、好古はガラスをぶちやぶることによって示した。が、その素手は傷つく。騎兵もまた打撃を発揮したあとその戦場で全滅するかもしれない。しかしそれは戦局を一挙に好転させるための全滅であり、作戦家はためらいなくそれをやるべきである。しかし凡庸な作戦家の手にかかっては、騎兵はただ全滅するだけのことである。

そういう啓蒙を、好古は下級士官のころから上級者に説きつづけた。

それでも、容易に理解されない。

こんど、戦時編制で第一師団長山地元治の下に入ったとき、好古はこの片目の将軍に献言した。

「ばらばらであってはなにもなりません」

げんに、他の師団ではせっかくの騎兵大隊をばらばらに細分化してそれぞれの歩兵部隊に付け、戦術的協同をさせている。せっかくの戦略兵科がこれでは玉をくだいて用いるようなものだ、といった。

要するに、師団直属にせよ、というのである。山地元治は、この献言を容れた。そのため、第一師団のみは秋山大隊は独立集団になった。さらに防御力のよわい騎兵のために歩兵一個中隊を好古の指揮下に入れ、秋山支隊とよばれる単位にした。

好古はそういう体制で、戦場を旅順要塞にむかってすすんでいる。

旅順というのは、戦いというものの思想的善悪はともかく、二度にわたって日本人の血を大量に吸った。

旅順は遼東半島のさきにあり、天然の良港をなし、遼東湾、渤海、黄海の三つの海をそのほそい半島をもってわけているという地理的位置から、ここが海軍基地にえらばれたのは当然であろう。

この地理的位置に目をつけて軍港にすることを清国政府に献策したのはドイツ人であった。

そういうことから清国がここに「水師営《すいしえい》」を設け、軍港の設備を設けたのはわが国の明治十七

年である。

軍港は海軍の基地だが、しかし艦隊保護のために軍港のまわりの山河を鉄でかためるほどの陸上要塞の設備が要る。清国政府はその設計をドイツ人に委嘱し、この日清戦争の段階ではすでに完成していた。

「東洋のセヴァストーポリ」

といわれたのは、多少ほめすぎかもしれない。なぜならばロシアのセヴァストーポリ要塞の規模の大きさ、精巧さ、重厚さは、要塞づくりにかけてはどの民族よりも素質があるといわれるロシア人がその大帝国の国力をあげてつくったもので、清国製のこの旅順要塞とはくらべものにならない。

が、東洋一もしくは唯一の近代要塞であることはたしかであった。フランスの提督クールベーは旅順にやってきて、

「この旅順をおとし入れるには五十余隻の堅艦と、十万の陸軍を投入してもなお半年はかかるであろう」

といった。

その港口は黄金山《こがねやま》砲台、饅頭山《まんじゅうざん》砲台などでかため、港の背後には、鶏冠山《けいかんざん》、二竜山、松樹山《しょうじゅざん》、椅子山《いすざん》などの大堡塁《だいほるい》をるいとめぐらし、中央は白玉山堡塁をもってかため、それらをまもる砲は大小百数門をかぞえ、一万二千の守備兵がまもっている。

「ところが、たいしたことはなさそうだ」

と、最初に知ったのは、騎兵をひきいている秋山好古であった。かれは騎兵のいまひとつの機能である「捜索」に任じていた。このため多数の騎兵斥候を出して敵情をこくめいに知ろうとした。

「守備兵が一万二千というその内容は、粗末である。元来の守備兵は八千五十人で、あとは金州や大連湾で敗けた連中が逃げこんでいるにすぎず、士気はひくい」

とみた。好古は、十一月十七日午後一時、営城子から第二軍司令官大山巌あて、意見書を送った。

「諸情報によれば、敵は旅順城を死守すること確実である。砲台は大体標高三百メートル以上の諸高地にある。どの道路から攻撃縦隊を進入させても、五、六千メートルの範囲内は敵の縦射と側射をまぬがれない。旅順攻撃のもっとも簡単な方法は、夜あけに乗じ軍の主力をもって旅順本道から水師営をへて旅順市街にすばやくとびこむことである。この方法をとれば、たとえとびこみに失敗しても退却兵を水師営北方三千メートルの高地に収容することができる。……」

さらに好古は、旅順攻撃の方法を説く。「捜索騎兵隊長」という肩書きで出しているが、旅順の分析とその弱点の考察、攻撃法の案出の的確さという点で、これほどみごとな捜索報告は戦史上すくないであろう。

「旅順の諸砲台は、砲声の小ささから察するに意外にも小口径砲が多い。砲弾がどの程度の命中力をもっているかを観察してみたが、きわめて粗末である。攻撃部隊は案ずるよりも損害がすく

ない。それに旅順の地形は波状が多いため、攻撃部隊の動作を多少はかくしてくれるであろう」

「いまひとつの方法がある」

と、好古は第二案を示している。

「それは、旅順練兵場の西方約四百メートルにある高地、そこに付設された二砲台をまず占領することである。この方法を用いるためには軍の主力を、土城子《どじょうし》から石嘴《せきし》をへて水師営西方の高地より進入せしめねばならない。ただこの攻撃法における最大の困難は、標高五百メートルあまりの高地を、よじのぼることによって攻撃占領せねばならぬ点である。さらにこの攻撃法をとる場合、水師営西方高地にある諸道路をくわしく偵察しておく必要がある」

好古の意見書は、さらに詳細をきわめている。日本軍の習慣として工兵を軽視しがちな点に留意し、「どの攻撃方法をとるにしても、各攻撃部隊には工兵を付属せしめねばならない」という。

また、騎兵をつかいこなす能力をもたぬ軍司令部のことを考え、

「各攻撃部隊の連絡がとだえるおそれがある。このため各部隊には騎兵をすこしずつ分属せしめる必要がある」

と、書いている。(以下、略)

日露戦争においては、好古は旅順を担当しなかった。日露戦争において旅順攻略をするにあたってこの程度の捜索報告があればその死傷はおそらく半減したであろう（もっともこの日清戦争における旅順攻撃のなかには旅団長として少将乃木希典がくわわっている。乃木はのち日露戦争のときの旅順の担当者になった。かれはすぐれた統率者でありえても戦略家としての資質がとぼしかったようである）。

ともかく、第二軍司令官大山巌は、この好古の意見書によって攻撃計画をたてた。攻撃開始は、十一月二十一日ということにきめられた。

好古は、右の意見書を出すと、翌十八日朝七時、宿営地の営城子を出発し、前進した。ところが双台溝《そうだいこう》から山間堡《さんかんほ》に達した午前十時ごろ、水師営方面から前進してきたらしいおびただしい敵と遭遇した。

「どのくらいいるのか」

と、好古が台地から見たところ、一旅団以上であることはたしかであった。味方は、わずかに三個中隊しかない。

当然、退却すべきであった。なぜならば捜索隊は敵情・地形を偵察してそれを後方に報告することが目的であり、戦闘は主目的ではない。が、この初陣で退却すれば士気にかかわるうえに、軍全体に対し騎兵の評価が一時にさがるであろう。

好古は、攻撃を決意した。

このあたりを、土城子という。

好古は、兵をふた手にわけた。騎兵第一中隊は全員下馬させ、徒歩兵にし、本道の東側に散開させてすすませた。

第二中隊に対しては、乗馬戦をさせるべく本道の西側をすすませた。べつに自分の手もとに歩

兵中隊をおき、予備隊とした。

——兵隊のかずが足らん。

と、好古はおもった。足らぬどころか圧倒的に不足していた。敵は歩兵一個旅団であり砲までそなえている。それが、わがほうの攻撃をみてゆうゆう応戦の態勢をととのえ、射撃をはじめた。すさまじい銃砲声が天地にみち味方は横なぐりの夕立をかぶったようになった。

好古は、かわっていた。

水筒に酒を入れてある。シナ酒である。草むらに腰をおろし、片手にオペラグラスをもち、片手に水筒をもってのみはじめた。

——いくさ酒というのは、妙な味がする。

と、晩年もいった。どういう味がするのか、それは説明しない。

かれは後年、日露戦争の戦場でもそうであったが、コサック騎兵団の怒濤《どとう》のような襲撃のなかで酒をのんだ。激戦となるとかならずのむ。のんで勇気をつけるというのではない。この大酒家は、のんだからといって頭に血がのぼって景気づくというぐあいにはならず、ただ、鎮静はするらしい。頭に血がのぼろうとするとき、酒をのむことによってあたりまえの自分を維持することができる。

戦況は、のっけから不利である。時がたつにつれていよいよ不利になってきた。

(兵が萎縮《いしゅく》している)

と、好古はそうみた。どの兵もせいいっぱいの勇気をふるって射撃動作をくりかえしている

が、将校も兵も一針つけば泣きだしそうなくらいに緊張、というよりも硬直しきっていた。こういうばあい、指揮官の精神がどういうぐあいであるかを、味方にみせてやらねばならない。その意味では、いくさは指揮官にとって命がけの演技であった。

「前へ出るけんの」

と、好古は馬にのり、その高姿勢のまま前へすすめた。副官が狂ったように馬の口にとりすがったが、好古は行くのみである。馬上で水筒をラッパのみにしている。ゆうゆうとすすめ、ついに最前線に伏射中の兵のあたりまで出た。弾が好古のまわりの砂をあげ、肩をかすめ、頭上に鳴った。頭上に鳴る小銃弾はあたることはないが、地面へつきささる弾が多くなると敵弾の命中率は高くなってくる。

「まったく、たいへんなんだ」

と、徒歩兵の散兵を指揮中の第一中隊長河野政次郎大尉が、あとでいうのに、「顔つきもかわっていねば、様子もかわらない。恐怖もあせりも困惑もなく、ちょうど酒客がさかずきをかたむけつつ満開の花でもながめているよう」であった。

たちまち兵たちの顔色に血の色がもどったが、戦勢はとうてい回復しそうになく、敵はいよいよせまってくる。

たまたま戦場付近に、歩兵第三連隊の第三中隊が行軍していた。

中隊長は、中尉中万《ちゅうまん》徳二である。中万は、

——騎兵が、敵の大軍と交戦している。

という報をきくや、すぐさま中隊にかけあしを命じ、応援すべく戦場に到着した。騎兵の防御力のよわさを中万はよく知っていた。ところが戦闘に参加するや、この応援中隊はばたばたやられ、中万中尉も頭部に敵弾をうけて即死してしまった。

——退却すべきである。

という考えが、どの将校の脳裏にも明滅していた。敵に対し効果がない、それにひきかえ味方の損害は増大するばかりである。ここはすみやかに退却することが、戦術上の及第答案であることはまちがいなかった。

が、好古は前をむいたまま、酒をのみつづけている。その前後左右で、兵がたおれた。

——この損害はどうだ。

と、好古の副官の稲垣中尉はおもった。たれもが、味方の敗勢をみとめた。

が、好古のみは醒《さ》めていた。

(応援にきた歩兵中隊をのぞき、騎兵の場合はけが人ははなはだ多いとはいえ、しかし死んだ者はまだひとりだ)

と、勘定《かんじょう》していた。いくさとはそういうものであると好古は考えていた。

ところがこまったことに、敵に優勢な砲兵が来援したらしく、砲弾がおびただしくふってきてあちこちで炸裂《さくれつ》しはじめた。このままこの状態をつづければ砲弾のために全滅するかもしれない。このとき、好古の指揮下にはない応援中隊が、退却をはじめた。

「なあ、熊谷《くまがい》」

と、好古はかたわらの熊谷通訳官をかえりみた。すでに彼我《ひが》の戦線が入りみだれて、好古のそばにはこの通訳官熊谷直亮《なおすけ》のほかたれもいなかった。

「わしゃ旅順へゆけといわれているんじゃ。退却という命令はうけとらんけん、一歩も退《ひ》きゃせんぞな。去る者は去れ、わし一人でも旅順へゆくぞな。それには通訳が要るけん、君だけはついてこい」

このころ、ひょっとすると好古は酔っぱらってしまっていたのかもしれない。激戦時間が長かったため、酔いが限度をこえてしまっていたのである。

「伝令」

と、好古はよんだ。伝令が、徒歩で駈けてきた。

「河野(第一中隊長)にそう伝えよ。貴官は第一中隊をひきい、乗馬をもって敵の砲兵陣地を攻撃、これを撃滅すべし」

命令をうけた河野大尉は弾雨のなかを駈けてきた。

(この状況下で突撃とはどういうことだ)

——アノトキ秋山サンハ酔ッパラッテイタノダ。

という説が、その後信じられた。たしかにそうであったかもしれない。

が、命令は命令である。河野大尉は死を決意し、好古の前で刀《とう》の礼をし、

「これでお別れします」

と言い、駈けて行った。

河野大尉は、この惨況のなかで好古の命令どおり敵を襲撃すべく隊にもどったとき、敵の様子のほうに大変化がおこった。

かれらは、全線にわたって攻勢に転じたのである。かれらは四キロにわたって展開していたが、砲弾を秋山支隊の中央に落下させつつ歩兵部隊を二つにわけて両翼にひらき、わがほうへ包囲の態勢をとりながらなんと四、五百メートルの近さまで肉薄してきたのである。こちらから襲撃するどころのさわぎではなかった。

「河野大尉にいえ。命令は中止」

と、とりあえず伝令を走らせ、退却部署をきめねばならなかった。退却となれば騎兵はもちまえの足でいっさんに逃げることができるが、歩兵部隊をつれている。これが足手まといになった。しかし歩兵は協同してくれている以上、騎兵がさきに逃げるわけにゆかず、

(歩兵をまず逃がさにゃ)

と、そのように部署をきめた。戦いでもっとも困難なのは退却戦であった。敵はいきおいにのっている。こちらが逃げ足をみせればどっとくるにちがいなく、それを食いとめつつ整然とひきあげねばならない。その食いとめ役が、殿軍《しんがり》であった。つまり退却援護部隊というのはもっとも損害が多い。

「わしが、後衛《しんがり》じゃ」

と好古はいった。常識とは逆であった。主将自身がそれをやるという。

結局、それをやった。

好古は最後尾で指揮をし、ともすれば潰乱しようとする兵をまとめまとめつつ退却し、苦戦をかさねているうち、歩兵第三連隊が急をきいて来援したため、ようやく敵の追撃だけはくいとめ、戦場を離脱することができた。

「まったくひどい戦闘だった」

と、あとで戦場を視察した第一師団の参謀たちはいった。

「秋山のは蛮勇じゃな。戦術的になぜさっさと退却せなんだか」

と、参謀たちはささやいた。好古が捜索の最前線から旅順攻撃の方法について意見書を出したとき、その戦略眼のたしかさとその趣旨の明快さにどの参謀もおどろいたが、そのことと、実戦の現場での蛮勇とを思いあわせると、同一人物ではないようにさえおもえた。

第二軍の旅順攻撃は、大山巌《かん》が決定した予定どおり、二十一日の払暁《ふつぎょう》、寒気をついて開始され、主力諸隊が前進した。この間秋山支隊は主力の右側の援護に任じ、椅子山の西方に位置し、一方、鳩湾《はとわん》まで進入してきた海軍の艦艇と連絡しつつ、優勢な敵を釘づけにしつづけた。

「半年はかかる」

といわれた旅順要塞は、おどろくべきことにまる一日で陥ちてしまった。

守備兵の大部分は金州方面ににげた。この攻撃での日本軍の戦死は将校一名、下士と卒は二百二十九名にすぎない。勝利の最大の因は、日本軍のほうにない。このころの中国人が、その国家

のために死ぬという観念を、ほとんどもっていなかったためである。

根岸

このころ子規は、近所へ越した。さきの家の番地は上根岸八十八番地であったが、こんどは八十二番地であった。

ひっこしの理由は、「日本」の社長の陸羯南《くがかつなん》が、このころ（明治二十七年一月）給料を三十円にあげてくれたからで、かれにとってついのすみかになったこの家の家賃は、はじめが四円、やがて四円五十銭になった。家は平屋である。

間かずは五つで、玄関は二畳、その右が三畳の茶ノ間になって、ここに母のお八重がいる。妹のお律はその左の四畳半にいた。玄関の奥が八畳で、これが客間というべきものであろう。客間の左が六畳の部屋で、ここを子規は居間兼書斎にした。この書斎は南にむいている。

このあたりは、加賀の旧藩主前田家の所有になっている。前田家は本郷に広大な屋敷があったのだが、明治の初年、政府に買いあげられて大学の用地になった。そのためこの上根岸に屋敷をうつした。

屋敷といっても、別荘らしい。邸内には能舞台もあり、黒い板塀にかこまれたその広大な邸内はまるで森のようで、松、杉、ひのき、それにけやきやならなどが鬱然《うつぜん》としている。

この屋敷のうしろの一角に、前田家の家来がすむ小さな家がならび、ほかに前田家所有の家作が数十軒もならんでいた。子規の家は、そのうちの一軒である。

子規は、朝はねたり本をよんだり書きものをしたりしている。午後二時ごろ新聞社へゆき、二時間ほどつとめて退社する。もっとも絵入りの家庭新聞である「小日本」の編集をまかせられていたころは勤務時間もながかったが、それが六カ月で廃刊になり、本紙の「日本」にもどってからは、そのような勤務のかたちになった。

「日本」にもどって十日目に豊島沖の海戦があり、戦争がはじまった。

この時期、子規は自分の新聞に、

「文学漫言」

というつづきものを書いていた。

ところが社の連中が従軍記者になってどんどん出てゆくため、子規が書かねばならぬ分量が多くなった。文学欄が担当であったが、ときに国会にも出かけて行って政治記事を書いたりした。人手が足りないために、

「ときに四段も五段も」

書かねばならない日もあった。そういうときには、日暮里《につぽり》や三河島あたりを散歩した俳句入りの文章をかいたりした。

そのうち、戦地から送られてくる従軍記事で紙面が大活況を呈するようになり、子規のかく俳論や、和歌入りの文章などは妙に生彩がなくなった。

子規も従軍したくなり、陸羯南にたのんでみたが、子規のことならたいていの頼みはきいてくれる羯南も、

「あなたにはからだのことがあるでしょう」

といって、うけつけなかった。

ともかくも、子規の根岸の里にも、たたかいのあら風はおしよせている。

どころではない。アジア最大の国家という強者に対し、弱者だとおもいこんでいる日本がいどみかかっている。日本人のほとんどは、どう考えても自分たちにかちめはないとおもっていた。血相を変えてとびかかってみたところが、意外にも連戦連勝してしまっていることにすっかり度をうしない、有史以来かつてない国民的昂奮というものを日本人たちは体験した。

そうであろう。

日本人というのは明治以前には「国民」であったことはなく、国家という観念をほとんどもつことなくすごしてきた。かれらは、村落か藩かせいぜい分国の住民であったが、維新によってはじめてヨーロッパの概念における「国家」というひどくモダンなものをもったのである。

明治政府は、日本人に国家とか国民とかという観念をもたせることにひどく苦慮したようである。このため、

——天子さまの臣民。

という思想を、植えつけようとした。忠義の観念は、封建時代の大名とその家来においてすでに濃厚な伝統がある。これをおしえることのほうが、国家と国民の関係を道徳において説くよりもよりわかりやすかった。そういうことで維新成立後二十七年もたち、維新後の国民教育のなかから育った者が、壮丁《そうてい》の年齢をこえた。それらが戦場におくられている。しかも勝利をつづけている。この国民的昂奮が、はじめて日本人に国家と国民というものがどういうものであるかを一挙に実物教育してしまった。

戦争といっても、第一次世界大戦以後の戦争のように国民生活まで窮乏においこむようなそれではない。経費は、その後のそれからみればただのようにやすかった。

砲弾の使用量も敵味方ともにたかがしれたものであったし、戦死者の数もすくなく、なによりも兵士ひとりあたりの経費がおどろくほどやすかった。かれらは梅ぼし入りのにぎりめしで戦いえたし、しかも極寒の満州でろくな防寒外套ももたずに行軍し、野営し、戦闘した。戦争というより、合戦のようであった。内地の連中も、戦勝の光景を、ちょうど戦国時代の豪傑どもの武勇伝かなにかのように想像し、熱狂した。

そのことはいい。

子規のことである。この二十代の後半にあるかれは、ひとなみに昂奮した。戦争そのものについての懐疑や否定の思想が日本の知識階級のあいだにめばえるのはさらにのちのことである。

「いくさがいよいよおこったと聞いたときにはさすがに平和に馴れた耳を驚かしたよ。もしか日

本が亡びてしまいはすまいか。明日にも東京へ敵兵が這入《はい》ってきてわれわれもどこかへ逃げねばならぬようなことになりはすまいか。そのときには書物を置いてゆくのは惜しいがどうしたらよいか、などという取り越し苦労もした」

と友人へその心境を正直に書いている。

「しかし」

と、子規は書く。

「牙山の戦いにわが兵大勝利を得たという報知が新聞に吹聴《ふいちょう》せられてからはだんだん心丈夫になってきた。ことに平壌《へいじょう》が陥落したという従軍記者の報告がくわしく出ているのをみてはわれながら勇気りんりんとしてくる。しかもその従軍記者のなかに自分らと同社の小田大行もあると思うとうらやましくてたまらん」

子規のいつわりなさは、ほとんど嬰児《えいじ》の身うごきや表情の奥を見る母親のような目で、自身の心のうごきを観察して写そうとしている。かれの俳句論における写生主義はこのようなところにもあらわれていた。

(淳さんが軍艦を乗りまわしている。淳さんの兄さんは満州の凍土を踏んで旅順を攻めている)

これがかれの羨望《せんぼう》を、どちらかといえばにがにがしくかきたてたにちがいない。ただしそのことはどういうかたちの文字にもしていない。ただ自分の他の仲間で召集された者の名をあげ、かれらも「平壌の戦列に加わったということだ」と書いているのみであり、仲間がみな兵士か従軍

記者になって出かけてしまったあとのさびしさについて「このごろの新聞社の淋しさはじつに堪えられない」と書いている。

かれは自分の新聞に俳句を発表するのだが、このころは戦いの俳句を載せた。

進め進め角《つの》一声月上《のぼ》りけり
砲やんで月腥《なまぐさ》し山の上
野に山に進むや月の三万騎

これが子規かとうたがわれるほどに稚拙な句をつくっている。べつに後の世の詩人のように世に阿《おもね》って国民の戦意を昂揚させるための詩をつくったのではなく、どれもこれもかれ自身の大本《おおほん》気《き》な感情から出ていた。

詩人の思想は、一国の社会の成熟の度合と緊密なかかわりがある。子規は同時代のフランスにうまれていればまったくべつな詩人になったであろうし、昭和のいつのころかに成人させておれば、国家のなかにおけるかれの思想はもっとちがった熟成をとげていたにちがいない。

が、子規は明治二十年代という、そういう時代にいる。国家という、このきわめてロマンティックなものに対し、あくまでもかれは一枚張りのロマンティストであった。日本人そのものがそういう国民感情のなかにいた。子供がはじめてモデル・シップを手に入れてそれに対して最初の芸術的昂奮をおぼえるように、日本人ははじめて手に入れた「国家」と、戦争という国家最大の

盛事に対し、ことごとくが子規のこの句にうかがえるような無邪気な昂奮に心をおどらせていた。

そのくせ子規は、この駄句とはまったくべつに、しかも同時期に、かれのその後の評価を決定するあたらしい詩境をひらいているのである。

五月雨《さみだれ》や大河を前に家二軒

蕪村《ぶそん》の句である。

日清戦争がはじまろうとしているころ、子規は百十年前、貧窮のうちに死んだこの天明《てんめい》期の俳人の再評価に熱中していた。

この当時、蕪村はほとんどうずもれてしまっている存在だったが、子規は蕪村の句を古本屋からさがしだしてきては読むうち、

——芭蕉以後最大の存在ではあるまいか。

とおもうようになり、やがては芭蕉以上であるというように評価が成長した。

以下はちょっとのちのことになるが、子規はかねて芭蕉の句のなかで、

五月雨をあつめて早し最上川《もがみがわ》

という句を古今有数の傑作とおもっていたが、よくよく考えてみると「集めて」ということばがいわば巧みすぎて子規にはおもしろくない。巧みすぎることを臭味と感ずるまでに子規の句境は熟しはじめているのだが、それはともかくとしても子規はおなじ五月雨を詠んだ蕪村の句をおもわざるをえない。

五月雨や大河を前に家二軒

というほうがはるかに絵画的実感があるうえに、刻々増水してゆく大河という自然の威力をことさらに威力めかしくうたうことをせず、ほんのひと筆のあわい墨絵の情景にしてしまい、しかもその家二軒の心もとなさをそこはかとなく出している。この二句をならべればはるかに蕪村がまさる、と子規はおもうのである。子規はこの前後から蕪村の精神をかかげることによって、片や芭蕉を宗祖としてすでに衰弱しきっている俳壇に新風をおこそうとした。

子規は、戦争に昂奮しながらも蕪村にも昂奮していた。かれはある日、内藤鳴雪をたずねた。常盤会時代の舎監で、子規は、

「先生」

とよんでいる。ところが鳴雪自身は俳句でいわば子規に弟子入りしたようなかっこうであるためにつねに子規をたてていた。

この日の座談も、蕪村であった。

「なんといっても升《のぼる》さん」

と、鳴雪はいった。

「蕪村第一等の傑作は、春の水山なき国を流れけり、じゃな」

そういうと、子規はうなずかなかった。この句は蕪村としては劣るという。

「山なき国というのがいけません」

といった。山なき国とはなにか。たとえば関東の武蔵野あたりかもしれないが、そういう地図的観念にたよっている。鑑賞する者はあたまに地図でもえがかなければならず、えがいたところでそれはあたまで操作されたものであり、絵画的ではない。俳句は詠《よ》みあげられたときに決定的に情景が出て来ねばならず、つまり絵画的でなければならず、さらにいうならば「写生」でなければならない、と子規はいう。

「写生」

ということの重要性を子規が発見するにいたるのは、ちょうどこの戦争の最中である。

子規は、鬱勃《うつぼつ》としている。

対外戦争という、この国家と民族が最初にやりつつあるそのなかで、真之も好古も俳句仲間も記者仲間も戦地へゆく。かれだけは病身で仲間からはずされたようであり、たれよりも仲間好きな、そして淋《さび》しがりのこの男にとっては自分だけが置きさられているということがたえがたかった。

進め進め角一声月上りけり

というような戦意昂揚のいわば駄句を大まじめで新聞に発表しているが、これだけではこの胸中の鬱懐はどうにもならない。

「あしもいくさにゆきたい」

と、子規は毎日のように母親のお八重にいったが、きかされてもお八重はどうしてやることもできない。

このころの根岸の子規の家のたたずまいを、子規の同郷の後輩でやがてはその後継者になる高浜虚子は「病床の子規居士《こじ》」で書いている。いや、すこしちがった。「このころの」というよりこれよりすこしあとだが、たたずまいはかわらない。子規のいう「写生」のゆきとどいたその文章を藉《か》りる。

「子規居士の家庭は淋しかった。病床に居士を見舞うた時の感じをいうと、暗く鬱陶《うつとう》しかった。まず表戸を開けるとリリリンと鈴がなって、狭い玄関の障子が寒く締っているのが眼《め》にとまる。障子の紙も古びては居《お》ったが、併《しか》し破れてはいなかった。破れたところは必ず張り替えられていた。……『御免なさい』と障子を開けると母堂か令妹の顔があらわれた……」

子規は、戦争の記事を新聞社で読む。そのあとの時間は根岸の家にいる。あさ、毎日のように郊外を散歩した。

鬱懐がある。

えたいの知れぬ鬱懐である。病身で戦地にゆけぬこと、かれが懸命になって編集した「小日本」が廃刊になって「日本」にもどらざるをえなかったこと、さらにはそれらをひっくるめた病身である自分への腹だたしさ、そういう、いわば俗な、非芸術的な鬱懐であったが、しかし俗で非芸術的な鬱懐や不平というものが、芸術的もだえとまったく別なものであるという図式はかならずしも一人の人間のなかでは成立しない。子規にあっては、それがひとつの気分になってかれの創作への思いを沸かせる榾火《ほたび》になったり、触媒《しょくばい》になったりしている。

かれは毎日郊外を散歩している。一方で「進め進め」をつくりながら、おなじ子規が郊外の田園風景のなかで子規俳句のしんともいうべき写生の妙をさとるにいたるのである。

稲刈るや焼場の烟《けむり》たたぬ日に

いかにも武蔵野の晩秋のさびしさが目にうかぶようである。

低く飛ぶ畔《あぜ》の蝗《いなご》や日の弱り
刈株に螽老いゆく日数かな
掛稲《かけいね》の上に短し塔の先

これらの句のよしあしはべつとして、衒気《てらい》や気おいをおしころすことによってひたすらに目を平明にし、ひたすらに的確な写生の姿勢をとろうとする子規の心境がここに出ている。子規の句境の飛躍はこの時期にはじまる。

寒くなった。

子規はあいかわらずの朝寝坊であったが、いったん起きてしまうと、結構いそがしさに追われる。新聞社へゆかない日は、物を書いたり、このところずっとやっている古俳句の分類をしたり、散歩に出たり、絵筆をとって庭の草を写生したり、来客に応対したり、そんなことをして日がくれてしまう。

「あせっちゃならんぞな」

と、口ぐせのように後輩には言うくせに、自分自身はどことなくあせっている。どこをどうあせるということもなしにあせっている。

「お律、お律」

と、その日も庭で叫んだ。

「いったいどこにお出《い》でるぞ」

と、物言いにゆとりがなくなっていた。

(またあんなに)

と、妹のお律はこまってしまうのだが、どこでなにをして居ようとも、それを仕捨てて走らな

ければ子規は機嫌がわるい。

お律が南面の縁側に出ると、子規は踏み石を台にしてなにかたたいている。ハンカチをかさねて小石でたたいている。

「木槌《きづち》、木槌」

と、子規はいう。それをもってゆくと、子規は小石をすてて木槌でハンカチをたたきはじめた。

「なにをおしじゃな」

と、お律がのぞきこむと、見ればおわかりじゃろ、と子規はいった。なるほど、庭のもみじの葉を一枚、ハンカチに写しているらしい。

「血相をかえてなにをしておいでるのかと思うたら」

と、お律は笑わざるをえない。

が、子規は無言でたたいている。いかにも性分が出ていて、こんなことにもひどくたんねんであった。

事情をきくと、さっき庭に出たらかえでの葉の一枚がこの世のものともおもえぬほどに鮮かな赤に色づいていたため、できればその赤を永遠のものにしたいと思い、このハンカチに写しているのだという。

子規のからだは、このところまずまず小康《しょうこう》を得ている。が、自分のいのちは人並な寿命をもっていないとさとりはじめたのか、諸事、やることが意味ありげであった。俳句研究や俳論の立論

といった方面でもめだって功をいそぐといった気配《けはい》がみえてきたし、こういう手すさびの点でもそうだった。意味をつけて考えれば、このさき幾度も秋の錦《にしき》にめぐりあうことがないというあきらめからか、季節の美しさに対する観照の態度に、しつこさが出てきている。

「淳さんや淳さんの兄《あに》さんは、いまごろ大いそがしでおいでるじゃろ。それにひきかえてあしは庭の踏み石でもみじ打ちじゃ」

と、いった。子規の人柄にはひがみというところがないからべつに自嘲でいっているわけではなく、ごくさらりといっているのだが、お律にはそうもうけとれないようにもおもえる。

ちょうどそんなことがあったあと、玄関のリンリンが鳴って、

「おたのみィ」

という男の声がきこえた。

おたのみィなどと呼ばわってやってくるのは伊予の松山の男にきまっている。それも、城下の士族ことばであった。

「あれは清さんではあるまいか」

子規は、縁側でお律にいった。陽がたっぷりあたっていて、お律のあごのうぶ毛が光っている。

お律が出てみると、やはり高浜清（虚子）と河東秉五郎（碧梧桐《へきごどう》）のふたりだった。

お律は、かれらの来訪を子規に告げた。子規はまゆをひそめて、

「秉公も一緒ではろくなことではあるまい」

とつぶやいた。このふたりがそろうと、どうも過去の例からみてとんでもないことを仕出かす傾向がある。

かれらは、松山中学生だったころから子規の家をたずねてくるようになった。もともと下地があったからではあるが、子規に会ってから矢もたてもたまらぬ文学青年になってしまっている。中学四年生ぐらいのころには、松山で手に入るかぎりの雑誌や書物を読みちらすようになった。しがらみ草紙《ぞうし》、早稲田文学、国民之友、城南評論などの定期刊行物のほかに、近松のもの、西鶴のもの、それに露伴《ろはん》、紅葉、さらには高田早苗《さなえ》の美辞学、中江兆民訳の維氏美学などであった。そのころまだ大学にいた子規に手紙をおくり、

「あしは小説書きになりたい。それには上の学校などにはゆかず中学を卒《お》えただけで上京し、鷗《おう》外《がい》氏か露伴氏かの門下生になりたい。ついてはそれをあっせんしてもらいたい」

などと書きおくった。田舎中学生の想像力は際限もなくて大学生だから鷗外や露伴ともつきあっているだろうとおもったらしい。

――とんでもない。

と、子規は返事をした。

「小説家になるご決心のよし、勇気のほどには感服するが、しかし貴兄のご両親の意向はどうなのか。学校さえ出ておけばまず食うにこまるようなことはないが、中学を出ただけで素手で世の中にとび出した以上は、饑渇《きかつ》とたたかうかくごがなければならぬ」

子規のこの時代ですでに、大学だけは出ておけ、中学五年間の非職業的な教育をうけただけでは中途半端で「饑渇とたたかうかくご」が要るというような世の中になっている。もっとも子規はやがては説諭をしたかれ自身が大学を中退してしまうことになるのだが。さらに子規はいう。

「なお、鷗外、露伴などに紹介せよとのことだが、自分は会ったことすらない。またたとえその門下生になったところでどのくらい得るところがあるか疑問である」

そういう子規の説諭などもあって、虚子は京都にできていた第三高等学校に入った。碧梧桐は中学を一年休学したために翌年、虚子とおなじ第三高等学校に入った。

二人そろったために、かれらの精神はふたたび文学にむかってはげしく傾斜した。

京都では、このふたりの第三高等学校の生徒——虚子と碧梧桐——は、聖護院《しょうごいん》に下宿していた。ほかに五、六人の学生が同宿している。

が、この文学ずきのふたりは自分の下宿に、

「双松庵」

という名をひそかにつけている。むろん下宿のおばさんや同居人に対しても内緒であった。文学熱もここまでくればもはや病いであろう。この病いは、かれらが自覚するところでは子規から感染したものであった。

学校がばかばかしくなってきた。虚子はついに在校一年で無届のまま京を去り、東京に出て子規の家にころがりこんだ。

子規はさすがに心配し、

「いったい、どうおしるつもりぞな」

と、こわい顔できいた。

虚子は東京で二百日ばかりごろごろしていたが、小説ができるどころか満足な文章も書けない。絶望してとにかく復校することにした。

京都に帰ると、学校ではこんどだけは大目にみてやるといって復校はゆるしてくれたが、しかしすぐ高等学校の制度がかわって、虚子は仙台の第二高等学校に転籍させられることになった。河東碧梧桐もおなじ運命になった。

かれらは、荷物をかついで東へゆく汽車にのり、東京で乗りかえた。こんどは子規の家に寄らなかった。上野から東北への汽車にのり、白河ノ関をすぎるころから、

「天地が何となく蕭条《しょうじょう》として、我等は左遷《させん》されるのだというような一種の淋しい心持を禁ずることが出来なかった」(「子規居士と余」)。

かれら二人は、仙台の学校にとどまっていたのは三カ月にすぎない。

仙台でのさびしさと、いよいよこうじてきた文学熱が入りまじって二人とも憑《つ》かれたような勢いで退学届をかいた。

そのあとすぐ上京した。駅からまっすぐに根岸の子規宅にやってきて、先刻の、

——おたのみィ。

になるのである。

子規は、かれらを自分の部屋に通した。ふたりは荷物を廊下に置いた。どちらも紺飛白《こんがすり》のひとえを着ていたが着物もはかまも垢《あか》じみていて、もしこれが女ならどうみても山だしの家出娘といったすがただった。

「お前さんたちは」

と、子規はにがい顔でいった。

「人に相談ということをおしんからいけんのじゃ。これからどうおしる。なんでもかんでもこうと思えば我《が》の焦《せ》くままにやっておしまいるもんじゃから、どうにもならん」

（升さんの言えたことか）

と、虚子はおもった。「我の焦くままになんでもかんでもやっておしまいる」のは子規こそそうではないか。子規がひとのとめるのもきかずに大学を中途でやめたことは、松山ではもうひとの評判であった。

子規はしかたなく碧梧桐のほうは同居させることにし、虚子のほうは下宿をさせることにした。最初の下宿も二度目の下宿も子規が世話をした。二度目の下宿は本郷台町の柴山という家で、「これは以前に夏目（漱石）がいたうちじゃ」と子規はいった。

日清戦争のさいちゅうは、子規はこのようにして暮らしている。

「従軍したい」

ということは、ことあるごとに社長の陸羯南にたのんだ。子規がねだるたびに羯南は、

「いや、それはどうですかな」

と、渋面をつくった。どう考えても子規のからだではむりである。

子規のこのねだりは戦地にいる同僚にまできこえて、そういう方角からも反対してきた。

「戦地のおそるべきものは砲煙弾雨にあらずして病魔の襲来にあり。いったん戦地に病めばとうてい十分の療養はなりがたい」

ということであった。

それでも子規は耳を藉《か》さなかった。子規の性分であった。

虚子はいう。

「子規居士は自分たちをあのように説諭したが、思いたてばひとの忠告もあらばこそ、矢もたてもたまらなくなるのは子規居士こそそうである」

編集室のたれもが反対した。

ところがわるいことに（子規にとっては好都合かもしれないが）年があけて二月ほどたつと、従軍記者がいま一人必要なことになった。近衛《このえ》師団か大阪師団のどちらかが動員されることになったのである。

「ぜひ、あしに」

と、子規はまたまた羯南にねだった。羯南も根負《こんま》けして、

「それなら考えてみましょう」

と、つい言った。その拍子に子規が、当の羯南が息をわすれるほどによろこび、目の前であま

りうれしがってしまっているために羯南もそれ以上なにもいうことができなかった。子規はどこか、少年のようなところがあった。

根岸に帰宅すると、まっさきに母親のお八重に報告した。子規は、自分がよろこぶものはむろん母親もよろこぶものだということをあたまから信じているところがある。

お八重は、

「まあまあ」

と、笑顔をつくった。子規への優しさだけで生きているようなこの婦人は、たしかに一人息子の子規がよろこぶところのものを自分も素直によろこばねばならぬと自分に強制しているようなところがあり、とたんに感じた恐怖を顔には出すまいと努めた。そういう心の操作《そうさ》は幼いころから訓練づけられていた。彼女は、東京に居てこそ買い物ひとつにも気おくれのする田舎者の遠慮ぶかさでくらしているが、なんといっても伊予松山藩の儒官のむすめであったし、武家の妻でもあった。

「ノボ、これでご本望なこと」

と、いった。

子規は、その夜、友人に手紙をかいた。

「生来、稀有《けう》の快事に候」

そう書き、さらにかつてかれが「半生の喜悲」のなかで書いたとおなじ発想で「小生いままでにて最もうれしきもの」として、ひとつは松山中学四年間を修了して上京にきまったとき、いま

ひとつはこんどはじめて従軍ときまったとき、と書いた。この当時の日本のふしぎさは、このように無邪気な文学者をもっていたことであった。

子規の従軍が決定した。

まだ未確定のころに、かれの保護者である松山の叔父大原恒徳《つねのり》に、

「さて私はこのたび新聞記者として従軍いたし候様《よう》に相成り申すべくと楽しみおり候。方面はいまだいずれとも決定致さず候えどもたいがい大阪師団に付随致すべしと存じおり候」

と、書きおくっている。

かれが東京を出発したのは、寒気が去った三月三日であった。その出発にあたって、内藤鳴雪は、

君行かば山海関の梅開く

という一句をはなむけした。その前に「日本」の編集同人が子規のために送別の宴を張ってくれたが、その席上、子規は、

かへらじとかけてぞちかふ梓弓《あずさゆみ》
矢立《やたて》たばさみ首途《かどで》すわれは

という いさましい短歌を詠んだ。

子規が新橋駅を発ったのは午後四時十分であった。高浜虚子も河東碧梧桐も、プラットホームまで出て見送った。かれらにとって子規はいわば師匠であったが、しかしどうにも双方に師弟らしいあらたまったところがすこしもなく、かれらは子規を、

「升さん」

と、幼名でよんでいたし、ことばもべつに敬語をつかっていない。

子規もかれらを弟子とはおもっていないようであった。たれよりも語るに足る年下の友人というのが、子規からみたかれらの位置であった。出発にあたっては、子規は二人に、

「これはあとでお読み」

と、一通の封書をわたした。

(遺書かもしれない)

と、ふたりはさすがに緊張し、本郷の虚子の下宿にもどってから二人で披《ひら》いた。

「征清の事起りて、天下震駭《しんがい》し、旅順、威海衛の戦捷《せんしょう》は神州をして世界の最強国たらしめたり」

と、のっけから書かれている。

「世界の最強国」

と、ふたりの文学青年は顔を見あわせた。河東碧梧桐は素直なたちで、なるほど世界の最強国になったかとおもったが、高浜虚子はどちらかといえばそういうものにはあまり昂奮せぬたち

で、

「そんなものじゃろうか」

と、煮えきらぬ顔をした。

ふたりの前で子規の文章だけがおどりあがるような昂奮を示している。

「……兵士克《よ》く勇《ゆう》に、民庶克く順《じゅん》に、もってこの国光を発揚す。而《しか》して戦捷のおよぶところただに兵勢ふるい、愛国心いよいよ固きのみならず、殖産富み、工業起り、学問進み、美術（芸術）あらたならんとす。吾人《ごじん》、文学に志す者、亦《また》これに適応し、これを発達するの準備なかるべけんや」

要するに戦いに勝ち、「最強国」になったからこれから産業も起こる、学問芸術もさかんになる。われわれ文学に志す者もぼやぼやしていられない、という意味であった。これを「清サン」「秉公」とよんでいるふたりの後輩に渡して子規は東京をはなれた。

威海衛

子規がその書簡でいう、

「威海衛《いかいえい》の戦い」

というのは、明治二十八年の正月から二月にかけておこなわれた海陸両面のたたかいであった。

すでに前年の九月に黄海海戦があり、十一月に旅順の占領がある。

その間《かん》、日本軍は敵の多くの拠点をうばったが、戦いの勝敗を決するのは、当然、清帝国の直隷平野に軍をすすめ、さらに北京城にすすんで城下の盟《ちか》いを強《し》いることであった。

その作戦を計画するにあたって陸軍は第六師団の残部と第二師団を動員し、それをもって第二軍を強化した。

それを、直隷平野に送らねばならない。送るにあたって懸念《けねん》されるのは海上の不安であった。

威海衛に敵艦隊がひそんでいる。

すでにかれらは黄海海戦で傷つき、その戦闘力の数十パーセントをうしなっていたが、なお日本艦隊と互角に決戦しうる能力がないとはいえなかった。例の世界に著名な巨艦定遠、鎮遠は健在であった。

ここで威海衛攻撃が大本営で決定された。その方法は、陸の第二軍をもって威海衛要塞をそのうしろから攻撃する一方、伊東艦隊は港内の北洋艦隊に決戦をいどみ、これを港外にひきだして全滅させる、というものであった。

その要塞攻撃のための第二軍をどこに上陸せしめるかについては、大本営はすでに前年十二月六日、艦隊司令長官伊東祐亨に調査を命じた。

その調査団がもうけられ、かれらが綿密にしらべた結果、栄城湾という適地を発見した。このあたりは中国人の漁舟がむらがっているところで、北と西から吹きつける冬季の風浪を避けることができる。

上陸地はこの栄城湾にきまった。この栄城湾から陸路、威海衛要塞のうしろをつく。担当は、大山巌を総指揮者とする第二軍であった。

第二軍の集結地は大連であった。大連から海路この栄城湾へはこばれる。

のべ四十余隻の汽船がつかわれることになった。第一回の輸送がはじまったのは、一月十九日である。第二回は二十日大連発、第三回は二十二日大連発で、予定どおりすすんだ。

第一回のみは護衛艦がつけられた。あとの二回の輸送船は、護衛なしの丸腰であった。しかも敵の北洋艦隊のいる威海衛の湾口をとおりすぎてゆくのである。

幸い、敵の抵抗がなく、ぶじおわった。この丸腰の海上輸送についてロシア側の批評（一八九六年、海軍大尉クラード）は、

「護衛なしで陸兵を輸送するなど、これほどばかなやりかたはない。日本の船団を清国艦隊が襲わなかったのは単に偶然である。伊東は偶然という機会を期待して作戦計画をたてている。機会というのは無智文盲者の崇信するものだというのはカントのことばだが、とにかく海軍将官にとって最高の学科である海軍戦略において伊東は無学であることを表明した」

と、こきおろしている。

このロシア海軍のクラード大尉というのは、威海衛作戦の観戦武官のひとりである。その講評は、この作戦のあった年（一八九五年）の十二月十五日、ロシアの海軍兵学校における特別講義のかたちでおこなわれた。それが翌年、同国の海軍雑誌に掲載された。

この当時、ロシアは清国に味方し、日本に対しきわめて感情的であったが、クラード大尉の講評にもどこかそれが出ている。

「日本艦隊は戦略において劣っており、われわれロシア側にとって好参考になるような教訓はひとつもない。ただ、日本人は戦術においてすぐれている。戦術という点ではどの角度からみてもかれらは巧妙であった」

もっとも日本海軍が戦略においてどのように劣っていたかについては、クラード大尉の講評はすこし概念的で具体性にとぼしく、さほどの説得力はない。クラードの指摘のもっとも重要な点

は、伊東艦隊が、海軍戦略の主目的である海上決戦を回避した、ということにあるが、この点は伊東に対してはなはだしく酷《こく》である。伊東はそのつもりであった。さまざまの苦心をはらって北洋艦隊を威海衛からひきずりだそうとしたが、丁汝昌は湾内にかくれて出ず、ついに一度も出なかったため洋上決戦は物理的に不可能になった。

「敵の艦隊を撲滅すべし」

というのが、伊東に対する大本営命令であった。伊東は敵が出ないならばこちらから湾内に入ろうとし、それについて湾口付近をしらべてみたところ、湾口をふさいでいる防材は予想以上に堅牢であり、艦隊を入れるほどの大きな口を爆破作業によってあけることは技術上不可能であった。

防材は、清国の傭技師であるドイツ人アルベルト・ネルゼンの設計したもので、材料は木材である。直径一尺の円材もしくは一尺平方の角材をもちい、それぞれ長さは十二尺あまりあり、それを適宜の間隔にならべ、これに三本巻きの鉄綱《スチール・ワイヤー》をとおし、遊動をふせぐために各材の中央にマニラ・ロープをむすびつけ、しかも十本ごとに錨《いかり》を一つずつ沈めてある。

伊東は結局、水雷艇を湾内に潜入させることによって魚雷攻撃をくわえることにした。

魚雷は英国人の発明にかかるが、それが発明されたのは二十九年前にすぎず、それをのせて敵艦に肉薄攻撃する水雷艇が発明されたのは、まだ二十年前にすぎない。

その水雷艇を集中的に使用するという作戦をおもいついたのはこの時期の日本海軍が最初であり、この世界初の水雷戦をみるためにこのせまい海域に各国の軍艦があつまってきた。英国は四

隻を派遣した。米国は三隻、ほかにフランス、ロシアが一隻ずつを渤海《ぼっかい》の洋上に游弋させた。

のち、太平洋戦争における最後の首相になった鈴木貫太郎は、この当時、海軍大尉で水雷艇の艇長であった。

防材の破壊を命ぜられたのは一月三十日だったが、出かけてみると敵の砲台からの砲撃がさかんで、作業は不可能であった。

翌日から荒天がつづいた。水雷艇は五〇トンほどのもので、波にもまれてすすむこともできず、結局、二月三日、海がないだのをみはからって出撃した。

その夜は月があり、海面には薄氷が張っており、

「艇がすすむに従って氷がさけ、氷片が両舷にシャリンシャリンと微妙な音をたてた。なんとなく快い心持の晩であった」

と、その晩年での談話速記にある。これによって防材の一部爆破に成功したが、しかしほんのわずかに通路があいただけであった。

夜襲は、五日未明におこなわれた。

参加したのは、十隻である。魚がすすむように縦隊をもってすすんだ。波をかぶるたびに艇に氷が張り、甲板で足をすべらさぬよう水兵たちはわらじをはいて作業をした。防材の線に達したときはすでに月が落ち、「瞑色《めいしょく》、海ヲ蔽《おお》ウ」とある。

防材を突破して港内に入ったが、あまりにくらいために各艇がばらばらになってそのあたりを

さまよい、やがておのおのが敵艦を発見してそれぞれ魚雷を発したが、発射薬がしめって魚雷が出なかった艇もあり、味方同士が衝突したのもあり、帰路暗礁《あんしょう》にのりあげたのもあった。その間、敵が撃ちはじめて海がわきたったが、幸い撃沈された艇はなかった。

ともかく手さぐりで港内をかきまわして帰ってきたが、どの艇も戦果が確認できず、この世界最初の水雷攻撃も失敗に帰したかのようであった。

が、「松島」座乗の司令長官伊東祐亨はこの攻撃法にのぞみのすべてを託し、その報告を陰山《いんざん》口《こう》で待っていた。早暁、鈴木大尉は帰りつき、松島にのぼって伊東の部屋に入った。

「成績はどうか」

と伊東はきいた。

「成績はわかりません。私のほうの水雷も凍ってしまって出ませんでした」

と、正直にこたえた。伊東はにがい顔をした。

「港内の敵艦をみたか」

「見ました。が、沈没した様子がありません」

というと、伊東は、

「チェストー」

と吐きだすようにいってうしろをむいてしまった。薩摩人が、気分の昂揚したときや腹のたつときにつかうことばである。

が、あとで意外なことがわかった。敵の最強艦であり、丁汝昌の旗艦である定遠が日本の魚雷

攻撃のために撃破されていたのである。

定遠の様子については、この艦にのっていた英国人顧問テイラーの報告がある。

テイラーはこの五日の夜、司令長官丁汝昌の部屋で作戦について協議していた。

午前三時三十分、港の東方にあたって幾すじかの火箭《かせん》があがった。港内にいた清国艦隊のうち、どの艦かが発砲した。

「日本の水雷艇がきたのではありませんか」

と、丁はいった。

どういう場合でも、この名将といわれた人物は驚きの表情をあらわにしたことがなかったが、このときもそうであった。かれはテイラーとともに上甲板《じょうかんぱん》へあがった。

海面は暗く、何物もみとめ得ない。各艦は海面にむかって大小砲をむやみに射っている。テイラーは敵の存在をたしかめるために砲撃をやめさせたが、しかし硝煙が海面をおおって依然としてなにもみえず、そのうち砲手たちが勝手に砲撃を再開した。射っていることによってかろうじて恐怖をしずめることができたのであろう。

テイラーは走り、原基羅針盤台《げんきらしんばんだい》にのぼって海面を凝視したとき、くろぐろとした物体が二つ、白波を光らせてせまりつつあった。

日本水雷艇である。うち一隻は三百メートルにまで接近し、魚雷を発射し、左のほうへ旋回しようとしたとき定遠の発した一弾がこれに命中し、たちまち白い蒸気が闇のなかにあがるのがみ

えた。この瞬間定遠の艦底に轟音がおこり、艦ははげしく震動した。

丁汝昌はすぐ防水扉を閉めることを命じたがすでにおそく、海水は昇降口からながれこみ、艦体は大きくかたむき、士官室での浸水が一尺に達した。

「浅瀬に擱座《かくざ》させるべきでしょう」

と、テイラーは進言した。

それには艦を動かさなければならない。いそぎ錨を切ってすてた。

艦は、南へすすんだ。しかしいよいよ傾きがひどくなったため、港内劉公島《りゅうこうとう》の岸へ近づけ、その浅瀬へ乗りあげて静止させた。

翌六日。

そのあけがた、日本の水雷艇数隻がふたたび侵入してきた。

「数隻」

というのは清国側の記録だが、正確には第一艇隊の三隻であった。この三隻があわせて魚雷七つを放ち、来遠と威遠を撃沈し、ほか水雷敷設用の汽船である宝筏《ほうばつ》を沈めた。どの艇も二百メートル以内までちかづいて発射した。日本魚雷の射程は太平洋戦争時には四万メートルであったが、この当時の英国製のそれは射程わずかに三百メートルであり、いわば短刀兵器といってよかった。

さて、定遠は擱座した。

そのうごかぬ艦に乗り組んでいることについてこの艦の兵員が動揺し、士官を脅迫《きょうはく》したりした

ため、丁汝昌は反乱をおそれてそれらを陸上にうつし、自分は鎮遠にのりかえ、それを旗艦とした。

鎮遠はなおうかんでいる。しかしすでに港をめぐる陸上砲台のほとんどは日本陸軍に占拠されており、これ以上戦闘を続行したところで、勝算はなさそうであった。

清国の北洋艦隊司令長官丁汝昌ほど悲痛な提督は、近代戦史にもまれであろう。

丁は、もと陸軍の出身であった。

といっても、清朝廷における正規の武士あがりではない。郷軍の出身であった。

清国の末期、この郷軍のみが軍隊として精強で、しばしば内乱をしずめてきたが、丁はそのうちの淮軍《わいぐん》といわれる軍団に所属していた。淮軍は安徽《あんき》省の者が多い。

丁も、安徽省盧江県《ろこうけん》のひとである。しばしば功をたてぬきんでられ、やがて参将の階級にすすめられた。

清国が海軍建設をおもいたって軍艦を購入しはじめたのは明治八、九年ごろからだが、このときの丁は軍艦買い入れのために英国に派遣され、ついでヨーロッパ諸国を視察し、帰って海軍に転じ、北洋艦隊の司令長官になった。

ついでながら中国人で古来海事にあかるいのは南シナの住民とされており、中世末期のころには海賊の根拠地でもあった。自然福建、広東の両省から多くの高級士官が出た。ついで山東省や天津の出身が多い。丁汝昌が出た安徽省の出身者などは海軍にほとんどいない。

「丁汝昌にわかっている水といえば揚子江《ようすこう》の水だけである」

と、それら部下の将領たちが丁の海軍知識を軽侮した。が、かれら将領といえども数人をのぞくほか正規の海軍教育はうけておらず、要するに丁汝昌への反感は郷党意識によるものであった。清帝国といっても統一された国民意識というものはまだほとんどめばえておらず、かれらに団体意識があるとすればたての権力閥《ばつ》か、横の地域閥でしかなかった。もともと清国は近代的な国軍をもつような体質ではなかったといえるであろう。

それに丁汝昌における困難のひとつは、北京政府であった。かれはその作戦行動についていちいち北京からの指令をまたなければならなかった。しかも李鴻章によって代表される北京の首脳部はことごとく文官であり、軍事のしろうとであった。

たとえば旅順戦のとき、日本陸軍が花園口に上陸したということを知った丁汝昌は、海軍の全力をあげて旅順の清国陸軍をたすけようとした。この許可をもらうためにかれは艦隊をひきいて大沽《タークー》にゆき、上陸して天津で李鴻章と会い、ぜひそれをやらせてもらいたいと請《こ》うたが、李はそれをゆるさなかった。そのため旅順は陥ち、北洋艦隊は主要根拠地をうしなったばかりでなく、艦船の修理施設もうしなった。それらの施設は旅順にあって威海衛にはなかった。

ところが、北京政府のやりかたは奇怪で、旅順陥落後、丁汝昌を罰した。理由は旅順を応援しなかったという意外なものであった。処罰の内容は、その職をとりあげる、ただしばらく留任させ、他日の戦功しだいでそれをとり消す、というものである。

丁汝昌は、おそらく悲憤したであろう。しかしそれでもなおかれはその職責に忠実な軍人であ

りつづけた。

北京政府は、丁汝昌の能力をあたまからうたがっている。

このため、政府はかれの周囲におおぜいの外国人専門家をつけた。この点は、元来陸軍出身の丁にとってたすかったであろう。丁の部下たちも、丁の命令よりもむしろ外国人専門家の指示を重んじた。

北洋艦隊がいよいよ威海衛で腰をすえることになったとき、北京政府はさらにそういう専門家を増派した。港湾防衛のための技術者として例の湾口の防材を敷設したドイツ人アルベルト・ネルゼンがやってきたのもそういう事情による。ネルゼンが、もともと清国政府にやとわれたのは税関の経験者ということのためであり、これまでは税関用汽船の飛虎号の船長をしていた。ちなみに、清国はその持ち船の船長の多くは傭外国人であった。そのなかで金竜号、白河号の船長であった英国人ジョン某も北京政府の要請で威海衛にやってきて、丁の幕僚になった。

さらに北京政府は丁汝昌に対し、

「一意専心、威海衛港ヲ恪守《かくしゅ》シ、残余ノ艦隊ヲ保全セヨ」

という命令をくだし、かたく港外出撃を禁じた。丁はこの命令にしばられていた。

現実においても、とうてい港外艦隊と決戦できるような実力がないことを丁汝昌も知っていた。問題は艦の数ではなく、海兵の能力が日本艦隊にくらべて格段におとることが黄海の一戦でわかった。このため威海衛の港内にあって兵員を訓練しようとした。とくに砲員の技術がおとり

すぎているため、その訓練を主眼にした。

「勝手に退艦し、または脱走する者は死刑に処す」

という命令も出した。わざわざそう命令を出さざるをえないほどに兵員の士気は低下していた。

ついで、丁汝昌の不幸は、そのもっとも信頼していた部下の林泰曾大佐をうしなったことであろう。

かれは鎮遠の艦長で、海軍技術にすぐれていただけでなく、勇敢で忠誠心がつよく、北洋艦隊のたれもが推服していた偉丈夫であった。明治二十四年この艦隊が日本を訪問したとき、見るからにさわやかなこの人物の風姿が、各地の芸者たちをさわがせたほどであった。

かれの鎮遠はこの冬、登州府の海域を巡航し、やがて帰港しようとしたとき、港の西口の機雷の浮標をさけようとしてあやまって暗礁に接触し、艦底を傷つけた。

その事故の責任をとるため、この人物はその夜、毒をあおいで死んでしまった。自殺の直接の原因はこの事故であったかもしれないが、かれはかねがね将士の戦意が、ほとんど軍隊の体《てい》をなさぬまでおとろえてしまっているのをなげき、戦いの前途に絶望していた。かれにすれば生きて敗戦を見たくなかったのかもしれなかったが、その自殺は艦隊の上下に衝撃をあたえ、士気をいよいよ低下させた。

威海衛は、どの軍港要塞もそうであるように、陸上要塞は陸軍の管轄になっている。

その陸軍司令官が、戴宗騫《たいそうけん》である。日本軍がやってくる直前、丁汝昌はこの陸上の守備に不安を感じた。

「兵がすくなすぎるのではないか」

と、おもった。

ここで戦術上もっともいいことは、海兵を陸にあげて砲台をまもらせ、陸兵は砲台から出て天《てん》険《けん》を利用しつつ機動的にうごき、全力をあげて日本陸軍の侵攻をふせぐことであった。

丁汝昌はそれを戴宗騫に提案した。が、戴はきかず、

「海軍のさしずはうけぬ」

として、きびしくはねつけた。やむなく丁は、李鴻章に訴えた。

丁汝昌としては、むりはなかった。港湾をめぐる砲台群が陥落すれば、その砲門は日本軍によって向きをかえさせられ、港内の艦隊は、まるでたらいのなかの物を石でしずめるようにしずめられてしまう。そのうえ、丁は清国陸軍の質のわるさを陸軍あがりだけによく知っていた。かれらは近代戦術にくらいばかりか、砲の操作にも熟練していない。それからみれば海軍の将兵のほうがはるかに練度《れんど》が高い。

李鴻章は、それに賛成した。かれのほうからその旨戴宗騫に指示した。が、戴はすでに感情的になっており、

「丁汝昌のこんたんは、陸軍の功を盗もうとするにあります。各砲台の防備はかれが指摘するようなものではなくはなはだ堅固であり、海兵のたすけはいささかといえども不要であります。そ

のうえ、いま戦わざるうちに各砲台から兵を撤去させるようなことがあれば、戦意は低下し、人心は動揺し、ついには乱をまねくかもしれません」

と言い、李鴻章を承服させた。

丁汝昌はなおもあきらめなかった。

「せめてこれだけでも承知してもらいたい」

と、戴に要請したのは、港口にある竜廟嘴《りゅうびょうし》砲台の大砲をはずしてしまうことであった。丁汝昌のみるところ、この砲台は全体の守備状況からみて地形上とうていまもりきれないとし、もしこれが無傷のまま日本軍の手におさえられれば港内の艦隊は最悪の危険にさらされるということであった。が、戴宗騫はそれもはねつけ、李鴻章に対し、

「丁汝昌は暴慢きわまる。かつ越権もはなはだしい」

と、訴えた。

海軍側の外国人幕僚のひとりである米国人ホーウィーは終始清国への同情をもちつづけていたが、それですら、

「派閥抗争は老朽した国家の特徴である。かれらは敵よりも味方のなかの他閥のほうをはるかに憎む」

と、なげいた。

結果は、丁汝昌の心配どおりになった。日本の第二軍が上陸するや、清国陸軍はほとんど抵抗することなく砲台をすてて逃げた。

要するに日清戦争は、老朽しきった秩序（清国）と、新生したばかりの秩序（日本）とのあいだにおこなわれた大規模な実験というような性格をもっていた。

丁汝昌は、ともかくもこの頽勢《たいせい》をひとりの手でささえようとした。

が、日本軍の連日の水雷攻撃のためにつぎつぎと艦艇をうしない、そのつど水兵の士気は低下し、厭戦《えんせん》気分が充満して将校の生命さえ危険になった。

二月七日、港外の日本艦隊は終日港内へ砲弾をおくった。港をみおろす山々の砲台のほとんどは日本陸軍に占領されており、そこからも砲弾が落下してきた。その一弾が、港内の日島《にっとう》にある火薬庫に落ち、大爆発をおこし、つぎつぎに誘爆して悲惨な状況になった。

この日、水兵と劉公島《りゅうこうとう》守備の陸兵のあいだに動揺がおこり、銃剣をもって丁汝昌をおどし降伏を強《し》いようというけはいさえみえてきた。

丁汝昌はこれをしずめるために、

「援軍がくる。しばらく固守せよ」

と掲示した。援軍のくるあてがないことは丁汝昌こそ知っていたが、この掲示で水兵たちはやや鎮静した。

九日、港外から飛来した日本の砲弾が巡洋艦靖遠《せいえん》の火薬庫に命中し、一瞬で轟沈した。乗組員のほとんどが死んだ。このため水兵たちはいよいよ動揺し、反乱寸前の状態になった。

定遠の艦長劉歩蟾《りゅうほせん》は、部下の離反をなげき、拳銃自殺をとげた。

海軍協力の陸軍部隊長である張文宣は部下から白刃でおどされ、丁汝昌に降伏をすすめることを強制された。

張はやむなく承知し、鎮遠の司令長官室に丁汝昌をたずねて、部下から強制されたとおりのことを丁に強要した。その張の入室とともに鎮遠の水兵たちも室内になだれこみ、丁汝昌を前後左右からとりかこんで口々にわめいた。

さらにその交渉の場所に、残存艦の艦長も部下から強制されてやって来、もはや兵のあいだに反乱気分が濃厚でありこれ以上戦いをつづけることができないと言い、降伏の決断を乞うた。

丁汝昌は立ちあがり、一同をしずめ、きわめておだやかな調子で、

「諸君の部下が、この汝昌を殺そうというならすみやかに殺せ。自分は身命を惜しむものではない」

というと、意外にも、座中、丁汝昌の悲愴《ひそう》さにうたれて泣きだす者が出た。丁はこれをみてまだ戦えるかとわずかにのぞみをもち、このあと艦上に水兵をあつめさせ、ドイツ人幕僚のT・H・スクネルに依頼し、軍人たる者の心得をさとさしめた。

が、むだであった。

十一日、丁汝昌は決断し、諸将をあつめて会議し、あらたな提案をこころみた。むろん降伏ではなく、

「重囲をやぶって脱出しよう」

ということであり、かれはその脱出戦において戦死しようとした。

が、どの艦長も無言であった。かれらはそれぞれの部下の水兵から白刃をもって脅迫されていた。丁汝昌はついに衆に押しきられ、降伏を決意せざるをえなくなった。

このころ、伊東祐亨がのっている旗艦松島は、陰山口の湾内にいる。この湾の北のみさきである百尺崖《ひゃくせきがい》を西にまわればすでに威海衛の港口であり、いわば敵に対し屏風《びょうぶ》一枚のかげにひそんでいるようなかたちであった。

一月の下旬、いよいよ寒気はげしく、波浪騰《あが》り、波が松島のふなばたをうつたびに凍った。錨のくさり、魚雷防御網は氷のために数倍の大きさになっている。天窓も昇降口も側渠《そくきょ》もことごとく、氷でとざされ、水兵がそれをくだくあとから波がよせて凍らせた。いや、砲門や砲楯《ほうじゅん》までこおってしまっている。砲膅《ほうとう》まで氷結したため、かんじんの砲尾機関である閉鎖器までうごきにくくなった。

「巨艦一白《いっぱく》玲瓏《れいろう》トシテ大玻璃《だいはり》塊《かい》ノゴトキ奇観ヲ現《あらわ》セリ」

と記録にある。

南国そだちの伊東祐亨は、司令長官室に小さな火鉢を入れてたえず抱いていた。

かれは、第一回の水雷攻撃より以前、あることを考えていた。

丁汝昌に降伏をすすめることであった。日に何度も、

「丁汝昌が可哀そうじゃ」

と、いった。薩摩人の作法として戦国のころからすでに敗敵に寛容をしめすというところがあ

り、くだって戊辰戦争のときも五稜郭にこもる榎本武揚《えのもとたけあき》以下に名誉を保全させつつ降伏をすすめたのも薩摩人であった。伊東はそれをしようとした。

が、陸軍との協調をたもつためにすでに上陸戦闘中の第二軍司令官大山巌にこれを相談しようとした。

かれはまずかれの参謀長の鮫島《さめじま》大佐に意をふくめ、金州城にいる大山巌にそのことを相談させた。ついでかれみずからが上陸し、大山とはかった。同郷でおなじ発想をする大山は当然ながら賛成であった。

「陸軍で起草してもらおうか」

と、伊東はいった。そのほうが、調和上いいであろう。大山は、そのことも賛成した。伊東が盛るべき内容を言い、それを陸軍側が英文で起草し、署名は海軍の伊東がする、というかたちをとる。

起草者は、陸軍参謀の少佐神尾《かみお》光臣《みつおみ》、軍司令部づきの有賀長雄がそれにあたった。

伊東は、丁汝昌と親しかった。丁がかつてその艦隊をひきいて日本訪問をしたとき、伊東は日本側の接待委員のひとりとしてこれと懇親した。伊東はかねて、

「丁汝昌が日本人なら、どれほどよいか」

といっていた。意味はよくわからないが、丁ほどの人物が日本人なら日本のためによほどの仕事ができるという意味か、それともいまの清国にうまれあわせたのはああいう型の人物としては不幸であるという意味をこめたものなのか、そのどちらであるにせよ、伊東が丁に対して古風な

友情をいだいていたことはたしかであった。

その降伏をすすめる書状というのは、

「つつしんで丁提督閣下に呈する。時局のうつりかわりは、不幸にも僕と閣下をしてたがいに敵たらしめるにいたった」

というところからはじまる。

「しかしながら、いまの時代の戦争は国と国とのあいだの戦争であり、一人と一人との反目ではない。だから僕と閣下との友情にいたっては依然としてむかしながらの温かみを保っているものと信ずる。それゆえに閣下はこの書をもって単に降伏をうながす性質のものとうけとらず、僕の心のいま深く苦しんでいる所を洞察し、それを信じて読んでくださることをこいねがう」

「貴国の陸海軍がいま連戦連敗しつつあるのは、おもうにその原因するところはいろいろあるとしても、その本当の原因はおのずから他にある(軍隊統率以外にある)。このことは心を平らかにして観察すればたれしもが気づくところであり、閣下の英明をもってすれば百もご承知であろう」

「夫レ貴国ノ今日アルニ至リタルハ」

と、公式の訳文は文語体である。清国のこの敗戦にいたった原因は、という。

「もとより一、二の君臣の罪ではない。制度がわるいのである。その従来墨守《ぼくしゅ》してきた清国の制度の弊こそこの主要原因である。たとえば、官吏を採用するにあたって、文章試験をおこない、

文芸の士を官僚に採用する。それが階をすすめて政治をとるにいたる。その制度はすでに千年前のものであり、依然として千年後にもそれを墨守している。なるほど制度そのものからいえばこれはかならずしも善美でないとはいえない。たとえば清国が世界から孤立しているという状態におくならばである。しかし一国の孤立独往は、こんにちの世界情勢ではのぞむべくもない」

「三十年前」

と、伊東は維新前後をいう。

「わが日本帝国がいかに困難な境遇にあり、いかに危険な災厄をのがれ得たかということは閣下のよく存ぜられるところであろう。その当時の日本は、自分の独立をまったくする唯一の道は、一国の旧制をなげすててあたらしい秩序にきりかえる以外にないとおもい、それを唯一の要件とし、それを断行した。そのおかげでこんにちの状態を得た。貴国もこれをなさらねばならない。これを要件となされよ。もしそれをしなければ早晩滅亡をまぬがれぬであろう」

要するに清国も明治維新をやれという。秩序を入れかえて国家を新品にする以外に清国の生きる道はなく、それをせねば亡国あるのみと伊東はいう。かつて維新の主導勢力であった薩摩藩の出身である伊東は、その効能のよさをたれよりも知っていた。だから敵将に対し貴国もそれをやれという。やれば強くなるというのである。ふしぎな親切であり、古今を通じこのような親切な提案を敵将に対して申し送った例はなかったであろう。

この時代の日本人は、そういうものであったのかもしれない。

隣国のシナは日本人にとってながい歴史の時間、文化と文明の模範として尊んできた国であった。

それと戦い、一朝にしてやぶってしまった。伊東の勧降状には、なにやらそれを気の毒がる気分が底にある。だから、貴国も強くなりうる、それは、秩序を一新することだ、とすすめているのである。こっけいなほどのおせっかいだが、伊東は真剣であった。その真剣さは、かつて師匠の国であったことについての感傷だけでなく、ヨーロッパの技術文明の前にあやうく国がほろびようとしたそのおなじ条件下に清国もまた置かれつづけていることへの同情も入っている。

伊東の文章はつづく。まるで丁汝昌と同憂の同志のような調子である。

「スデニコノ否《ひ》塞《そく》ノ運ニ際ス」

すでに清国は八方ふさがりになってしまった、という意味。

「いま清国の臣子たる者、なかでも国家のために忠誠をつくそうという気《き》愾《がい》のある者なら、老朽化しきっているこの秩序のなかで、ただその日ぐらしに身をゆだねていていいものであろうか。なるほど、かがやける歴史と広大な領域をもつこの世界最古の帝国を、いま一朝に革新することは容易なことではない。しかしそれをやらねば貴帝国はどうにもならぬ。そういう大事業からみれば、一艦隊の存亡などはたかがしれている。降伏したところでなんのことがあろう。いまは小さな節操にこだわるべきではない」

「是《ここ》ニ於《おい》テ」

と、公式訳文はいう。

「僕ハ世界ニ鳴轟《めいごう》スル日本武士ノ名誉心ニ誓イ、閣下ニムカッテシバラクワガ国ニ遊ビ、モッテ他日、貴国中興ノ運、真ニ閣下ノ勤労ヲ要スル時節到来スルヲ竢《ま》タレンコトヲ願ウヤ切ナリ」

日本に亡命して時節をまて、という。亡命については世界に鳴る日本武士道がうけあう、というのである。

「閣下、ソレ友人誠実一言ヲ聴納《ちょうのう》セヨ」

さらに伊東は例をあげていう。普仏戦争のとき、ドイツ軍のためにセダンで包囲され、城兵とともに降伏したマクマオン将軍のことをいう。いったん捕虜になったかれは休戦後釈放され、フランスに帰り、のち大統領にまでなった。

「かのフランスの将軍マクマオンのごときはひとたびくだって敵国にあったが、時機を待って帰り、本国政府の改革をたすけた。しかもフランス国民はこれにはずかしめをあたえないばかりか、これを大統領にすら推選した。さらにはトルコのオスマン・パシャのごときも、プレヴナの一戦でやぶれ、その身は捕虜になったが、ひとたび国に帰るや陸軍大臣の要地に立って軍制改革の偉功をたてたではないか」

この伊東の書簡には、陸軍の大山巌も署名した。港内の旗艦にいる丁汝昌の手に入ったのは一月二十四日である。

かれはそれを読みおわると、左右に示し、

「伊東中将の友情には心をうたれるが、しかし私はみずからに従う」

とのみ、いった。返書は出さなかった。

北洋艦隊のほろびは、それから十数日経った二月十二日にきた。

丁汝昌はその隷下軍隊の不穏な空気に絶望し、その前夜ついに降伏を決意し、夜があけるとともに軍使を用意した。

かれの用意した軍艦は、砲艦鎮北である。そのマストに白旗をかかげ、港外に出した。午前八時、鎮北は松島の正面にあらわれた。

「咨《し》会《かい》ノ事ヲナス」

という文章からはじまる漢文の乞降書《きっこうしょ》が伊東祐亨にもたらされたのはこのときである。その要旨は、

「自分はさきに伊東司令長官の書簡に接したが交戦中なるをもっていまだ返翰《へんかん》を呈していない。自分ははじめ、あくまでも決戦して艦沈み人尽きてから已《や》もうとおもっていたが、いまは気持をかえ、生霊を保全しようとし、休戦を請うしだいである。いま劉公島にある艦船と同島の砲台兵器はすべて貴国に献ずる。よって戦闘員と人民の生命を傷害することなく、かつまたかれらをして故郷に帰ることを許されよ」

というものであり、伊東はそれをゆるし、復書をつくり、清国側の軍使程璧光《ていへきこう》にわたした。さらに丁汝昌に対し、ころ柿、シャンペン酒、ぶどう酒を贈った。

翌十三日午前八時半、それについての丁汝昌の復書をたずさえて清国軍艦鎮中がやってきた。

丁の復書には、伊東の受諾をふかく謝し、かつ前記慰問の品々については、

「両国有事ノ際、私受シガタケレバ、ツツシンデ返上ス」

と書き、げんに送りかえしてきた。

軍使は、きのうの程璧光である。程はそれらの公務をおわると、やがて辞色をあらため、自分が乗ってきた鎮中のマストをさし示した。半旗がかかげられていた。

昨夜、丁汝昌が毒をあおいで自殺したという。

午前十一時、伊東祐亨は全艦隊に対して丁汝昌の死をしらせるとともに奏楽を禁じて弔意《ちょうい》を表した。

このあと午後五時、降伏後の処理条件のうちあわせのため程璧光にともなわれて牛昶昞《ぎゅうちょうへい》が松島に来艦し、日本側と協議した。

その諸条項のうち、清国側の提案として丁汝昌以下死者の柩《ひつぎ》をジャンク（シナ式帆船）にのせてその故郷へおくるということがあり、これについて翌日、伊東はそれを不可とし、

「丁提督といえばひさしくその威名をアジアにふるった北洋艦隊の司令長官である。かれの柩を送るのに一葉のジャンクをもちいるなどはもってのほかであり、このため威海衛における没収艦船のなかから商船康済号のみをはずす。この康済号に柩をのせ、それに余地があれば帰還兵員をのせてもかまわない」

とした。

降伏訂約書に双方代表が署名したのは、二月十三日である。

ひるがえって正岡子規についていえば、この前後にかれの従軍が決定している。

須磨の灯

子規の従軍は、結局はこどものあそびのようなものにおわった。

広島で待機し、四月のはじめ、御用船に乗るべく宇品港へ出かけた。

「道端の桜は七、八分咲いて、柳の緑は染めたように芽ざしている。春昼の如しという頃である」

と、子規は季節を描写している。かれはあらたにあつらえたセルの背広を着ており、旧藩主の久松伯爵家からもらった刀をもち、壮士のようなかっこうをしていた。

大連に入港した。

そのあと、柳樹屯《りゅうじゅとん》、金州城、旅順へゆき、さらに金州城に帰った。すでに戦いはなく、いわば新戦場の見学旅行のようなかたちになった。かれが日本を出発したときにはすでに下関に李鴻章がきており、講和談判がはじまっていた。その談判も、子規が金州城にもどったころには成立し、その報がかれの耳にも入っていた。

帰国を決意した。要するにその従軍はほんのひと月あまりだったにすぎない。

五月十四日、他の新聞記者たちとともに大連港で佐渡国丸というのに乗り、帰国の途にのぼった。

霧は深い。

船は遅々としてすすむ。

「なんだか労《つか》れたようであったから、下等室で寝ていた」

と、子規が書いているような船中生活であった。

軍隊輸送船の多くがそうであるように、大きな船室に棚をつくって上下二段にわけ、上のほうには大尉以下の軍人が二、三十人起居し、終日戦争のはなしなどをしている。子規ら十一人の新聞記者は下の段に収容されていた。天井がひくく、あぐらをかくにしても背をかがめていなければならなかった。

三日目の昼、子規は寝ていた。ところがむこうのドアのほうで声がして、

「正岡、甲板にあがってみろ。鱶《ふか》がいる」

とよばわった者があり、好奇心のつよい子規は体をおこして靴をはき、甲板《かんぱん》への階段をのぼろうとした。妙に胸が苦しかった。

のぼって甲板に出ると同時に気管にからむ感じがあり、痰《たん》だとおもって手すりまでゆき、海へ吐いた。

落ちて行ったものは、痰ではない。血であった。

子規は鱶のむれをみた。しかしすでに心臓が凍るようであり、鱶を見つづけているゆとりがなかった。すぐ船室に降り、自分の行李《こうり》のなかから用意の薬をとりだしたがしかし服《の》む気はせず、それを着ている外套のポケットに押しこみ、そのまま安静にするために足をのばして臥《ね》た。

この船に医者が一人乗っていることを子規は知っていた。しかしその医者がコレラの薬以外の薬をもっていないことも子規は知っていたから、よぶ気はしなかった。

夜になっても、血はとまらなかった。

翌日の午後、下関に着いた。子規はひさしぶりの日本を見るため、無理をして甲板へのぼった。視野いっぱいに若葉がひかっているのをよろこび、「馬関《ばかん》まで帰りて若葉めずらしや」という俳句をつくった。

船は下関で三日間、碇泊した。

「二十日、わが病やや激し」

と、子規は懐中の日記帳に書いた。二十三日、神戸港の和田岬についた。

「痰、ようやく重し」

と、子規は書いた。その余白に、

須磨の灯《ひ》か明石《あかし》のともし時鳥《ほととぎす》

という俳句をしるした。時鳥ということばを入れたのは、血を喀《は》く自分の姿をそれとなくえがいたつもりであった。

下船して桟橋を検疫所にむかって歩いた。肩に革製のランドセルを負っている。右手にかなり重い行李をさげ、あえぎながら歩いた。左手で刀をもち、それを杖がわりについて、そろそろ歩を運んだ。それでも十歩ごとに胸がせまってきて、血を喀いた。

ついに歩けなくなり、砂の上に行李をおろし、その上に腰をおろした。

（人をよばねばならぬ）

とおもったが、顔があがらない。まして声をあげる気力もなかった。

おりよく仲間の新聞記者が通りかかり、子規をみとめて近づいてきてくれたので、子規はやっと自分の容態の容易ならぬ状態をはなすことができた。

「病院へゆきたい」

と、子規はいった。

「しかし歩けない。人力車にすら乗れそうにない。たのむから、釣台《つりだい》（担架）をつごうしてくれまいか」

と、小声でいうと、その新聞記者は子規の鼻の下のまばらなひげをじっとみていたが、やがて力づよくうなずき、桟橋の一隅へかけて行った。

かれは仲間に話した。仲間は十人いた。かれらは活動をはじめた。まず神戸病院へ三人が駈けた。二時間ほどして、病院から担架がやってきた。

子規はそれに乗せられた。

顔のあたりまで油合羽《あぶらがっぱ》がかぶせられ、町は見えない。どこかで太鼓の音がしきりにひびいているところをみると、祭礼の日らしかった。

(むりだったのだ)

と、さすがに従軍を後悔した。このからだになりはてた以上、あと二、三年しか生きられないだろうとおもった。

神戸病院についたときは、灯ともしごろであった。入院の手続きは仲間の新聞記者がしておいてくれたため、すでに病室も用意されていた。二階の二等室だった。

寝台にねかされた。わらぶとんの上に敷きぶとんが二枚かさねられており、戦地で土の上にねたり、あのぶた小屋のような船室に収容されていたことをおもえば「まるで極楽へきたような心地で、これなら」死んでもよいとさえおもった。それほどこころよかった。

喀血《かっけつ》はつづいた。

そのあと、何日もつづいた。

(死ぬのではないか)

とおもった。東京の母親には病院から電報でしらせてもらった。

子規が神戸で入院したころ、高浜虚子は京都にいた。仙台の二高はすでに退校してしまっている。文学をやるというだけで、日常なにをすることもないために京都の高等学校にいる友人をた

ずね、その吉田神社の前の下宿にころがりこんで、本をよんだり、そのあたりを歩きまわったりしている。

そこへ子規の発病をしらせる電報がきた。東京の陸羯南《くがかつなん》が発したもので、

「介抱にゆけ」

というものであった。虚子の、子規に対する献身的な看病はこのときからはじまる。

虚子は、いそぎ神戸へ行った。

病院の受付で病室の番号をきき、二階へあがって病室のドアをひらくと、ひどくなまぐさいにおいがした。最初なんのにおいかわからなかったが、やがてそれが子規の喀いた血のにおいであることがわかった。それほど子規の喀血ははげしかった。

室内はしずかである。

子規は、こちらに背をむけて臥ている。

(ねむっているのか)

と、虚子はおもい、足音を殺してちかづきやがて子規の顔をのぞきこんだ。皮膚が透《す》けるように白くなっている。

子規は、ねむっていなかった。瞼《まぶた》をあげ、虚子の顔を見たが、だまっている。

「升《のぼる》(子規)さん、どうおした」

と、虚子はきいた。そのくだりについて虚子の「子規居士と余」の文章を借りると、

「このとき余の顔と居士の顔とは三尺ぐらいの距離しかなかったのであるが、さらに居士は余を

手招きした」

手招きといっても、掌をふってまねいたのではなく、掛けぶとんの上に置いている手をほんのすこしあげ、わずかに指だけをうごかしたにすぎない。

——耳を近づけよ。

ということであろう。虚子は察して耳を子規の唇に近づけた。すると子規はほとんど聞きとれぬほどの小声で、

「血を喀くから物をいうてはならんのじゃ。うごいてもいかんのじゃ」

そのとき、五十年配の付添婦がコップをもって入ってきた。それを子規にわたすと、子規は顔を横ざまに臥かせたまま血を喀いた。血はコップに半分ほどたまった。

喀血は日に数回あるらしい。

そのうえ、食事が摂《と》れなかった。サジに一ぱいの牛乳すらうけつけず、このままでは死を待つしかなかった。

数日経ち、医師は栄養浣腸《かんちょう》をもって体力を養わせる処置をした。最初のそれをやったとき、子規は例によって指をうごかして虚子の顔をまねきよせ、

「清さん、いまのはなんじゃな」

と、きいた。虚子が説明すると、子規はわずかに顔色をうごかした。驚いたのである。自分の容態がもはやそこまですすんでいるのかとおもったのであろう。

その後、子規はつとめて口から栄養物をとるようにした。

このあたりが峠だったらしい。

峠をすぎてから、母親のお八重が河東碧梧桐《かわひがしへきごどう》にともなわれてやってきた。看護人がふえた。

子規のからだは、しんのたしかなところがあるらしい。

神戸病院にはちょうど二カ月入院したが、喀血もおさまり、あとは須磨の保養院で転地療養するようになった。

「卯《う》の花の咲くころに入院したが、もう町をゆくひとが単《ひとえ》を着ている」

と、病院の玄関を出た子規はいった。看病人はみな帰ってしまい、虚子ひとりが残っている。その虚子も、子規の須磨ゆきを見送ってこれで東京へ帰るつもりであった。

停車場へゆく途中で、子規は帽子をひとつ買った。暑気よけのヘルメットであった。病気のやつれとひげとヘルメットという様子は、子規の風采を別人のように変えた。

虚子は保養院で数日とまった。いよいよあすは出発という前夜、子規は別れの宴のつもりで、ふつうの夕食の献立のほかに一品か二品、べつな皿をあつらえた。

そういう膳にむかいながら、

「清さん、こんどの介抱の恩はながくわすれんぞな」

と、かるく頭をさげた。

虚子はそういう子規の顔をぼんやりながめていた。子規はいった。

「しかしあと幾年生きられるか、自分でもわからない。ながくはあるまい。命は惜しくはない

が、心残りはいまやりかけているしごとのことじゃ」

古俳句研究と、俳句に文芸のいのちを吹きこんでゆく俳論の確立ということである。このしごとは子規が中途で死ねば、おそらく草がはえて空《くう》に帰してしまうであろう。

「空に帰してしまえば、あしはなんのためにこの世に出てきたのか、意味がなくなってしまう。ぜひ後継者がほしい」

――そこで。

と、子規はいった。

「おまえを後継者にしたい。おまえにとっては迷惑かもしれないが、しかしおまえよりほかに適当な者がない」

事実、虚子は迷惑げな顔をした。子規のいう仕事とは研究がおもで、虚子がやろうとしているのは実作であった。

「ところがどうも」

と、子規はいった。

「おまえの様子をみていると、学校は退学するし、その退学後のことでも、すこしも落ちつきがない。さらによく見ていると、おまえひとりが居るぶんではそれほどでもないが、秉公《へいこう》（碧梧桐）と一緒になるとたちまちたがいに同化しあってだめになってしまう」

これからは秉公と別居せよ、といった。

「そしてしずかに学問をする工夫をおし」

子規は虚子に対し、ふたことめには学問々々といった。ところが虚子は文芸に学問は無用だとおもっているし、それになによりもそれがきらいだった。

「東京へ帰ったら、学校へお入り。いまからなら、東京専門学校（のちの早稲田大学）なら入れるじゃろから、そこで坪内先生のシェークスピアをお聴き。そしてあしの研究のあとつぎをしておくれ」

と、子規はいった。

子規は、よほど執念ぶかくうまれついているらしい。

かれの俳句もそうであった。

「良句もできるが、駄句もできる。しかしできた駄句は捨てずに書きとめておかねばならない。理由はない。ちょうど金を溜める人が一厘や五厘のお金でもむだにせずにこれを溜めておくのとおなじである。そういう一厘五厘をむだにする者が決して金持になれないように、自分のつくった句を粗末にして書きとめておかぬひとはとてものこと、一流の作者にはなれない」

といった。このことを、虚子や碧梧桐などの弟子にいうだけでなく、先輩格の内藤鳴雪翁にまでいった。

「子規の人間的特徴は執着のふかさである」

と、虚子は後年そのようにいっている。執着は自分のつくった句に対してだけでなく、弟子そのものに対してもそうであった。人間に対する執着は、つまり愛である、と虚子はこれについて

いう、「人の師となり親分となるうえにぜひ欠くことのできぬ一要素は弟子なり子分なりに対する執着であることを考えずにはいられぬのである。たとえばそれは母の子を愛するようなものである」

どういう放蕩《ほうとう》息子に対しても母親というのはそれをすてずに密着してゆく、と虚子はそういう例をあげている。

元来が弟子や子分というのは気ままで浮気であり、師匠や親分がおもっている半分ほどもその師匠や親分を想ってはいない。それでもなお師匠や親分は執念ぶかく弟子や子分のことをおもい、それを羽《は》交《が》いのなかであたため、逃げようとすれば追い、つかまえてふたたびあたためる。

子規は、そうであった。

「おまえをあとつぎにする」

と子規はいったが、結局、虚子は学問をきらって逃げ、それをことわったかたちになった。しかしそれでも子規はこりず、懸命に虚子に俳句について教えつづけた。

子規は小康《しょうこう》を得た。

それに気をよくして須磨保養院での生活はひと月できりあげ、いったん故郷の伊予松山にもどることにした。

八月二十日、須磨を発った。途中、岡山で一泊し、広島で二泊した。広島から便船に乗って四国に渡り、三津浜に上陸し、その夜は体をいたわるため三津浜にとまり、翌朝松山に帰った。

正岡家の屋敷はすでに人手に売りわたしているため、母親の実家の湊町四丁目十九番地の大原

恒徳方《つねのり》におちついた。

が、うまいことに、子規の大学時代からの友人である夏目漱石が松山中学の英語教師としてこの四月に赴任してきており、その下宿が二番町の二番地にある。上野という家の離れ家であった。漱石はその二階二間にいた。子規はその階下二間をかりることにしてひっこした。

「僕は二階に居る、大将（子規）は下に居る、其《その》うち松山中の俳句を遣《や》る門下生が集つて来る、僕が学校から帰つて見ると毎日のやうに多勢来て居る」

と、漱石はこの当時のことをこのように書いている。

この時期、子規はしばらく漱石と一つ屋根の下でくらすことになったが、その交遊歴はふるく、大学予備門のころからであった。

明治二十二年のはじめころからで、そのきっかけはたがいに文学を好んだというよりも、寄席《よせ》好きだったということが魅《ひ》きあったものらしい。

漱石のほうで、そういっている。

「二人が寄席の話をした時、先生大いに寄席通を以て任じて居る。ところが僕も寄席の事を知っていたので、話すに足ると思ったのであろう。夫《それ》から大いに近よって来た」

その後、子規は漱石をもって最良の友人とした様子がある。

「なにごとも大将にならねばすまぬ男で」

と、漱石は子規の性格をそうみている。そういう、いわば子規のわがままを漱石のゆったりと

した性格が許容した。許容以上に漱石にとって子規の無我夢中さはときにとって愛すべき滑稽さとしてうつったらしい。

たがいに大学生のころの明治二十四年、漱石は松山の子規宅へきて滞在したこともある。たまたま中学生であった高浜虚子がその現場をみた。

「大学の制服をつけた紳士的の態度の人」

というのが、虚子の印象である。漱石はそのズボンのひざを折ってきちんとすわっている。子規の母親のお八重が、松山鮨《ずし》を運んできて漱石にすすめた。子規は、

「この夏目はなかなか勉強家で成績もよいぞな」

と、母親に話した。漱石はその松山鮨を大いによろこんだ。

「詩《し》箋《せん》に句を書いたのが席上に散らかっていたように思う」

と、虚子は当時の記憶をかいているが、その句稿は子規の筆《て》になるものであったかもしれない。漱石はこれ以前にもときどき俳句をつくることがあったが、まだ腰を入れてはじめていたわけではなかった。

「漱石は明治二十八年始めて俳句を作る」

と、子規がのちにその稿「明治二十九年の俳句界」に書いているから、漱石が本格的に俳句をはじめたのは、かれが松山中学教師のころ、つまり子規が療養のために神戸から松山に帰ってきて、漱石とおなじ下宿の階下を借りてからである。

子規がこの下宿（二番町上野義方宅）にうつったのは、八月二十七日の日照りのはげしい朝であ

る。

桔梗《ききよう》活《い》けてしばらく仮の書斎哉《かな》

と、子規はさっそくそういう句を作った。

漱石はこの間《かん》のことを多少の諧謔《かいぎやく》をまじえて、こう書いている。

「僕が松山に居た時分、子規は支那《しな》から帰ってきて僕のところへ遣《や》って来た。自分のうちへ行くのかと思ったら自分のうちへも行かず親類のうちへも行かず此処《ここ》（漱石の下宿）に居るのだという。僕が承知もしないうちに当人一人で極《き》めて居る。……上野（貸し主）の人が頻《しき》りに止める。正岡さんは肺病だそうだから伝染するといけないからおよしなさいと頻りにいう。僕も多少気味が悪かったけれども断らんでもいいとかまわずに置く」

この「二番町の家」は、子規がその階下二間を占領したために人の出入りがひどく多い家になってしまった。

松山にはすでに松風会《しようふうかい》という俳句結社があったが、子規のこの松山滞在を機会ににわかにその句作熱がたかまったのである。その連中が、運座をするために子規の下宿にやってくる。

漱石はよほどうるさかったらしく、

「僕が学校から帰って見ると毎日のように多勢来て居る、僕は本を読むこともどうすることも出

来ん、尤《もつと》も当時は余り本を読む方でもなかったが、兎《と》に角《かく》自分の時間というものがないのだから止むを得ず俳句を作った」

と、後年、「ホトトギス」に書いている。多少、語り口をおもしろくするための誇張があるようだが、ともかくこのような状態だった。

子規は子規で、東京の碧梧桐あて、

「夏目も近来、運座連中の一人に相成り候。訪問者多きと、多少の体温の昇降あるとの二原因にて、まだ道後へも三津へも高浜へも参らず」

と、このころの賑わいぶりを知らせた。

子規はこの下宿に、

「愚陀仏庵《ぐだぶつあん》」

という庵号をつけた。家主《いえぬし》である上野義方という老士族にはむろん断わりなしである。愚陀仏とは、漱石の別号であった。

愚陀仏は主人の名なり冬籠《ふゆごもり》

と、漱石はそういう句をつくった。

「お頼みィ」

と、俳句会のひとびとが入ってくる。ふつう五、六人がかたまってやってくる。多い日は十人

ぐらいが前後して、

「お頼みィ」

と言いながら、入ってくる。

上野家の当主の義方老人は旧藩のころ二百石取りの上士で、いまは商家の支配人のようなことをしている。頭をくりくりに剃《そ》ったおだやかな老人で、このさわがしさについてはおそらく閉口《へいこう》していたらしいが、しかし、とりたてては苦情をいわなかった。

「あしは俳句復興の松明《たいまつ》になるつもりじゃ」

と、子規はよくいった。このあるいは薄命におわるかもしれぬ若者は、自分の生涯の課題を、身に痛いほどに知っていたし、それをもって余生を生きようとしていた。

松風会の会員で柳原極堂という俳句熱心の若者がある日「愚陀仏庵」にたずねてくると、

「ええとこへきた。石手寺《いしてじ》まで散歩しよう」

と言い、着ながしに防暑用のヘルメットをかぶってあるきだした。極堂は不安におもった。石手寺まで往復四キロはあるであろう。からだに障《さわ》らぬかと不安だったが、当の子規は平気で、途中、あたりの景色をたのしげにながめながら歩いた。途中、三、四十句の俳句をつくった。

石手寺に入り、大師堂の縁側で腰をおろしてしばらく息を入れていたとき、足もとにたれがすてたか、半紙大ほどのおみくじが風にうごいていた。子規はそれをひろいあげてじっとながめた。横から極堂がのぞきこんでみると、

「二十四番凶」

とある。そのなかに「病事は長引かん。命には障りなし」と刷られていた。

こういう時期、軍艦「筑紫」が、呉のみなとに帰ってきた。塗料《とりよう》が剝《は》げ、艦橋のあたりに弾痕《だんこん》が残っていて、いかにも戦場帰りといったすさまじい形相《ぎようそう》を示していた。

ちなみに、筑紫は補助艦であったために主要な海戦に参加する運にはめぐまれなかったが、威海衛包囲には参加した。そのとき港内の清艦がうちあげた砲弾をくらい、数人の死傷者を出した。弾痕はそのときのものであった。

呉で、数日の休暇が出た。

呉から松山はちかい。真之は子規の発病やその後の消息について知っていたから、見舞おうとし、松山へ行った。

すでに秋山家は、松山にはない。かれの父の八十九翁の死後、屋敷をひきはらって東京の好古の家に移ってしまっていたから、宿をとらねばならなかった。宿は、三番町の城戸屋《きどや》旅館にきめた。偶然ながらこの宿は、漱石が松山中学に赴任してきて最初にとまった宿であった。

「正岡の升さんは、大原家かね」

と、宿の者にきいた。いいえ、二番町の上野さんのお屋敷の離れをお借りじゃというはなしじゃげな、と女中がおしえてくれた。

(二番町の上野か)

だいたいの見当はつく。真之は出かけた。二番町の本通りから横町を東へまがってすこしゆく

と、連子窓《れんじ》のついた軒のひくい平屋だてがある。

「お頼みィ」

と、よばわると陰気な中年婦人が出てきて真之の用むきをきいてくれた。真之は教えられたとおり、外玄関の前を左へまわって内庭への戸をくぐり、庭を通りぬけ、やがて炊事場と井戸場へ出、そこの三尺口をくぐり、やっと裏庭へ出た。その裏庭の一角に離れの二階だてがたっている。

「あしじゃ」

と、真之がいうと、階下で気配がうごいて兵児帯《へこおび》を巻いた子規が障子のすきまから顔を出した。

顔が、おどろいていた。

（こいつ、ひげをはやしたな）

と、真之はおもった。あるかないかのまばらなひげであった。

「いくさからいつお帰りじゃったのか」

と、子規は全身を縁側にせり出してきてそういった。真之は、答えず、

「血をお喀きじゃったと？」

と、子規の顔色をみた。もともと色白な顔が、以前にくらべればいくぶん青い。しかし療養しているせいか、頬のあたりが以前よりもふっくらしている。

「もう大丈夫じゃ」

と、子規は言い、そんなことよりも早うおはいり、おはいりよ、とつづけさまにいった。

真之は入り、すわろうとした。

「きたない部屋じゃな」

海軍ぐらしの身からみれば、子規の部屋のきたなさが異様で、尻を浮かしたくなるほどであった。

「相変らずの獺祭《だっさい》じゃが」

と、子規は、自分の部屋のきたなさについてそういった。獺《かわうそ》という水辺に棲《す》むいたち科の動物は、その巣に雑多な魚をあつめて貯蔵する習性があるが、古代中国の詩人はこれをもって、あれは魚を祭っているのだ、とした。子規はそれを踏まえ、

「あしの巣もそうだ。本や反古《ほご》を散らかしてそれを祭っているのだ」

と言い、まだ大学生のころからその居住している部屋を「獺祭書屋《しょおく》」と名づけていた。

「うらやましい気がする」

と、真之はまわりを見ながらいった。服装のむとんちゃくさと身辺の乱雑さは兄の好古にも真之にもあって父の八十九翁からの遺伝だとよくいわれたが、それでもいまは海軍馴れして身辺の整理だけはまがりなりにもきちんとしている。真之にすれば子規がその性癖のままでくらしていることにうらやましさを感じたのであろう。

あるいは、それとは別な気持もこもっていたかもしれなかった。たとえば、子規がそのあと、

「夏目も居るんだぜ」

といって二階をさし、かれが自分たちの母校の松山中学の英語教師として赴任してきていることをいったとき、

「夏目というのは、夏目金之助のことか」

と、問いなおし、べつだんの関心を示そうとしなかった。夏目金之助と真之とは、大学予備門のころの同窓である。

「いま学校にいるが、もうじき退《ひ》けて帰ってくるだろう。夏目もよろこぶはずだ」

「夏目はそんなことをよろこぶ男かね」

真之はへんにひねくれたことをいったから子規はおどろき、

「おまえ、夏目と仲違《なかたが》いしたことがあったのか」

と、きいた。

真之はくびをふり、仲違いをするほどの仲ではなかった、といった。真之にいわせれば夏目は江戸っ子のくせにとっつきのよくない男だし、あしはこういう、どちらかといえばとげとげしたところのある男だから、ついにまじわるきっかけがなかったのだ、という。

「なるほど、とげとげか」

子規は、おかしそうに笑った。

「しかし、懐かしかろう」

「懐かしすぎて、いかんのだ」

と、真之は急にさびしそうな顔をした。こと志とちがって予備門を中退し、文学者になる希望をすてざるをえなかった自分の青春のあの時期のことを、真之は正直なところ、いまさらここで剝《む》きだして風にあてたくない思いでいる。

「あしは心のその部屋に錠をおろしている。夏目に会うと、いやおうなくその錠をはずさねばならない」

「わかった」

子規は、わざと陽気にうなずき、ところでいくさのあいだどうおしていたぞ、やったか、ときいた。

「乗っていた艦が小さな巡洋艦でな、いつも第二線で駈けまわっていた」

と、真之はいった。

一度だけ非常行動をする機会がきた、と真之はいう。ことしの一月末、艦隊司令官のゆるしを得て筑紫以下の小艦群のなかから決死隊をつのり、敵の日島《にっとう》砲台に対し、陸戦をもってこれを銃剣で奪取しようという戦法がくわだてられた。

筑紫の航海士真之はこれにえらばれ、その夜、艦上で敵前上陸の準備をした。兵員のすべてに白鉢巻、白だすきといういでたちをさせ、軍艦赤城に移り、めざす日島に近づいた。ところがこの日午後から雪をまじえた強風が吹き、海が沸《わ》きにわいて接岸できず、ついにこの計画は中止になり、真之にすれば語るべき武功はないままにおわった。

「敵の砲弾はくらったか」

「一度だけだが」

と、真之はいった。二月に入った日の午後一時ごろ威海衛の港口にあって港内を砲撃していたとき、巨弾がとんできた。清国艦隊が放ったものか、それとも港内の劉公島《りゅうこうとう》砲台からのものか、それはわからない。その巨弾は爆発せぬままに筑紫の左舷から中甲板をつらぬいて右舷側へとびだし、そのまま海中に落ちた。いわば串刺しの目に遭ったが、このとき、下士官一、兵二あわせて三人が即死し、将校二、兵三が負傷した。

「甲板は血だらけになった」

と、真之はつとめて顔色をうごかさずにいったが、あの肉や骨のとび散った真紅の光景はかれの終生、その夢見に出つづけたほどのすさまじい印象をかれにあたえた。真之はこれほど闘争的性格にうまれついていながら、人の死からうける衝撃が人一倍深刻であるという自分を知ったのもあのときからであった。

「坊主《ぼうず》になろうとおもった」

と、真之はいおうとして、だまった。他の従軍者の悲惨な体験からみればあの程度のことでそういう大げさな感慨をもつというのがはずかしかったからだが、この坊主うんぬんはこの若者の本心であり、のちの日本海海戦のあともこの思いが深刻になり、退役することまで思いつめて先輩からとめられ、かろうじて思いとどまったりした。

「しかし、日本軍は強かったな」

と、子規がいった。子規はこういう点では無邪気な庶民とかわらなかった。

「相手が弱すぎたのだ」

と、真之はいった。

「最初から清国兵はなげやりだったようにおもえる。かれらの国の政権は満州人種がにぎっており、皇帝もむろんそうだ。異民族であるその皇帝とその政府のために死ぬという気持が、漢人将士にすればおこそうにもおこしようがないというのが正直なところだったろう。しかしながら日本人は清国そのものを押し倒したのだと錯覚している」

「そんなに清国兵は弱かったのかね」

子規は、不満らしい。人情として日本がアジア最大の国をたおしたと思いたいのである。

「まるきり漢人たちはやる気がなかった」

と、真之はいった。

「つまりいえば、日本が勝った一面の原因はかれら漢人将士がつくったのだ」

「ふん」

子規は、不満そうだったが、子規の庶民精神からいえば、敵は善戦善闘したけれどもそれ以上に強い日本軍の前に力尽き、ついに屈したというほうがのぞましい光景であろう。

「そうはいかん」

真之は、冷静だった。

「日本海軍の将士の勇戦ぶりはなるほどその国家と国民の期待以上のものだった。しかし技倆は劣弱である」

「わざが劣弱というのか」

「ひと口にそういってしまうと誤解を生ずるが、操艦と艦隊運動はみごとだ。おそらく日本海軍に匹敵するのはイギリスぐらいかもしれぬとさえおもった。しかし、もっともかんじんの砲術がまずい」

「弾をうつ？」

「そう、砲弾を発して敵艦にあてる術だ。これが艦隊活動の最終目的だから、これがまずいのはどうにもならんぞな」

「そんなに？」

「とくに黄海海戦においてまずかった。こちらは敵のまずさのために一艦も沈んでいないが、それにしてももっと大きな致命傷をあたえねば完全な勝利にならない。本来なら黄海海戦の一戦で敵の北洋艦隊をぜんぶ海底にたたきこんでしまっておかねばならない。あとに敵を残した。それが威海衛攻撃になったのだが、威海衛は余分だ。もし清国の陸海軍にヨーロッパの一流国程度のつよさがあったら、黄海の敗戦ぐらいはかすり傷で、あとあとの残存兵力をもって十分日本軍を撃滅できるはずだ」

「砲術がまずかったというが、むこうとの比率はどうなのだ」

と、数学ずきの子規は問うた。

が、この点は秘密であった。欧米の陸海軍なら戦いがおわってからはその戦闘資料をごく淡泊に公示することが多いのだが、日本はそれについてはきわめて秘密主義で、真之もそれをいう自由をもっていない。

「残念だが、いえない」

と真之はいった。

この戦争を通じて日本海軍がいかに砲術がまずかったかについては、のちに米国海軍大佐A・T・マハンが論及している。ちなみにマハン大佐はこの当時における海軍戦術学の世界的権威とされている。

「日本海軍は、まず軍艦が清国のそれとくらべて優秀であった。兵器弾薬の品質も精良で、供給も十分であった。さらには将校兵員の能力ははるかに敵よりまさっている。ところが日清とも砲術のまずさはどうであろう。日本海軍みずからがこれは承認しているところだが、清国のほうがややまさっている。なぜなら、六听《ポンド》以下の軽砲をのぞけば、日本の命中率は一二パーセントであったのに、清国は二〇パーセントにのぼった」

話しながら真之は何度も、

「だいじょうぶか」

と、きいた。病弱の子規のからだをおもってのことであったが、子規はそのつど、必要以上につよいうなずきかたをした。

た。

「つぎはロシアか」

と、子規はきいた。そういう観測が、すでに日本じゅうのあちこちでささやかれはじめてい
「さあ、どうだろう」

と、真之はそういう素朴な質問には答えにくく、くびをひねるだけでだまっていた。正直なところロシアは清国の数千倍はつよいようにおもえるし、第一、陸軍の兵力の差が懸絶《けんぜつ》している。海軍についても真之のみるところ、日本海軍の訓練を砲術の面からやりなおしてからでなければ、比較をすることすらおろかであった。

「十年もたてば日本は勝てるかな」

「わからん。戦争の要素には外交のことが大きく入ってくる。どこかの強国が日本を支援せぬかぎり、とてもむりだろう」

「強国とは、アメリカかね」

「英国かもしれんな」

と、真之はいった。

子規は、意外だ、といった。英国はこの戦争で清国ばかりを支援したではないか、というと、真之は、

「国の外交というのは変わるものだぜ。とくに英国外交は現実をみて変わる」

真之はこの戦争中、英国は日本が優勢とみてにわかに態度を変えてきたことを具体的に知って

いる。

威海衛包囲中、日本側が港内にむかってしきりに水雷攻撃をした。真之らの先輩の鈴木貫太郎大尉も艇長として活躍したが、ある朝、鈴木艇が根拠地にもどってくると、英国の観戦軍艦エドガーがちかづいてきて、ボートをおろした。

このとき鈴木は夜戦中の不眠をとりもどすために艇内の小さな士官室で寝ていたところ、水兵がドアをたたいて、

――英国の艦長がきました。

と、告げた。鈴木はすぐ上衣を着て上甲板にのぼってみると、顔の赤い大男の英国大佐が、五、六人の士官をしたがえてボートの上に立っていた。

やがて、凍った甲板上であいさつをかわすと、英国艦長はいんぎんな態度で水雷夜襲のことをきいた。鈴木はかれらの研究をたすけるためにくわしく話してやった。英国艦長は大いによろこび、そのあと、

「じつはあなたたちが攻撃に出かけるというので、私はついて行った。あの風浪だから日本の水雷艇の二、三隻は転覆するとおもい、転覆すれば、救助しようとおもった」

と、いった。

戦争の初期、きわめて反日的であった態度とは、まるでちがってしまっている。その理由はあとでわかったことだが、日本の善戦をみて英国政府は方針を一変し、その東洋艦隊に対して親日的態度をとるように訓令したためであった。

子規がとめたが、真之はほどなく辞した。子規は門前まで送りながら、

「もうすこし待ってくれれば、夏目が帰ってくるのに」

と、未練げにくりかえしたが、真之は夏目金之助という同窓には旧交が薄かっただけにさほどの懐かしさをおぼえなかった。

「むこうが第一、おぼえていまい」

と、真之は言い、子規をふりきるようにして三番町の通りのほうへ去って行った。

夕方になって漱石が帰ってきた。

「秋山がきたよ」

と、子規がいったが、案のじょう、漱石はとっさには思いだせない様子だった。

「居たろう」

と、子規は押しつけるように、

「予備門を中退して築地の海軍へ行ってしまった男」

「ああ、思いだした。君がよく話していた文章上手のことかね」

「鼻のツンと隆《たか》い」

「いや、顔までは」

漱石は子規の肉薄ぶりに閉口して、秋山の顔まではおもいだせない、といった。

「写生能力の不足じゃな」

と、子規は妙なことに結びつけて、漱石をからかった。これ以前から子規はかれの芸術主張のひとつとして写生主義をかかげていたが、漱石はその点にはあまり関心を示しておらず、

「また写生か」

と、噴きだした。

子規の頭は、真之のことから源氏物語へ一転した。須磨保養院にいたころから「源氏」をふたたび読みはじめていた。須磨のころは場所がら須磨明石の巻をよみ、ちかごろはべつな巻をよんでいる。

「おどろかされるのは、源氏の写生力じゃ。ちかごろ文壇では写実派などととなえだしているが、その写実の上でもいまの小説は源氏にはるかに劣っている」

と、子規はくびすじを赤くしながら言いはじめた。真之のことはわすれてしまっているようであった。

読みさして月が出るなり須磨の巻

という句稿を、漱石にみせた。

十月十九日、子規は漱石とも別れて松山を発った。帰京するつもりであったが、まっすぐにはもどらず上方《かみがた》のあちこちを見ようとおもった。広島から須磨まできたころ、にわかに左の腰骨のあたりが痛みだし、歩行もできなくなった。子規の晩年をくるしめたカリエスがここで症状を露《あら》

わにしたのだが、子規はこのときはさほどの重症とはおもわず、痛みのうすらぐまで須磨で保養し、やがて、大阪と奈良にあそんだ。

大和路をあるき、法隆寺まできて茶店に憩《いこ》うたとき、田園に夕のもやがただよっていかにも寂しげであった。

柿くへば鐘が鳴るなり法隆寺

という句は、このとき心にうかぶままを句帳にとどめたものである。

これより以前、好古は結婚した。

ついでながら秋山兄弟の結婚観は、いかにもこの時代の日本人らしい気負《きお》いだちが基盤になっている。

「軍人は結婚すべきではないんじゃ」

と、好古はかねがねいっていた。あるとき松山出身のわかい士官が三十前で結婚し、そのあいさつにやってきたところ、好古は目を三角にして、

「ばかなことをしたもんじゃ」

と、吐きすてるようにいった。

このあたりが、奇妙である。

好古のころの日本は、いわばおもちゃのような小国で、国家の諸機関も小世帯であり、その諸機関に属してその部分々々をうごかしている少壮の連中は、自分の一日の怠慢が国家の進運を一

日おくらせるというそういう緊張感のなかで日常業務をすすめていたし、げんにそれらの連中個々の能力や勤怠がじかにその部分々々の運命にかかわっていた。このため好古は、

——結婚をすれば家庭の雑事にわずらわされて研究もおろそかになり、ものごとを生みだす精神がぼけてくる。

というような説をたて、同僚や後輩たちにむかってもそう主張していた。

「科学や哲学は、ヨーロッパの中世の僧院のなかからおこった。僧侶たちは独身であるため、自分の課題に対しわきめもふらずに精進することができた。そのようにたとえ凡庸な者でも一心不乱であるかぎり多少の物事をなしとげるのである」

そういうのが、かれの独身論である。むろんこのことは弟の真之にも強制した。

「情欲がおこれば、酒をのめ。諸欲ことごとく散ること妙である」

と、教えた。

真之もその気になり、

「たいがいの人は妻子をもつとともに片足を棺桶《かんおけ》につっこみて半死し、進取の気象おとろえ、退歩をはじむ」

と、このような文章をかいたことがある。真之はすでに海軍戦術を確立することに生涯をささげることを心にきめていたが、そういう自分に対し、

「凡俗の幸福は求むべきにあらず。おのれを軍神の化身なりと思え」

と、規定するようになっていた。このような自分の「事業」を、

「一生の大道楽」

と、そういう表現をつかっている。

ところが日清戦争の前年、好古のほうが結婚した。齢三十五である。

その前年に、松山に残っていた母お貞に家をひきはらわせ、東京へよんだ。はじめて一家をかまえた。家は四谷の信濃町《しなのまち》十番地にもったが、しかしこのため一家の宰領者が必要になった。好古は結婚することにふみきった。

新婦は、好古が少尉のころに下宿していた旧旗本の佐久間の長女多美であり、齢二十四歳である。


好古が、内地に凱旋《がいせん》すべく柳樹屯にまでくだってきたのは、五月二十日すぎである。数日前に従軍中の子規がこのあたりを去っていたから、たがいにゆきちがって会うことがなかった。

好古は、このころ騎兵中佐に昇進した。騎兵第一大隊の大隊長であることはこれまでどおりであった。

その麾下《きか》大隊とともに柳樹屯から軍用船に乗り、五月三十一日宇品港に入った。その日、広島で宿営した。

「副官、あしの行李をあけてくれんか」

と、好古は宿舎につくなりいった。副官の稲垣中尉が好古の将校行李をあけると、月給袋が束になってつまっている。

戦争中の数ヵ月ぶんの給料であった。

「みなで凱旋祝いをやれ」

と、全額わたしてしまった。この明治陸軍の草わけのころに生きた男は、金銭についてはつねにこのようであり、留守宅の生活費ということについてはほとんど留意しないという習癖があった。

翌二十九年、転じて陸軍乗馬学校長に補せられた。好古はここで騎兵の将校を教育し、その戦術能力をたかめることに努力した。

「軍作戦の大局がわからなければ騎兵将校はつとまらない」

というのが好古の持説であり、ヨーロッパの軍事界ではそれが常識であったが、日本の場合、その点がきわめて未熟であった。好古はこの時期から文字どおり日本騎兵の師匠になった。

戦後、騎兵の装備も、やや充実をみた。この年の二月、銃身のみじかい連発式騎兵銃がはじめて各隊に交付され、それまでの歩兵銃が廃止された。

三月、師団が増設されてぜんぶで八個師団になり、それにつれて騎兵も増設され、それまで二個中隊編成で一個大隊という単位であったのが、三個中隊編成になり、同時に大隊の称をやめ、連隊と称せられた。

このころ、ロシアを主役とする三国干渉などがあって、日本に対するロシアの圧迫が大きくなっており、早晩ロシアと兵火をまじえねばならぬということが常識になりつつあった。軍は、対露準備をしつつある。

明治三十年、好古は軍当局の騎兵用兵についての無智をあらためさせるため「本邦騎兵用兵論」という論文を書き、騎兵監をへて軍当局に提出した。軍事論文としては歴史的な名論文とされた。

「本邦にいまだ騎兵の名将なし」

と、かれは書く。

「しかしながら無きを哀しむ必要なし。無きが至当なればなり。欧州諸国といえども、数百年来、幾千の騎兵将校ありといえども真の騎兵の名将と称すべきものは実に僅々《きんきん》一、二名にすぎず……」

この年、日清戦争の体験にもとづき、騎兵操典が改正された。初期の翻訳操典から日本独自のものにかわった最初の操典であった。

真之は戦争中に中尉になり、戦後、大尉になった。

その間《かん》、横須賀にある海軍水雷術練習所の学生を命ぜられたりしたが、やがて二十九年五月十一日、

「横須賀水雷団第二水雷艇隊付ニ補ス」

という辞令をもらった。

「広瀬大尉もそこにいる」

と、軍令部の上官がいった。

兵学校の一期上でとくに親しかった広瀬武夫のことである。広瀬は日清戦争中は「扶桑《ふそう》」というふるいふねに乗って旅順港口の掃海《そうかい》などをやっていたが、戦後、横須賀でこの社会のいう「水雷屋」になった。

たまたま真之が赴任する第二水雷艇隊に広瀬も先月着任した。

「一緒になったなあ」

と、横須賀の兵舎で、広瀬がおなじことをなんどもいった。広瀬も、一期下ながら真之にもっともつよい友情をもっていたらしい。

風変りな男で、兵学校のころから柔道に熱中し、任官後もひまをみつけては東京の講道館にかよい、嘉納《かのう》治五郎から直接の指導をうけていた。明治二十三年「海門」乗組の少尉候補生のころ講道館紅白大試合に出場し、黒帯五人をつづけさまに投げ六人目でやっとひきわけになったという講道館開設いらいはじめてという記録をたてた。

この男も、独身主義者だった。

「おれには嫁が多すぎてこまる」

といっていた。かれのいう嫁とは、海軍と柔道と、もうひとつは漢詩だった。

日清戦争の従軍中にはふんだんにつくったが、たとえばそのうちのひとつに、

借問《しゃもん》す、人生はたして幾年なりや
男児、命《めい》を楽しみ又天を知る

滄溟《そうめい》到《いた》るところ骨を埋むるに堪《た》う
要らず、青山《せいざん》に墓田を卜《ぼく》するを

というのがある。その詩が素朴であるように、この男の人生の概念も素朴で簡潔で、簡潔に生死することだけを日常の哲学にしているようであった。

が、二カ月後には別れた。軍人の人事はめまぐるしく、広瀬が「磐城《ばんじよう》」の航海長に転じてゆき、真之は「八重山」の分隊長に転じた。

広瀬が磐城の航海長になった早々、かれの祖母が八十歳になった。祖母は智満《ちま》といった。幼時に母をうしなったかれは智満にそだてられたということもあって大いによろこび、たまたま磐城が長崎に入ったので上陸して写真をとった。祖母に送るためであった。

一枚は海軍大尉の正装でとった。その撮影がおわると、かれは上衣をぬぎ、ズボンをぬぎ、やがて下帯だけのすっぱだかになり、

——これで一枚たのむ。

と、写真館主にせまった。館主はしかたなくその裸体をとった。広瀬はその写真の裏に一文をかいて祖母に送った。

「吾《われ》ヲ生ムハ父母、吾を育《はぐく》ムハ祖母、祖母八十ノ賀、特ニ赤条々《せきじようじよう》、五尺六寸ノ一男児ヲ写出シテ膝下《しつか》ノ一笑ニ供ス」

変わった男である。

ところで、翌三十年になって真之とはまた一つところに勤務することになった。

帝政ロシアは、極端な侵略政策をとっている。その勢力は沿海州、満州から南下して朝鮮にいたり、日本を圧迫しつつある。

日本の悲痛さは、このけたはずれの大国であるロシアを敵として仮想せねばならなかったことであろう。明治二十九年十一月、八重山に乗っていた真之が、下艦して「軍令部出仕」を命ぜられたのも、こういうけはいと濃厚なつながりがある。

「海軍軍令部諜報課課員ニ補ス」

というのが、その辞令である。海軍では戦略・戦術の才能ある士官をえらんでこの任務につかせたのはむろんきたるべき大戦を予想してのことであった。

広瀬武夫に対しても、同様である。

かれは真之よりやや遅れて翌三十年の三月に磐城からおろされ、軍令部出仕になった。おなじ諜報課の課員である。やがてそれを免ぜられ、真之はアメリカへ、広瀬はロシアへゆかされるのだが、表むきは別な官命であるにせよ、海軍が期待したかれらの役むきはおそらくこの諜報課員のしごとの延長であったであろう。

両人がこの軍令部へかよっている時期、

「いっそ、二人で一軒借りよう」

と、どちらからともなく言いだし、諸事気のはやい真之が麻布霞町《あざぶかすみ》に家をみつけ、二人でそこ

に住んだ。同宿にした主目的は、たがいの海軍研究を交換しあうためであった。

広瀬は、この期間、ロシア語の勉強に熱を入れている。ついでながら、この広瀬武夫を比較文学の研究対象にするという画期的なしごとをされた実践女子大教授島田謹二氏の名著「ロシアにおける広瀬武夫」によると、広瀬は少尉当時からロシアに関心をもち、ロシア語を独習しようとしたという。

たまたま兵学校のころの教官であった八代《やしろ》六郎大尉（のちの大将）は、かれの教え子のなかでは真之と広瀬をもっとも愛していたのだが、この八代が日清戦争のすこし前、諜報任務のためウラジオストックに派遣され、現地でロシア語をまなび、帰国した。広瀬は、この八代に手ほどきを受けた。その後、戦争になって八代も広瀬も出征した。

戦後、さまざまの手づるをもとめてロシア語をすこしずつ仕入れた。文献もあつめた。島田氏によると、広瀬の死後、兄の勝比古《かつひこ》から東京外国語学校（現在の東京外国語大学）に寄贈されたかれの蔵書（ロシア語学、ロシア文学、ロシア地誌、ロシア軍事関係）は百三十冊におよぶという。現在も同大学の書庫にある。

「広瀬は、ロシア研究をしているらしい」

ということが、海軍仲間でうわさになりはじめたころ、海軍省で海外派遣士官の人選があった。それぞれとびきりの秀才たちがえらばれた。英国へは広瀬と同期の財部彪《たからべたけし》大尉、フランスへは村上格一大尉、ドイツには林三子雄《みねお》大尉、アメリカへは秋山真之大尉といったふうであったが、ロシアには兵学校の卒業席次が八十人中六十四番というきわめて劣等な広瀬武夫がえらばれ

た。偶然、広瀬のロシア語熱が、こんな機会に生きてしまったのである。

東京には、ふたりともそれぞれ兄がすんでいる。真之の兄の好古は四谷の信濃町十番地に住んでいたし、広瀬武夫の兄の勝比古（海軍中佐）は、麹町《こうじまち》上六番町にすんでいた。広瀬は兄嫁にもなついていたが、真之の母親お貞にもなついていた。

「お餅がきとるけに」

と、あるとき、真之の母親からしらせがあった。松山の親戚から餅をおくってくれたという。それを食うために日曜日をえらび、ふたりはそろって家を出た。

ちなみに、かれらの借りている家のむかいに大きな屋敷がある。そこの女中がのちにこういったという。

「広瀬さんは顔がいかつくて武張《ぶば》ったひとだったが、知りあってみるとたいそうやさしかった。逆に秋山さんは顔はそれほどでもないが、胆《きも》から電気が出ているようで、おそろしくて近づきにくい感じがした」

そういう真之を、母親のお貞はどの子よりもすきで、こどものときとおなじ態度で可愛がった。

「淳《じゅん》や、早よう家をおもち」

と、口ぐせのようにいった。真之が家をもてばそこで一緒にすみたいというのがお貞のこんたんだし、念願でもあった。どういうわけかこのいちばん無愛想な末っ子が可愛いのである。

その真之の友達だから、お貞は広瀬に対しても自分のこどものように可愛がった。

このとき、餅を食った。

「競争をするか」

と、広瀬が提案した。どちらも明治元年うまれの三十歳だからまだまだ食欲がさかんで真之は十八個食った。しかし広瀬は二十一個食って勝った。

「広瀬さん、ようおあがりなしたなァもし」

と、お貞は手ばなしでほめたが、広瀬はさすがにくるしげだった。そういう広瀬のためにお貞は自分で台所に立って大根をおろしてやり、食べさせた。

「祖母も、よく大根をおろしてくれました」

と、広瀬は、またしても祖母の話をした。祖母のことをおもいだすと涙が出るのだ、とも広瀬はいった。

かれの故郷は、豊後《ぶんご》(大分県)竹田である。竹田に城をもつ岡藩という小藩の士族で、父の友之允《とものじょう》は幕末に京へのぼって勤王活動をし、藩の政治犯になり、数年のあいだ獄にいた。維新後、裁判官になり、各地を転々とした。飛騨《ひだ》の高山の区裁判所長のとき、広瀬はその高山の小学校を卒業した。冬、父が岐阜へ転任した。家族をのこし単身赴任すべく雪中を駕籠《かご》で出発したのだが、広瀬はそのあとを追い、途中で追いつき、「ついてゆきたい」と懇願した。のぞみは東京へ出て学問をしたいということであった。祖母のもとには書置きをのこしてきたという。が、父は広瀬を追いかえした。

広瀬は高山の家へもどったが、さすがに悲しくて縁さきにすがって泣いたという。そういう広瀬を、祖母は言葉をつくしてなだめた。やがて祖母のとりなしで東京へ出ることができたのだが、あの雪の夜の祖母のやさしさだけは忘れられない、と広瀬はお貞に語った。

どうもこの連中は、のちの日本人よりもよほどその生涯のすがたや生き甲斐なりが単純で、その意味で幸福だったようにおもわれる。

たとえばこの広瀬武夫、秋山真之というふたりの海軍大尉はのち、イギリスで落ちあい、当時、日本が同国に注文してヴィッカース造船所で建造されていた戦艦三笠を見学したことがあった。そのあとポーツマス軍港へゆき、そこへ回航されてきた三笠の姉妹艦朝日を見学し、この雄大さにおどろき、艦内を見学したあと、後甲板でならんで記念写真をとった。

「これはとほうもない記念写真になる」

と、真之は気負いこんでいった。その意味は、まず背景が世界最大の軍港だということである。立っている場所は日本第一の大艦朝日であり、撮《と》られている二人は、

「日本海軍のホープだ」

ということであった。この昂奮はきわめてこどもじみてはいるが、そのこどもじみた昂奮がじかに小さな規模の日本の充実と前進ということへつながるということにおいて、幸福な時代だったというほかない。かれらは人間生存についての懐疑哲学にとらわれることがあまりなかった(真之のほうは日露戦争後にその深淵に落ちこんだが)ようであった。

広瀬と真之との同居生活は、数カ月でおわった。同居しているとかえってたがいの勉強のじゃまになるということがわかったことと、ほかに真之の母のお貞が、

「淳や、一軒、家をおもち」

といううことを、かねがねいっていたが、いよいよかっこうな家をお貞がみつけてきたからである。場所は、芝高輪《しばたかなわ》の車町であった。真之は、自分が可愛くてしようがないらしい母親のためにともに住むことにした。

「淳や、雉《きじ》がきたよ」

と、ある日、帰宅すると母親がいった。このどこか童話的なあまさとおかしみをもった老母は、いつも不意にそんなことをいう。真之はこの母親のことだから、雉までよんできて家であそんでいるのではないかとふとおもった。

が、生きた雉ではなく、伊予の親類が送ってくれた食用のための雉であることがわかった。

「じゃけん、雉鍋をおたべ。広瀬さんもよんでおあげ」

と、お貞はいった。

翌日、広瀬がやってきた。

席上、お貞が「升さん」の話題を出した。升さんも病気でなければよんであげるのにねという。

「升さんというのはどなたですか」

「あら、あなたさん、ごぞんじなかったかなもし」

と、お貞は素《す》っ頓狂《とんきょう》にいって、自分のうかつさに笑いだした。むろん、升さんとは正岡子規のことであった。お貞はついつい、広瀬を錯覚して、松山の士族屋敷町のうまれのようにかんちがいしてしまったらしい。

ふたりの官歴をみると、

秋山真之　明治三十年六月二十六日米国留学被仰付《おおせつけらる》。
広瀬武夫　明治三十年六月二十六日露国留学被仰付。

とある。おなじ日に発令されている。

真之は、いそがしくなった。伊予松山の県人会も、送別会をひらいてくれた。

(正岡は来るかな)

と、すこし期待したが、子規は出席していない。子規は明治二十八年の夏から初秋にかけて松山で静養していたが、十月十九日松山を発って上方のあちこちを歩き、その月末、東京に帰り、ずっと自宅で病いをやしなっている。俳句や短歌の会などは、自宅でやっていた。

「去年までは、ときどき会には出ていたが」

と、内藤鳴雪がいった。鳴雪も、ひげにまで白いものがまじってきて老いがめだっている。子規は一種の人気があり、真之の送別会であるのに、話題は子規の消息についてのことが多かっ

た。

「そう。去年は殿さまの会にも出ていた」

と、他の者がいった。去年の一月に久松伯爵の凱旋《がいせん》祝賀宴があり、久松家にはなにかと厄介になった子規は病軀をおして出席した。

「しかし、新聞などでみると、さほど悪いようにはおもえないな」

と、たれかがいう。子規はおもに「日本」などに俳論や俳句をのせている。むしろ健康なころより発表の量が多くなっていた。

この席に高浜虚子が出席していた。

「正岡の升さんについては清さんが、よくお知りじゃ」

と、たれかがいった。

(清?)

真之は、末座にいる丸顔の若者をみた。見覚えがあったから、杯を進呈しようとおもい、立ってゆくと、虚子はすわりなおした。

「高浜君、去年の一月に会うたな」

と、真之はいった。去年の一月というのは前記の久松伯爵凱旋祝賀宴のことである。あの席上、虚子はわずかな酒に酔い、この無口な男がめずらしく声をあげて謡《うたい》をうたった。真之も酔っていたから、虚子のそばにきて連吟したが、そのことを真之はさしている。ちなみに真之は幼少のころ、伯父から謡をならった。

「正岡の家を見舞わにゃいけんと思いつつきょうまで忙しさにとりまぎれてしまった。やはり痛むようか」

「痛んでいます。痛みはじめると、いいきができなくなるほど苦しいらしいです」

この痛みは、松山をひきあげて上方見物中に出たのだが、その後ひどくなった。いまは肺病もさることながら、このほうの苦しみで寝たっきりになってしまっている。

はじめはリューマチだとおもっていたのだが、去年の春、その方面の専門医にみてもらうと、これは結核性の脊髄炎であるということがわかり、それまで自分の不幸に堪えに堪えて「地が裂け、山がくだけてもこれ以上はおどろかぬ」といっていたかれも、この病名にはおどろかされた。この三月には手術をうけたが、その結果はあまりよくなく、いまだに腰が立たず、家に看護婦を置くまでになっている。

翌朝、真之は、子規を見舞って当分のわかれを告げるべく根岸へ行った。

(どうも気がすすまぬ)

と、歩きながらおもい、何度か足をとめた。自分はこのように達者で、しかも留学のためにアメリカへゆく。子規はおそらく再起はむずかしいであろう病いのために臥ている。その母はこの対比をどうおもうか、ということであった。

(おれらしくもない)

と、上野公園のあたりで思いなおした。戦術家たらんとする者はまずそういう自分をつくらね

ばならぬとかねがねおもっている。

戦術というものは、目的と方法をたて、実施を決心した以上、それについてためらってはならないということが古今東西のその道の鉄則のひとつであり、そのように鉄則とされていながら戦場という苛烈で複雑な状況下にあっては、容易にそのことがまもれない。真之はそれを工夫した。平素の心がけにあるとおもった。

「明晰《めいせき》な目的樹立、そしてくるいない実施方法、そこまでのことは頭脳が考える。しかしそれを水火のなかで実施するのは頭脳ではない。性格である。平素、そういう性格をつくらねばならない」

と考えていた。

ともかくも真之はゆくべきであった。上野公園をぬけて根岸に入ると、大きな門を構えた巨邸がある。あとは小住宅がつづく。ところどころに藪《やぶ》があって、藪すずめがみじかい声をあげている。

真之は、表口に立った。声をかけて戸をひらくと、戸のきしむにつれてリンが鳴り、やがて子規の妹のお律が出てきた。

「……まあ」

と、お律は、目をみはったまましばらくだまった。奥から、咳がきこえた。客ずきの子規が、玄関の客はたれかとおもって耳を澄ましているのであろう、そういう様子が真之にも感ぜられた。

「わるいですか」

病状が、という意味である。わるければこのまま見舞の品を置いて帰るつもりであった。が、お律は、いいともわるいともいわず、

「アメリカへいらっしゃるそうでございますね」

と、きいた。はい、と真之は答えた。そのいとまごいに参ったのですが、兄さんの様子がまずければ帰ります、といった。

咳がきこえた。

「お律」

と、子規がよんだ。お律は真之に一礼し、奥へひっこみ、やがて出てきて、だまってうなずいた。いい、というのだろう。

真之は、枕頭にすわった。

「痛むのじゃ」

と、子規は真之を見あげた。

「そんなにお痛みか」

と、真之はのぞきこんだ。

「穴があいているのよ」

子規はひどく優しげな表情をしていた。この三月に手術をしたときにできた穴で、そこから膿《うみ》

が出ている。穴も痛いが、背中はただれて皮が剝《は》げ、ときどき腰に畳針をつっこまれたような痛みがあり、繃帯をかえるときなど、「恥も外聞もなく狂声をあげるのよ」といった。

「きょうはいいのか」

「うん、痛みは二六時中ではないから、こういうときは文章をかいたり、俳句をつくったり、絵をかいたりする」

「絵？」

絵はこどものとき真之の得意芸で近所に鳴りひびいていたものであったが、ちかごろは他人の絵にも関心がない。

枕頭に、絵がおいてある。

「その絵を、なんの絵とお見たらいい？」

と、子規がいった。

真之がとりあげてみると、なにやら赤くてまるいものがかいてある。柿だろうとおもい、そのように答えると、子規は満足げにうなずき、

「ようお見た。それは柿じゃ」

と、いった。

「ところが高浜の清という男、あのおとこ、淳さんは知っておいでとろう？　あの清がやってきて、この絵をじっとみて、馬の肛門みたようじゃ、と言いおった。柿ぞな、というと、じっとみていて、そういえばそのようにみえてきた、と言うたぞな」

「なるほど」

そういえば馬の肛門のようでもあり、馬好きの兄の好古にみせてやればよろこぶかもしれない、と思ったりした。

「升さん、あれじゃな」

「あれとは」

「俳句よ。升さんの主唱してきた新俳句に世間が去年あたりからどっとついてきたそうじゃな。あしはよう知らんが、海軍の水交社の事務員でそういうことにあかるい男がいて、いつも升さんの名をご念仏のように唱えているが」

「そうかな」

子規は、こどものようにうれしそうだった。

「しかし、敵もいるぞな」

こっちが新聞でやっつけるからだ、と子規は言い、それでも敵はあしにはそれほど食ってかからぬ。なぜといえばあしはこのように腰もたたぬ病人で、いつ死ぬかもしれぬということがあり、敵もそれを知っていてつい鋭鋒《えいほう》がひるむのじゃ、あしはトクをしている、と笑った。

子規はその笑顔のまま、真之のアメリカ留学のことに話題をかえた。

「海軍といえばイギリスかと思うたが、アメリカにも海軍はあるのか」

「ペリーの名をお忘れか」

「ああ、そうじゃ。アメリカの海軍ちゅうのは、強いか」

「イギリスという別格をのぞけば、フランス、ドイツ、ロシア、それにアメリカ、ほぼおなじようなものかな」

やがて子規は熱が出てきたのか、

「あしはもうねむるぞな」

といったため、真之はふとんのすそのほうをたたいてやった。そのあとそっと立ちあがり、やがて正岡家を辞去した。

路地を通ってゆく。そのあたりで藪すずめがまだ騒ぎつづけていた。

（わすれたな、送別の句をもらうのを）

と、おもった。

明治二十六年巡洋艦吉野の回航委員としてイギリスに派遣されたとき、子規は、

「秋山真之ノ英国ニユクヲ送ル」

という詞書《ことばがき》で、

暑い日は思ひ出《いだ》せよふじの山

という句をよんでくれた。あのときは子規は真之をうらやましがった。子規ほど地理的関心の旺盛な男はめずらしく、世界というものをこれほど見たがる人物もすくないと真之はかねがねお

もっている。しかし皮肉なことに、運命はその後の子規を病床六尺に閉じこめてしまった。暑い日は思ひ出せよふじの山、という句の余韻には、子規のそういう気持がひそんでいるのではあるまいか、日本で世間せまくくらしているおれのこともすこしは思いだしてもらいたい、ということが、案外、発想の火だねになっているのかもしれない。

が、子規はこのときも送別の句をわすれてはいなかった。真之が渡米してから新聞「日本」に、

「秋山真之ノ米国ニユクヲ送ル」

という詞書きのもとに、

君を送りて思ふことあり蚊帳《かや》に泣く

という俳句を載せた。

真之は、その掲載された新聞をついにみていない。ワシントンの日本公使館にきた日本人が、その句を真之におしえてくれた。真之はしばらくこの句があたまのすみにこびりついて離れなかった。思ふことありとはなんであろう。

(自分の身にちがいない)

と、おもった。子規ほど、自分の才能に対して自負心のつよい男はなかった。文学だけでなく、政治家ですら自分は適材であるとおもっていた。ところが世すぎの職業は、新聞記者にな

り、しかも社長の陸羯南のような政治記者ではない。文芸欄の担当者である。文芸はかれ一生の大仕事ではあったが、一面では、かつて中学生のころ自由民権演説に凝っただけに、どこかで政治こそ男子一代のしごとであるといった気持がある。さらにはかれの病気が、その新聞記者の実務をさえかれからとりあげて、病床での原稿書きという生活を強《し》いた。若いころの壮志をおもうと、まだ三十というのに人生がすぼまる一方であった。やがて死ぬ、と覚悟しているにちがいない。なにごとをこの世に遺《のこ》しうるかということをおもうと、あの自負心のつよい男は、真之のはなやかさをおもうにつけ、おそらくあの日、真之が去ったあと、おそらく「蚊帳に泣」いたのかもしれない。真之は、そうおもった。

海軍大尉、遣米留学生秋山真之が所属すべき機関は、ワシントンのN街一三一〇番地の四階だてのレンガ館だった。

日本公使館である。

公使は星亨《ほしとおる》だが、その館内の武官室にいる海軍武官成田勝郎中佐の監督を真之はうける。

「君はアメリカでなにをするのか」

と、成田中佐は最初、きいた。

「簡単です」

「なんのことだ」

「戦略と戦術の研究です」

「そのように命ぜられたのか」

「いいえ」

と、真之はいった。

「自発的《スポンテイニアス》です」

この時代、勃興期にある日本は、海外派遣者に対してこまかい規定をしなかった。必要だとおもうことは現地で判断し、なんでもとりこんでこい、というおおまかなゆきかただった。陸軍の兄の好古もそういうおおまかな命令のもとでフランスへゆき、騎兵をとりこんできた。

じつは出発にあたって、真之ら派遣の命令をうけた者五人が、築地の水交社にあつまって洋食を食った。

ちなみに水交社はすべて洋式で、ビリヤード室からダンス練習場まである。

その席上、真之は、

「ご一同はかの地でなにをなさるか知らないが、術技を習うだけではだめだと思います。術技は維新後、多くのひとびとが行って身につけて帰ってきた。海軍も始めのころはそれが必要だったし、それで十分だったが、すでに日本海軍の草創期はすぎた。世界のどの海軍も経験しなかった近代海戦も経験した。あの海戦をふりかえっておもうに軍艦運用など要するに術技の点ではなるほどみごとだった。各艦長以下、じつによくやられた」

「………」

みな、あきれた。真之はあの戦争に任官ほどもないわかさで従軍し、しかも主決戦場には出て

いない。そのくせ、自分の先輩たちのやったことを、まるで提督《アドミラル》でもあるかのようにほめているのである。

「しかし戦略、戦術がまずかった。じつにまずかった」

「伊東閣下らのことかね」

と、イギリスへゆく財部彪《たからべたけし》大尉がくすくす笑いながらからかった。

「どなたということではありません。日本海軍ぜんたいが、一騎武者としては優秀であっても、一軍を進退させる用兵法にいたってはきわめて劣るとおもうのです」

「それで貴官はどうする」

と、ドイツへゆく林三子雄《みねお》がきいた。

「戦略と戦術をやります」

「アメリカでかね」

と、イギリスゆきの財部がいう。イギリスは海軍の本場だからそれをやるというのはわかるが、世界海軍界でいえば田舎にすぎぬアメリカでそれをやるというのはすこしおかしくはないか、と財部はいうのである。

「いや、アメリカでこそできそうだ」

と、真之は答えた。

海軍武官成田勝郎にいったことについてはそういういきさつがある。

アメリカ海軍というものが日本に接触したのは、むろんペリーの来航にはじまる。このとき日本人はいわゆる黒船の威容をみて、列強の帝国主義のおそるべきことを敏感すぎるほどの敏感さで感じ、幕末の騒乱はこのときからおこった。

が、そのころのアメリカ海軍は、世界の二流か、それ以下でしかない。

その後、ながく二流であった。その後南北戦争という内乱をへたが、このときですら海軍力はさほど活躍しなかった。

さらにいえば、ヨーロッパふうの帝国主義はこの新国家の風土と適《あ》ってはいない。国内に未開《フロンテイア》が多く、それをアメリカ化してゆくことで十分であり、外交的にも十九世紀前半いっぱいはヨーロッパに対し孤立主義をとっていた。こういう国情のもとでは、海軍が大拡充されるという必然性がない。

が、十九世紀の国家というのは、その国家的生理として膨脹を欲する。アメリカ合衆国といえども国家である以上、その生理的欲求は内在していた。

それがおもてにあらわれてくるきっかけをつくったのは、一八六七年（慶応三年）ロシアが、

——アラスカを買わないか。

ともちかけてからである。かつてロシアはその膨脹政策によってアラスカに侵入してそれを領有したが、その後経営にこまり、アメリカに交渉してきたのであった。アメリカは買った。わずか七二〇万ドルであった。

その後ラテン・アメリカに関心を示す一方太平洋に「落ちている」島々に目を向けはじめた。

アラスカ買収とおなじ年、はるか太平洋の真中のミッドウェー島に星条旗をもってゆき、簡単に領有した。この島は偶然ながらヨーロッパ諸国の侵略の手からおちこぼれていたので、いわば拾ったようなものであった。遅まきの帝国主義国らしく、そのようなことをした。

ついで一八七八年(明治十一年)、南太平洋のサモア群島に手をのばし、島の酋長をだましてそのうちの一島を租借して海軍基地をもうけた。

さらには、ハワイである。サモア群島に手をつけているころから、すでにハワイ群島に対し保護政策というヨーロッパ列強のよくやる手を用いていたが、一八八七年(明治二十年)この島の真珠湾に軍港をもうける権利をハワイ国の女王から得た。この時期前後から政策の必要上、海軍が拡充されはじめた。

一八九三年(明治二十六年)、ハワイで革命がおこって王宮が包囲された。革命軍の主力はアメリカ人であり、水兵までが頼まれて加勢し、女王を退位させた。革命政権はアメリカに合併してくれと要請した。

もっともこの出先機関のあまりな露骨さに時のアメリカ大統領のクリーヴランドは拒絶したが、しかし世論は領土拡張の景気よさで沸きつつあり、真之が渡米した年に合併してしまっている。

要するにそれまで二流の下程度だったアメリカ海軍は、サモア島租借からハワイ合併までの時間内に飛躍的に拡充されて二流の上位へのぼっている。

アメリカ海軍は、その程度であった。

が、海軍当局は一流たろうとし、大拡充案をつくり、毎年議会にはたらきかけては予算の大部分をつぶされている。アメリカの大多数の納税者の意思は、

「なぜそれほどの大艦隊をもつ必要があるのか。ヨーロッパの海軍国と建艦競争をせねばならぬ理由は、アメリカにはない」

ということであり、依然として建国以来の孤立主義が障害になっていた。第一、財界の支持がうすかった。ヨーロッパ諸国のように市場獲得のために「国威」を他の後進地帯にむかって伸長せねばならぬ理由は、この当時の米国経済には薄弱だったのである。

ともかく、アメリカ海軍は英仏独などとくらべてこの当時、

「新興海軍」

といわれた。この国の海軍当局が四苦八苦して、一隻二隻と軍艦をふやしはじめたのは、まだ一八九〇年（明治二十三年）からでしかないのである。この年、海軍当局は、

「十年以内に一等戦艦を十隻もつ」

と、計画した。

が、議会反対ですすまず、真之が渡米した明治三十年においてアメリカが保有している戦艦はわずか四隻であった。もっともそれらはまだ艦齢四、五年という新造艦ばかりで、「テキサス」の六三一五トンをのぞいてはみな一万トン強のものばかりであった。

海軍はまだすぐれている。陸軍にいたっては海外に派兵するような状態がほとんど想定できぬ

なりたちの国であるため、常備軍はわずか二万七千人しかいない（海軍の存在は、陸軍の存在理由にくらべればはるかに必要であるということは世論としても認められているために、拡張しにくいといっても、陸軍よりはましであった）。

軍人の社会的地位も、ヨーロッパの列強のそれにくらべれば、ずいぶん低い。たとえばヨーロッパでは軍人に中将や大将の位をふんだんにくれてやっていたが、アメリカはそういうことがなかった。

古い話だが、ペリーが日本にきたときは東洋艦隊の司令官という資格であったが、それでも階級は大佐でしかない。

大佐が、実役者《じつえきしゃ》の最高官といってもよかった。たまに代将《コモドーア》にのぼる者もあった。

一八六二年（文久二年）、はじめて、

「海軍少将《リア・アドミラル》」

という階級をつくった。真之が渡米したときも、米国海軍をにぎっている最高階級者は少将たちであった。大将や中将をつくりたがらぬ点、いかにも市民国家らしいよさがあったといえるであろう。

右のようにアメリカ海軍が拡張期に入った十九世紀後半には、アメリカ国内の工業力の成長がそれにともなっている。工業生産力と技術能力が、遅ればせながらヨーロッパの一流国のそれに追いつきはじめていた。その伸びる率からいえば、早晩追いこすことは確実であり、そういう面の上昇カーヴと海軍拡張とが符合している。

真之が渡米したのは、そういう時代であった。

真之は、戦略戦術の天才といわれた。

が、ひょっとすると、天才ではないかもしれない。そのことはかれ自身が知りぬいていたし、第一、明治海軍に天才などはついに居なかった。

まず真之の特徴は、その発想法にあるらしい。その発想法は、物事の要点はなにかということを考える。

要点の発見法は、過去のあらゆる型を見たり聞いたり調べることであった。かれの海軍兵学校時代、その期末試験はすべてこの方法で通過したことはすでにのべた。教えられた多くの事項をひとわたり調べ、ついでその重要度の順序を考え、さらにそれに出題教官の出題癖を加味し、あまり重要でないか、もしくは不必要な事項は大胆にきりすてた。精力と時間を要点にそそいだ。

真之が卒業のとき、

「これが過去四年間の海軍兵学校の試験の問題集だ」

といって同郷の後輩竹内重利にゆずりわたしたということはすでにのべた。このとき同座した同級の森山に、

「人間の頭に上下などはない。要点をつかむという能力と、不要不急のものはきりすてるという大胆さだけが問題だ」

と言い、それをさらに説明して、

「従って物事ができる、できぬというのは頭ではなく、性格だ」

ともいった。

真之のいう要点把握術は、永年の鍛練が必要らしい。

真之が死んでその追悼会が芝の青松寺でおこなわれたとき、席上、かれの日露戦争のときの上司であった島村速雄《はやお》は真之を追憶し、評価した。その速記録によると、

「日露戦争における海上戦の作戦はすべてかれの頭脳から出たものであります」

と、当時の艦隊参謀長（後半のこの職は加藤友三郎）としての立場から明言し、

「かれが前述の戦役を通じ、さまざまに錯雑してくる状況をそのつどそのつど総合統一して解釈してゆく才能にいたってはじつにおどろくべきものがありました」

これが、真之の兵学校入校以来鍛練してきた要点把握術であろう。

さらに、島村は真之を世評どおり「天才」といった。

「かれはその頭に、滾々《こんこん》として湧いてつきざる天才の泉というものをもっている」

その「天才」と島村がいう頭の構造は、島村がそれを解説して、

「目で見たり、耳できいたり、あるいは万巻の書を読んで（真之は米国でもそうだったが、もの狂いじみた読書家だった）得た知識を、それを貯えるというより不要なものは洗いながし、必要なものだけを貯えるという作用をもち、事あればそれが自然に出てくるというような働きであったらしい」

といった。

これを真之流にいえば、性格として要点把握がすきであったためのものらしい。

渡米にあたってかれ自身がえらんだ目標が戦略と戦術以外は考えないというのも、この人物の頭（あるいは性格）がそのようにできていたからであろう。

アメリカ海軍の現勢はその程度でしかなかったが、しかしヨーロッパ海軍にくらべていくつかのほこるべきものがあると真之はおもった。

水兵の質はきわめて劣弱である。しかし将校の質はヨーロッパ海軍をしのいでいるのではないかとさえおもえた。そのことは個々の将校に会ったり、アナポリスの海軍兵学校やニューポートの海軍大学校を参観し、印象としてそう理解した。

次いでその特徴は、造艦についての能力である。技術力がすぐれているというわけではなく、ヨーロッパのように伝統に束縛されるところがないため、発想が自由なことであった。おもしろいとおもわれる着想はすぐとり入れるという精神がこの国にはあるらしい。

たとえば、軍艦の装甲板である。装甲は厚ければ厚いほど防御力を増すことはこどもでもわかっているが、しかし厚ければ厚いほど反比例して艦の戦闘力や航続力が減ってゆくこともたれでもわかっており、これが常識であり、宿命であり、伝統的あきらめであるとされていた。

が、「新海軍」を自負するこの国の海軍は自国の製鋼産業にこの矛盾克服の注文を出しついに薄くて強力な装甲板をつくらせることに成功した。ヨーロッパでできあがった常識を、アメリカは平然とやぶろうとしている。

つぎに真之がひそかに挙げていることは、戦術家として世界的水準をぬいた人物を二人もこの海軍がもっていることであった。

ひとりは現職の海軍大学校長である海軍大佐カスパー・グードリッチである。ひとりは予備役大佐ながらそれよりもはるかに知名度の高いアルフレッド・セイヤー・マハンであった。このマハン大佐を知らぬ海軍士官は、世界のどの国にもいないであろう。

真之は最初、できればニューポートの海軍大学校に入りたいとおもい、日本公使館から国務省を通じて海軍にはたらきかけてもらった。

が、ことわられた。

その理由は、海軍大学校は国軍の機密に関することをとりあつかうことが多いということであり、げんに外国人を入校させた先例はない。

このため真之は、

(いっそ、マハン大佐から個人教授をうけよう。二、三度会ってもらうだけでもいい)

とおもった。が、マハンはすでに現役ではない。このためまず公使館を通じて現職の海軍大学校長のグードリッチ大佐に会い、紹介状を書いてくれるように頼みこんだ。グードリッチはこころよく承知してくれた。

事がうまくはこんだ。

やがて、マハン大佐から真之にあて、面会日を指定してきた。

「とほうもない幸運だ」

と、このことのあっせんをした公使館付武官の成田勝郎中佐がいった。

「君はマハンさんの住みこみ弟子にでもしてもらうのかね」

「いや、研究方針さえ教えてもらえばすみます。あとは自力でやります」

と、真之はいった。

マハン大佐は、まだ六十にはならない。が、その海軍歴はふるい。

この世界的な海軍戦術の権威がアナポリスの海軍兵学校を卒業したのは十九の齢であり、日本でいえば十四代将軍、家茂《いえもち》の治世、安政五年のことである。このとしの六月、日米間に運命的なきずながむすばれた。大老井伊直弼《なおすけ》が、攘夷世論の反対をおしきって日米条約に調印したことであった。さらに九月、直弼はいわゆる安政ノ大獄というよびかたで知られる恐怖政治を断行し、多数の反対派に対し、身分をうばったり、牢獄へ送ったり、首をはねたりした。

考えてみると、日本はアメリカというこの太平洋をへだてた隣人と、もっとも恩怨《おんえん》ぶかい関係をつづけるにいたるスタートは、このころであったといっていい。

卒業後、十年経ち、マハンはアジア艦隊の「アイコロイ」の副長になり、慶応四年（明治元年）いわゆる戊辰《ぼしん》戦争のまっさいちゅうに日本へきた。

東シナ海をへて、長崎へ入り、瀬戸内海をへて神戸、大坂に錨をおろした。目的は内乱中の日本におけるアメリカ居留民の保護のためであった。横浜にも入港した。函館港にも入った。

その後海軍大学校の教官になった。戦略戦術を学生に教え、自分も研究するうち、もともと歴

史家の天分があったのであろう、この分野に歴史研究の思考法を導入した。あとからふりかえればなんでもないようなことながら、この方法が世界の戦術研究に画期的なあたらしさを加えることになった。

そのうちもっとも知られている大著は、「海上権力史論」である。海上権のうつりかわりがどのように西洋の歴史に影響したかということが主題であり、これが出版されるとすぐフランスで翻訳出版された。つづいてドイツ語にも訳された。さらにこういう新傾向のものには機敏な日本人が、ちかごろその全訳日本語版をつくった。真之のばあい、それを英語版でも読んだが、あらたに出た日本語版でも読み、ほとんど全巻を諳誦するほどに熟読した。

マハンは、その後海軍戦術についての論文を数多く発表したが、真之は日本で手に入るかぎりのそれらを読んでいた。

「マハンのえらさは、原理の発見者であることとです」

と、真之は自分の監督者である成田勝郎中佐にもいった。マハンはかれがあつめた過去のおびただしい戦例（陸戦もふくめて）をくわしく検討し、数多くの原理をさぐりだすことに成功した。それに成功すると、こんどはそういう原理や原則にもとづいて戦史を再評価し、実戦例を批判したが、それらの論文は世界じゅうの海軍士官によって読まれ、支持された。

マハン大佐は現役を退いてからはニューヨークに住んでいる。九月の晴れた日の午後、真之は中央公園《セントラル・パーク》のそばにある閑静な住宅街にあるマハン家をたずねた。

マハンは、この日の午後いっぱいを日本人に提供するためにその夫人とともに待っていた。その男がきた。

「大尉《リュート》アキヤマ、私はあなたの国を知っています」

と、マハンは握手のあと、そういってこの客の気持をなごませようとした。応接室にすわると、しばらくその話をした。ただし三十年前です、サムライの時代でした、もしくはサムライの時代がおわろうとしているころでした、といった。

（おれのうまれた年らしい）

と、真之は計算した。

マハンのほうでも、感慨がふかい。長崎でも大坂でも日本人はみなチョンマゲを結《ゆ》い、侍は大小をさしていた。町を駕籠がゆききしていた。汽車どころか馬車もない国だったが、わずか三十年のあいだにこういう海軍士官を生みだしていま眼前にすわっていることが、どうにも追想の世界と嚙《か》みあいにくい。しかし現実の日本は、数年前に清国の北洋艦隊に対し、みごとな戦いぶりを演じて破っているのである。

「鴨緑江《ヤルー》海戦には参加しましたか」

日本でいう黄海海戦のことを、世界では鴨緑江海戦と称されていた。マハンはこの海戦について克明にしらべ、その論評を発表し、それについては真之も読んでいる。

「その周辺にはいましたが、あの海戦には参加できませんでした。しかし戦後、実戦者にきいたり、資料や論文をよんだりしてその詳細を知りました。その論文のなかには、むろんあなたの論

文も入っています。採点の辛さにおどろきました」

「私は歴史の代弁者のつもりでいますから、気むずかしすぎる試験官かもしれません」

と、おだやかなマハンははじめて声をたてて笑った。予備役海軍大佐というより、どこかの大学教授のような印象を真之はうけた。

点がからいといわれたことにマハンは多少ひっかかったらしく、伊東祐亨《すけゆき》の作戦の一つ二つを簡潔な表現でほめた。

真之は、おかしくなった。

「なにしろ、あなたはネルソンに対してすらあのように厳格な採点をなさったのですから」

と、真之はいった。ロード・ネルソンという、英国だけでなく世界の海軍士官が神のように仰いでいる名将に対し、このマハンはネルソンの海将としての性格、その業績の戦術的究明をちかごろやっと出版した。真之はそれもよんでいた。

マハンは、この若い日本人がそういう新刊書にいたるまで読んでくれていることに感心し、自分の海軍思想のしんぞこが語れるような気がした。


マハンが真之に伝授した内容は、つぎのようなことどもである。

「海軍大学校に入校することをことわられたそうであるが、外国人入校の先例がないことだからこれはやむをえない。しかし海軍大学校といっても、そのかんじんな教課課程はせいぜい半年である。その程度の時間で海軍戦術を学びきることはむずかしい」

「だから、みずから研究するがいい」

「その研究方法は」

と、マハンはいう。

「過去の戦史から実例をひきだして徹底的にしらべることである。近世や近代だけでなく古代もやるほうがいい。戦いの原理にいまもむかしもない」

「陸と海の区別すらない。陸戦をしらべることによって海戦の原理もわかり、陸戦の法則や教訓を海戦に応用することもできる」

「陸軍の兵書のすぐれたものはことごとく読むことである。陸軍の兵書ですいせんできるのはジョミニ（仏人）の『戦争の技術』Art of War がいい」

「エドワード・ハムレー（英人）の『作戦研究』Operations of War も陸軍書ながら役にたつ」

「その他、雑多の記録も読む必要がある」

「それらの書物や記録は、おそらく個人としてはなかなか手に入りにくいかとおもう。それらはすべてワシントンの海軍省がもっている。海軍省の三階が書庫になっている。その閲覧を自由にできるよう、私が海軍省情報部のパーカー大佐に連絡しておく」

――それから得た知識を分解し、自分で編成しなおし、自分で自分なりの原理原則をうちたてることです。自分でたてた原理原則のみが応用のきくものであり、他人から学んだだけではつまりません。

とも、マハンはいった。

（おれの考えとよく似ている）

と真之はおもった。

真之はその後、一度だけマハンをたずねたが、そのときは雑談だけでおわった。二度目は雑談だけでよかったほどに、真之はマハンの口から学ぶべきものは学びおえていた。あとは自分でやって自得するしかない。

「マハン大佐の助言によれば」

と、真之はこの時期、日本にいる同僚に手紙をかいている。

「戦略戦術を研究しようとすれば海軍大学校におけるわずか数カ月の課程で事足るものではない。かならず古今海陸の戦史をあさり、その勝敗のよってきたるところを見きわめ、さらには欧米諸大家の名論卓説を味読してその要領をつかみ、もって自家独特の本領を養うを要す、と」

真之は、そのとおり実行した。ワシントンの海軍省の玄関には、ふるい艦載砲が装飾としてすえられている。真之はN街一三一〇番地の日本公使館からその艦載砲のある海軍省まで毎日かよった。

夜は夜で、公使館の三階の私室で、寝るまで読書した。夜の読書時間は、公刊書を読むことにあてた。最近公刊されたものに、マハンの論文全集があった。ほとんどはかつて読んだものだが、あらためて読みかえした。日露戦争の海軍戦術はこのワシントンの日本公使館の三階からうまれたといっていいであろう。

米西戦争

アメリカ合衆国というのは、それをつくりあげた連中にとっては理想社会というにちかく、そういう満足は自負心になり、その自負心がこの世紀でもっともモダンな市民国家であるこの国のひとびとの背骨のようになっている。

その自負心は、

「他の地域のひとびとも、アメリカのような自由な社会をもつほうがいい。いや、われわれアメリカ人はそれを他の地域におよぼす親切心をもつべきである」

という、意識にひろがってゆく。真之がアメリカへ行った時期は、アメリカ独特の奇妙な親切心（おせっかいともいうべきだが）が、ヨーロッパで流行している帝国主義の気分といりまじって、国家膨脹思想が議会の一部にも民衆のなかにも、熱気を帯びて高まりつつあった。そのことはさきに、わずかに述べた。

そういう気運のなかで、キューバの問題が過熱してきた。

この砂糖の島といっていい地域は、四世紀にわたってスペイン領であった。中世の冒険的な海洋国家であったスペインは多くの植民地をアメリカ大陸にもっていたが、十九世紀のはじめ、それらはつぎつぎに独立した。

ところが、プエルトリコとキューバとはこの独立時代からとりのこされ、その後、十年戦争とよばれる大反乱をスペインに対しておこなったり、大小の革命事件をたえずおこなってきたが、そのつどスペインの武力で鎮圧された。

要するにキューバは、スペインの圧政下にありつづけている。その原因はさまざまあるが、軍事的な面だけでいうと、このキューバにスペインの強大な陸海軍基地があったためであり、反乱軍はつねにスペイン政府軍と兵力や兵器の点において格段に劣勢であったからである。

日本でいう明治二十八年、一八九五年に第二独立戦争がおこったが、政府軍によって各地で鎮圧され、その進行中、政府軍は革命分子に対し、酸鼻《さんび》をきわめた虐殺と破壊を大規模にやった。

隣接するアメリカの世論は、こういう場合、いつもそうであるように弱者に味方した。かれら市民のうちの一部は、

「なぜキューバを救わないか」

と政府に訴えたが、大統領マッキンレーはこれにうごかされず、中立をまもった。モンロー主義の手前もあったであろうし、もしキューバに干渉すればアメリカはスペインを相手に戦争せねばならなくなるからであり、このばあいの戦争は、アメリカに利益をもたらさない。

が、ジャーナリズムが政府のこういう態度に対して不服であった。良質な新聞はべつとして、

低級な新聞（黄色紙《イエロー・ペーパー》）が紙面をあげて戦争気分をあおった。かれらは「無智で浅薄で景気のいいことがすきなアメリカおやじ」どもの感情に迎合し、迎合することによって新聞を売ろうとした。

真之の滞在中におこった米西戦争は、戦争というものの社会科学的必然性はなにもなくて勃発した。アメリカ政府を戦争へひきこんで行ったのはハースト系の新聞とピュリッツァ系の新聞であったという点で、世界戦史の珍例とすべきものであった。

要するにスペインに対する戦争はマッキンレー大統領も好まず、実業界も好まず、海軍卿ロングも好まなかったが、通俗世論ががむしゃらにアメリカを開戦へひきずった。

政府がやっと腰をなかばあげたのは、明治三十一年、一八九八年の二月二十五日である。海軍省は各方面にいた諸艦隊に対し、要地々々に集結するように命じ、翌三月九日、臨時国防費の支出を決定した。戦備のための金である。

四月に入り、米国政府はスペイン政府に対し、キューバ島の独立をみとめよという旨の交渉をした。ヨーロッパの外交常識では、ちょっと考えられぬ立ち入りかたであった。

当然、スペインにすれば、

「要《い》らざるおせっかい」

ということになるであろう。むろん応ぜず蹴った。

このスペイン政府の態度は、アメリカ人のアメリカ的な善意をいちじるしく傷つけ、世論は沸

騰し、黄色紙はそれをいよいよあおった。

四月十九日の米国議会は、ついに重大な権能を大統領にあたえた。

「大統領はスペイン政府に対しキューバ島より陸海兵力を撤退すべきことを要求せよ、この要求をスペイン政府に容れしめるについて武力干渉が必要であれば、それを発動する権能をあたえる」

というもので、要するになんの利害もない第三者が喧嘩を買って出たのである。こういういわば無邪気な、しかしおよそ他人迷惑な、純情といえばもっともそれに似ているのがアメリカ合衆国の伝統的発想法なのかもしれず、後年、満州事変以後の日本はアメリカのこの強力な「善意」のためにさんざんなめにあい、ついに対米戦争にのめりこまざるをえなかったし、さらにはそれよりも後年のベトナム問題に対するアメリカの介入の発端も、多分にこういう世界史に類のない「善意」にもとづいている。

スペインは、悲鳴をあげた。この窮状を、ヨーロッパの他の国々に訴えまわった。フランスは全面的に同情した。ドイツも同様であり、ハンガリーやオーストリアもアメリカのこの強引さを非難し、スペインに同情した。

が、アメリカはその政策を進行させた。スペイン政府はもはやこの段階がアメリカの実質的な宣戦布告であると解釈し、四月二十三日、アメリカに対し宣戦を布告した。

二日後に、アメリカはスペインに対し正式に宣戦を布告した。後世になっておもえば茶番のようであるが、国家間の茶番はたとえ茶番であっても巨大な歴史をつくってゆく。

「両国とも海軍が戦争の主役になるだろう」

というのは各国駐在武官の一致した見方であり、当然、ワシントンの公使館にいる真之はこの課題の分析と予想に多忙であった。

運がいい、という点では、この時期における日本のわかい海軍士官たちのなかで秋山真之がもっとも運がよかったかもしれない。

なぜならば、かれはこの米西戦争においてアメリカ艦隊が、スペイン艦隊をキューバ島のサンチアゴ軍港にとじこめ（封鎖作戦）、しかもその港口において汽船を自沈させ、不完全ながらも世界最初の閉塞《へいそく》作業をやったのをその目で見たのである。

この実見が、日露戦争で生きた。

日露戦争中、日本の連合艦隊は敵の旅順艦隊を旅順港にとじこめ、かつそのせまい港口を汽船自沈によって閉塞を試みた。真之のこの時の精密なレポートにもとづき、先任参謀有馬良橘《りょうきつ》がそれを立案し、東郷平八郎がそれを採用し、広瀬武夫がそれを実施した。

米西戦争における教訓が生きたといっていい。

真之が、きたるべき海戦を見学せよという日本海軍の命令と米国海軍の許可によって観戦武官というものになったのは、五月のおわりころである。ワシントンを出発し、鉄道で南下してフロリダ半島のタンパ港まできた。タンパ港は、キューバ作戦のためのアメリカ陸海軍の補給基地であり、港内には三十隻以上の運送船がいかりをおろしており、汽艇が走りまわり、埠頭《ふとう》には人馬

が群れている。

タンパ市のホテルにとまった。

なかまの観戦武官の国籍は英独仏露の四国のひとびとで、日本からは二人である。ひとりは会津若松出身の柴五郎砲兵少佐で、真之の兄の好古とは士官学校の同期であった。

六月八日夜、乗船した。

船はセグランサ号というアメリカ陸軍の軍司令部用の輸送船で、他の観戦武官とともに乗船した。

が、途中、さまざまな混雑があって輸送船が出港したのは六月十三日の正午であった。十三隻の輸送船団が組まれた。航海中、陣形がみだれ、一時は迷い子になった船まで出た。

(日本軍ならもっとうまくやる)

と、真之は船上で何度もおもった。

なににしてもその後もっとも高い計画能力とずばぬけた能率主義をとるにいたるアメリカ軍も、この時代はどの国の陸海軍よりもそういう点が劣るといっていいようなずさんな輸送作戦だった。

戦況は、膠着《こうちゃく》している。

セルベラ少将のひきいるスペイン艦隊は、アメリカ艦隊との海上決戦を避け、サンチアゴ港内にすわりつづけている。

アメリカ艦隊はキューバ島の沿岸を走りまわってようやくその事実をたしかめたのは五月十九

日の夜明けごろであった。発見者の第二艦隊司令官シュライ代将は、
「港内ニ敵アリ」
と、上級司令官のサムソン少将に打電し、港内艦隊の状況をしらせた。もっとも、サンチアゴにいるアメリカの間諜からもほぼ前後してその旨がすでに打電されていた。スペイン側のセルベラ少将は、自分の艦隊が質と量においてアメリカ側にやや劣っていることを知っているうえに、本国から一万四千マイルという長途の航海をつづけてきたために船底にかきがついて各艦とも運動能力が落ち、機械その他も修理しなければならないこともむろん知っていた。

読書マニアの真之は、アメリカとスペインとの雲ゆきがあやしくなると、スペイン関係の書物をあさっては、その歴史や民族性を知ろうとした。

相変らず、要点主義である。

――なぜスペインは、往年の栄光をうしなったのか。

というのが、かれが知ろうとしていることであった。

往年、というのは十五、十六世紀のことである。日本でいえば室町・戦国のころから豊臣時代にかけてである。この世界史上のいわゆる大航海時代にスペイン王国は国家そのものが巨大な冒険家であり、冒険精神に富み、商人や船乗りたちは風帆船にのってすみずみまで出かけ、未開地帯に上陸して領土とした。西インド諸島や中央アメリカ、フィリピン諸島などを占有し、同種族

のポルトガル人とともに世界の植民地をわけどりにするような盛大さを示した。たとえば極東の島にすむ当時の日本人たちからすれば、

「南蛮人」

といえば、スペイン人かポルトガル人のことであった。

十六世紀のはじめ、南アメリカのほとんどを版図《はんと》に入れ、さらにひざもとのヨーロッパにあっても、オーストリア、ドイツ西南部、北部イタリアなどをその手におさめた。その世紀の後半、フランスと戦って勝ち、トルコの海軍をレパントの海に沈めたころが、スペインの栄光の最後であったであろう。その世紀の八八年、日本でいえば豊臣政権が確立したころ、この国はイギリス本土を襲おうとした。

そのために史上有名な無敵艦隊《アルマダ》をつくった。

このことは、マハンの名著「海上権力史論」にくわしい。

無敵艦隊の戦艦は百二十七隻。

砲は二千門。

船員は八千人である。

これに二万人ちかい陸軍部隊をのせ、一五八八年五月末、ポルトガルのリスボン港を出港した。

イギリス側は、八十隻の戦艦しかもっていない。しかし船の性能がよく、一艦ごとの機動性は無敵艦隊にまさっていた。さらにイギリス側の優越性は、乗組員の訓練の精度がくらべものにな

らないほど高かったこと、士官の指揮能力がすぐれていたこと、とくに司令長官ハワード卿が権限を分与しているドレークやホーキンズが将としてすぐれていたことなどの諸点をもっていた。

結局、無敵艦隊は足のはやい英国艦隊をとらえられず、カレー港に入って休息したとき夜襲をうけ、大敗を喫し、ついでグラヴリーヌ沖の海戦で決定的に敗北し、残存艦隊は逐次追撃されて本国にかえったのは五十四隻でしかなかった。

この海戦をさかいにスペインの大凋落《だいちょうらく》がはじまり、かわってイギリスが世界の海上権をにぎるにいたるのだが、真之は、

——問題は一戦の敗北ではあるまい。

と、かんがえた。

(その奥のもっとも深いところに)

と、真之は考えた。

(民族的性格、活力の方向といったものがあるのではないか、それを簡単に民族的能力といいかえてもいい)

真之はそうおもうのである。

(文明の段階々々で、ぴったりその段階に適《あ》った民族というのが、その歴史時代を担当するのではないか)

スペイン人は、十五世紀の大航海時代という世界史の段階では、大いにその能力を発揮した。

あの時代、つまり世界の大半がつかみどりのような段階であったとき、スペイン人のもっている熱血性、熱狂性、むこうみず、といったふうな気質や能力が、その条件にぴったりだったといえるかもしれない。

が、文明の段階が十六世紀の後半に入ってくると、個人的な冒険精神だけでは大仕事ができなくなる。

海軍史でもそうである。せいぜい二隻か三隻の武装船で地球の未知な世界を征服できた時代はおわり、艦隊という組織的な力というものが登場した。海軍だけでなく、商業や鉱業の世界でも、人間の組織を有機的にうごかす以外に大仕事ができなくなった。

そういう能力をもった民族は、日常の社会を組みあげてゆくにおいてすでに組織的である。スペイン人にはそれが欠ける。

イギリス人が、それに長じている。かれらは組織と組織秩序を重んじ、後世のドイツ人ほどでないにしても、スペイン人と比較すればきわめて堅牢な社会をつくりあげてきた。この秩序に対する服従精神と、組織運営のうまさは、商業においては会社をつくりあげ、軍事においては近代的な意味での「艦隊」をつくりあげた。

この点、スペインの無敵艦隊《アルマダ》は艦数こそはるかに多いが、一艦ごとが中世的な一騎武者であり、それら一騎武者たちの寄りあいが艦隊であったにすぎず、ハワード卿のひきいるイギリス艦隊とはまるでちがっている。イギリス艦隊は、一艦ごとの乗組員の組織が機械のようであり、乗組員は機械の部品たるべく訓練されており、その一艦ずつが艦隊を組むとき、艦隊そのものが巨

大な機械になり、その組織の目的にむかってきわめて有機的にうごく。

その文明時代が、なおもつづいている。

（いまはいよいよそれだ）

と、真之はおもった。

スペイン政府は、米西戦争を決意するにあたって、セルベラ少将に艦隊とその指揮権をあたえたが、軍艦の個々はじつに問題が多い。主力艦ともいうべき「ビスカヤ」は疲れきった艦で、蒸気も短時間にはあがらない。水雷艇のほとんどは旧式だし、諸艦のうちイタリアから買い入れた巡洋艦「クリストバル・コロン」には設計図にある主砲がとりつけられていない。また日清戦争の黄海海戦で有効をみとめられて流行のようになっている速射砲については、各艦ともそれをそなえてはいるが、弾量が足りない。

国家と民族そのものが整然たる艦隊を準備するという基本的能力において欠けているとしか、スペインの場合はいえないであろう。


予定戦場は、キューバのカリブ海である。

ワシントンの海軍司令部の壁には、カリブ海の大海図がかかげられている。

そこまではスペインのマドリッドの海軍司令部でもそうであろう。大海図もかかげずに、一少将に艦隊だけをあたえて送りだしたということはありえない。

が、ワシントンのばあいは、その大海図に点々と軍艦のピンがおされている。軍艦が移動する

ごとにそれがうごく。敵のセルベラ艦隊の所在も、情報があるごとにピンがうごく。これによってたれの目にも状況把握が一目瞭然《りょうぜん》であり、状況さえあきらかであれば、つぎにうつべき手——たとえば艦隊の集散、攻撃の目標、燃料弾薬の補給など——ということは、どういう凡庸な、たとえば素人のような参謀でも気がつく。要するに作戦室の全員が、書記ですら、刻々の状況をあたまに入れてそれぞれの分担を処理している。組織を機能化することは、かれら開拓民の子孫たちの得意とするところであった。

いっぽう、スペインのセルベラ艦隊はどうであろう。

セルベラ少将は、四月、ポルトガル領カボ・ベルデ群島のサン・ヴィセンテ港で艦隊の集結をまっていた。

二十九日、深夜、出港。わざと出港を深夜にしたのは、むろん艦隊行動の秘匿《ひとく》のためである。出港の前夜、セルベラ少将は本国にむけ、電報を発した。

「明朝イヨイヨ出撃ノ予定。安ラカナル良心ヲモッテ、ワレハイケニエ（犠牲）ニオモムク」（島田謹二教授訳）

うらみをこめている。

本国政府の無能、無策、怠慢などすべての政治的悪徳のしわよせが、セルベラの艦隊にあつまっている。勝つための条件をすこしもととのえてくれない政府に対し、死の実務家が放った最後のうらみのことばであった。

ついでながら日露戦争のころのロシアは、この当時のスペインにくらべてはるかに大国であ

り、その陸海軍は巨大であったが、しかし国家が老衰し、政府は腐敗し、国民が壮気をうしなっていたという点では、この時期のスペインとそっくりであった。さらにはその相手が組織がみずみずしくうごくという新興国家である点でも、そっくりであった。セルベラ少将の出港のときの心境は、後年バルチック艦隊の乗組員が本国を出発するにさいしてもった心境と型《パターン》としてひどく似かよっている。

さらに似ているのは、その長大な遠征航海にあるであろう。大艦隊をひきずって戦場へむけて長大な航海をするばあいの司令長官の苦心というものは、それをやった者でなければわからない。セルベラの苦悩は、後年のバルチック艦隊司令長官ロジェストウェンスキーがただひとり理解しうるものではないか。

セルベラの艦隊は、のろのろとすすむ。針路は一路西であり、熱帯のしかも酷暑の季節であり、艦内生活のくるしさは、古参の海員ですら音《ね》をあげるほどであった。

二十余日の航海をへて、五月十九日、かれらはキューバのサンチアゴ港に入った。この情報はすぐさまスパイによってワシントンのアメリカ海軍司令部に送られ、同司令部は時をうつさず、キューバのまわりで索敵行動をしているサムソン少将の艦隊に知らせた。

サムソンは海上決戦をのぞんだが、セルベラはそれをきらった。サンチアゴ軍港の奥ふかくにひそみ、軍港の要塞砲にたよって艦隊を保全しようとした。この方針は、日露戦争におけるロシアの旅順艦隊のばあいとおなじであった。

「出てこないなら、閉じこめてしまう」

というのが、アメリカ側の考え方である。セルベラ艦隊に、うろうろされるのはこまる。アメリカとしては陸軍を送る海上輸送ができないからである。敵を沈めるのが最上であるが、熊が岩穴に入ったように出てこないとなると、岩穴の入口に火器をそろえて出ぬようにしてしまう。

それが、封鎖作戦である。さきにふれたように、日露戦争のとき東郷艦隊が旅順に対してやったのとおなじことをアメリカはした。日米海軍は偶然ながら同一経験をもった。

封鎖は、長期にわたった。

この封鎖中に、秋山真之ら観戦武官たちはこの海域に出むいたのである。

この封鎖中、

「いっそ、あのせまい港口にボロ汽船を沈めてセルベラが出ようにも出られないようにすればどうでしょう。つまり、物理的に閉じこめるのです」

と、アメリカ側で言いだした者がある。

閉塞《へいそく》である。

この港口閉塞という珍戦術（どの戦術でも最初に考案されたときは珍妙なものである）を考えだしたのは、軍人ではない。

いや、軍人であっても戦闘をする兵科の士官ではない。機関科の士官であった。機関科の士官は、この当時、世界のどの海軍でも正規士官にされておらず「技師」という待遇をうけていた。

R・P・ホブソンという中尉待遇のわかい技師であった。

これがサムソン司令官に意見具申し、

「考案者である私自身が指揮官として参りましょう」

といった。戦死の確率の高いこの危険きわまりないしごとに、戦闘員でない一技師が進んでゆこうとしたのは、この国の人間に共通している冒険精神であろう。サムソンはそれをゆるした。

ホブソンは、決死隊員をつのった。百人をこえる者が志願したが、ホブソンはそのなかから八人だけをえらんで、部下にした。

自沈用の船として「メリマック」という汽船がえらばれた。二千五百トンの貨物船で、いま石炭はこびの船として、艦隊のためにはたらいている。

六月三日の未明、雲間に月がある。メリマックは蒸気をいっぱいにあげた。全速力で港口にむかって突進した。

サンチアゴ湾の入口は戦艦ならやっと一隻通れるほどにせまい。そこをめざした。が西口に砲台がある。

——砲台に気づかれてしまえば地獄だ。

ということは、たれのあたまにもある。砲台は沈黙していた。

が、それより前に、港口を夜間哨戒《しょうかい》していた小さな砲艦にみつかった。砲艦は艦を停止させたまま砲門をひらいた。速射砲であった。息つくまもないほどのいそがしさで撃ちはじめた。一弾が命中した。

その爆発で、西口砲台の照準手の目にメリマックの姿がくっきりうつった。砲台は火を噴きはじめた。

船の前後左右に砲弾が落ち、大きな水柱をあげた。機関銃弾まで飛んできた。

メリマックは、その吃水線《きっすいせん》の下に自沈用の水雷をいくつもぶらさげていた。もしそれに敵弾の破片でもあたればホブソン技師以下九人のアメリカ人の命は宙空にふっとぶであろう。

メリマックは、スペイン人の要塞砲と艦砲のふくろだたきに遭いつつ進んだ。一分ごとに船形が変わった。煙突は飛び、船橋は八つ裂きになり、船体はかたむきながら進むが、舵機《だき》をこわされたらしく、思う方向にすすまない。

閉塞は、ホブソンが考えたような設計どおりにはゆかなかった。舵機がきかなくなったため潮の流れに身をまかせたかたちになり、十分な位置へもってゆけなくなった。ホブソンは、水雷の自爆を命じた。

自爆した。

船はいったん左へかたむいたが、すぐ船首からしずみはじめ、やがて船尾をたかだかとあげて海面下に姿を没した。

そのときには、ホブソン以下は用意のイカダにしがみついた。イカダにはむろん自走装置はなく、ゆるやかに潮にながされてゆく。夜明けを待つ。あとは敵が発見してくれることを待つのみである。

「ボートを用いずイカダを用いたのは、ホブソンは最初から事を決行したあと捕虜になるつもり

であった」

と、真之はあとでこの閉塞についての報告をかいたが、もし日本でこれをやるばあい、捕虜になるという思想が薄いために、閉塞隊員の生命の保証はまずないとみなければならない。

朝になって、ホブソン以下九人は、スペイン艦隊の汽艇にひろわれ、戦時国際法どおりの手あつい看護をうけた。

が、閉塞そのものは失敗であった。閉塞船は港の入口に対してヨコに沈まずタテにしずんだため、スペイン艦隊の出入りの邪魔にはすこしもならなかった。

セルベラ少将のスペイン艦隊は、相変らず港内にすくんでいる。

港外では、サムソン少将のアメリカ艦隊がさまざまな運動をくりかえしながらそれを封鎖している。

サムソンは、麾下《きか》の艦隊に砲撃もやらせた。

港外から港内の敵を撃つ。目標不確認のままの遠距離射撃であり、当然あたらない。あたらないことを承知のうえで、サムソンはそれを命じつづけた。サムソンの封鎖艦隊はオオカミのむれのようなものであろう。咆えることによって港内の敵の肝《きも》をちぢみあがらせ戦意をくじこうとする一方、自軍の士気をたかめようとしていた。

いろんな射撃法をとる。ときには艦を静止させてうち、ときには車がかりの戦法のように各艦ごと環航してきては一定地点にさしかかると発射する。

「なんと、ぜいたくな海軍か」

と、スペイン艦隊の連中は敵のほとんど際限もない砲弾の使用ぶりにあきれるおもいがした。五月末日から六月中旬までのほんの十数日のあいだにアメリカ艦隊がつかった砲弾使用量は約四千発であった。それほどの鉄量をたたきこんだわりには、港内のスペイン艦隊にあたえた損害は記録するにも足りない。

スペイン人たちは、よくこの威嚇《いかく》に耐えた。この状況下でのスペイン艦隊ほど無意味な時間を送った艦隊は古来まれであろう。港外に出れば、撲殺《ぼくさつ》される。

かといって港内で艦隊保全につとめていても、作戦の将来に希望があるわけではない。ふつう、このような海上籠城《ろうじょう》作戦は、時間をかせぐことによって味方の強力な艦隊の来援を待つというところに意味があった。日露戦争のばあいのロシアの旅順艦隊がそうであろう。

旅順艦隊は、旅順軍港内に息をひそめ、東郷艦隊はそれを封鎖したが、旅順艦隊にとって大きな希望があったのは、味方のバルチック艦隊がはるばる喜望峰をまわって極東にやってきてくれるということであった。が、セルベラのスペイン艦隊には、それがない。

「たとえ目の前に希望がなくとも艦隊は保全さるべきである」

という考え方をセルベラはとった。艦隊が出港すれば全滅する。艦隊が全滅すれば米西戦争はそれで終了である。艦隊さえ保全して気長に時間をかせげば、本国がヨーロッパにおいてやっているであろう外交活動が、どういう政略上の展開をみせるかもしれない。第三国が仲裁に立ってくれるかもしれない。

一方、サムソンは多少あせっていた。軍事的にはどういう意味からもあせる必要はなかったが、アメリカの納税者たちの感情、とくに黄色新聞《イエロー・ペーパー》が掻きたてている大衆世論が、サムソンの手ぬるさをゆるさなかった。

――なぜ港内へ突っこまないのか。サムソンには勇気がないのか。

と、わめきちらしていた。サムソンは、むろん艦隊の責任者としてそういう愚はさけようとしている。港内に突入すればすくなくとも一艦か二艦はやられる。せっかく敵に対し優勢をたもっている艦数と火力が低下する。

ここに、当然、ひとつの原則がうまれねばならない。敵艦隊は、軍港内にいる。軍港は、要塞砲で鎧《よろ》われている。その鎧を海上から破壊することはできない。

「陸軍にはたらかせる以外手がありません」

と、サムソン少将の参謀長チャドウィックは主張しつづけた。サムソンも同感であった。陸軍をもって陸上から要塞を攻めおとすほかない。のち、日露戦争の旅順攻撃において、乃木希典《まれすけ》のひきいる第三軍のやった役割を、小規模ながらサンチアゴ要塞においては、アメリカの第五軍団シャフター少将がやるべきであった。

この作戦は、実行された。

六月二十二日の第五軍団のダイクイリ海岸の上陸がそれであった。ダイクイリはサンチアゴ湾から東へ約十六マイルはなれている。艦隊に援護されつつシャフター少将以下一万六千の陸兵が

ここにあがった。

あとは、山地における戦闘行軍がつづいた。日本の観戦武官柴五郎少佐は、この軍団のうちの第一師団に同行した。

この作戦におけるアメリカ陸軍の行動は、作戦といい、戦闘といい、ほとんど素人の域を脱していない。ジャングルを切りひらいて道路をつくりながら進むという点で、工兵の活動はきわめて不活潑であった。偵察活動も疎漏《そろう》で、敵情がよくわからない。

酷暑で、士気が日に日に落ちた。その士気をたかめるということでは、老人のシャフター少将はかならずしも適材ではなかった。かれ自身がこの難行軍に閉口した。

さまざまの作戦上の錯誤をかさねつつ、上陸後一週間目の二十九日、アメリカ軍はサンチアゴ市街をのぞむ地点に布陣した。これを阻止すべきスペイン陸軍のはたらきはきわめて不活潑で、ときどき勇敢な小部隊の抵抗はみたが、統一した作戦上の意思がないようであり、アメリカ軍は敵のそういう弱さによっていくつかの幸運を得た。後年、日本軍をはばんだ旅順のロシア軍とはこの点くらべものにならない。

戦闘が本格的にはじまったのは、七月一日早朝のアメリカ軍のサンチアゴ進撃開始からであった。

が、スペイン軍は要塞に拠《よ》っている。要塞とはいいにくいほどに旧式なものであったが、それでも火砲のすくないアメリカ軍にすればとほうもなく巨大な敵であり、攻撃の試みはつぎつぎに潰《つい》えた。かれらは旅順における日本軍のように、小銃と肉弾だけを武器にあとは命しらずに進

み、死体の山をきずくようなぐあいにゆかなかった。砲弾が落ちるたびに逃げまどい、将校はそういう兵を掌握するだけに大苦労をした。

このような米西戦争におけるアメリカ陸軍の弱さについては柴五郎少佐によって日本の参謀本部にくわしく報告されたが、奇妙なことにこの十九世紀末の資料が日本の軍人のアメリカ陸軍に対する固定観念になり、その後もほとんど修正されることがなくつづき、こののち四十年たってこの陸軍を相手に戦いをはじめようとしたとき日本軍部はアメリカの兵士の本質についてその程度の認識しかもっていなかった。

が、戦局は意外なところから転換した。港内にいるスペイン艦隊のセルベラ司令長官に対し、本国の国防省から、

「サンチアゴ港を脱出せよ」

と、命じてきたのである。

本国の意向では、スペイン領であるフィリピンがアメリカ軍に攻略されている、この状況下では両面作戦は不利であり、防衛を東洋にしぼるため、セルベラ艦隊をそのほうにもってゆこうとしたのである。

——冗談ではない。

と、セルベラ少将はおもった。

いま、陸上にあっては要塞の攻防戦がつづいている。セルベラは千人の海兵を上陸させて陸軍

に協力させていたが、本国からの電報ではその千人を艦隊に収容して港を脱出せよというのであったが、この海兵をひきあげさせてしまえばサンチアゴはただちに陥ちてしまう。サンチアゴが陥落すれば、キューバそのものを放棄するのと同様である。

「いま脱出することはまったく無意味である」

という電報を、本国の意思を中継しているハバナ総督に返電すると、おりかえしおなじ意味の電報がきた。

「脱出せよ、至急」

ということであった。

こうなれば、従うほかない。従うとすれば、あとはどういう方法で脱出するかである。きわめて困難な作業であった。

セルベラは、作戦会議をひらいた。検討の結果、アメリカ艦隊の封鎖陣はつねに西のほうがよわいということがあきらかになった。そこを突破することにしたが、しかしただ突破するだけでは全艦隊をうしなうことになる。

セルベラは、決断した。自分と旗艦が犠牲になればよい。アメリカの戦艦がやってくればそれに対し刺しちがえるべく突進し、衝角（艦首の水面下につき出ている角）をもってぶちあてることであった。そうしているあいだ時間をかせぎ、他の艦を脱出させてしまう。

脱出は、七月三日朝にきめた。

その日がきた。

セルベラ艦隊は、行動を開始した。セルベラのみごとな指揮のもとに、各艦はつぎつぎにせまい湾口から出た。

が、この状況はアメリカ側の戦艦アイオワによって意外に早く発見された。アイオワは信号旗と号砲をもって全艦隊にそれをしらせた。

セルベラの旗艦インファンタ・マリア・テレサが湾外に姿をあらわしたとき、アメリカ艦隊はすでに戦備をととのえていた。いっせいに、この六八九〇トンのスペイン軍艦にむかって砲火を集中した。

戦闘がはじまった。

海上は蒸気をいっぱいにあげた各艦がはきだす黒煙と、間断ない射撃で生ずる砲煙のためにときには視界がゼロちかくなり、このため駈けまわっていた重巡ブルックリン(米)が味方の戦艦テキサスとあやうく衝突しかけた。スペイン艦隊は、逃げながらめちゃくちゃに撃った。が、射撃はきわめて拙劣だった。

スペイン人の悲哀のひとつは、その海軍予算がすくなすぎて砲術練習のための装薬がなく、どの艦のどの砲手も、実弾射撃というものをやったことがないことであった。

実戦で、その欠陥が露骨に出た。かれらは懸命に撃ったが、あたらない。

それにひきかえ、アメリカ人の砲弾はよく当った。戦闘開始後ほどもなくセルベラ座乗の旗艦インファンタ・マリア・テレサは戦艦アイオワの十二インチ主砲の砲弾を艦尾にくらい、艦の動

脈というべき蒸気のパイプを一瞬で破壊された。白い蒸気が高くふきあがり、それが火災になった。艦内は蒸気と火炎で兵員の戦闘行動がさまたげられた。火は弾薬庫におよぼうとした。

――このままでは艦も人もこなごなになってふっとぶ。

と、たれもがおもった。セルベラ少将は艦を座礁させようとした。陸にむかって突進した。が、それよりも早く火が前甲板まで覆った。セルベラは、総員に脱出を命じた。ひとびとは海にとびこんだが、艦のみは炎を背負ってすすむ。やがて艦がカブレレラ岬の岸辺に乗りあげたころには、海面に浮いているスペイン水兵たちはアメリカ艦隊の救助員にすくわれた。セルベラもアメリカの砲艦にすくわれ、あとで戦艦アイオワで手あつくもてなされた。

スペインの二番艦のアルミランテ・オケンドウも、ほどなくよく似た運命におちいった。集中砲火のために大火災をおこし、旗艦と同様、岸にむかって走って擱座《かくざ》し、乗員は捕虜になった。

その他の艦も、逃走中をつぎつぎに捕捉されまるで犬が撲殺されるようにして沈められた。

結局、スペイン艦隊はぜんぶ撃沈または拿捕《だほ》された。

真之は、他の観戦武官とともに運送船の上からこの海戦をしさいに観察し、ノートをとった。

五日、真之は他の観戦武官とともに、スペイン側から戦いの実態をききとるべく、仮装巡洋艦ハーヴァードにランチを乗りつけ、同艦に収容されている捕虜たちを慰問した。

戦いがおわればスペイン人たちは気さくで話ずきだった。

「なんでもお聞きください。話すことを許されている範囲内で答えましょう」

といってくれたのは、旗艦インファンタ・マリア・テレサの乗組士官だったアザール少佐であ

った。

「サンチアゴ要塞は、どういう程度の防御力をもっていましたか」

とたずねると、

「あれを要塞《ストロングホールド》といえるでしょうか、以前からあった城《キャスル》ですよ。ほとんどがレンガづくりでベトン（コンクリート）でつくられた近代要塞ではありません。われわれ艦隊がサンチアゴに入るにあたって大いそぎで補強しましたが、補強といっても土塁です。土塁を六つつくっただけです」

その程度のものにアメリカ艦隊は四千発の艦砲をうちこんだが、ほとんど損害らしい損害もあたえなかった。この戦訓によってみても要塞に対しては海上からの砲火はむだであり、結局は陸上から攻めねばならないことを真之は知った。これが旅順攻撃で生きる。

米西戦争の戦訓は、のちに日露間でおこなわれた海上封鎖と決戦のためにどれほど役に立ったかわからない。

多少これを神秘的にいえば、日本人がロシアとたたかうためのヒナ型を提供するためにアメリカ人とスペイン人が戦ってくれたようなものであり、その戦訓の取材者として天が秋山真之をキューバにくだしてくれたようなぐあいでもある。

真之はのちにロシアに対する海上決戦の現場設計者兼監督者になったが、このとき、この「ヒナ型」の要点を知るために各国の観戦武官があきれるほどの熱心さをもって取材した。

スペイン艦隊のアザール少佐に対する態度もむろんそうである。

アザールが説明するサンチアゴ要塞の防御力と実際の活動と効力を、克明にメモした。スペイン艦隊の脱出戦についても専門家としての質問をし、専門家としての回答を得た。アザールは包むことなく語った。

そのあと、真之がやった驚嘆すべきことはスペイン艦隊のおもな軍艦四隻の残骸をくわしく調査したことであった。どの国のどの観戦武官も、この点はなまけた。

かれはまず弾痕調査をした。

旗艦インファンタ・マリア・テレサのさんたんたる艦上によじのぼり、一つずつの弾痕についてメモをした。合計二十三発の弾痕がみとめられたが、これは意外であった。海戦初期、アメリカ艦隊は全力をあげてこの旗艦をまずつぶすべく砲火を集中し、実感としては千発もあたったような印象であったが、右の程度でしかない。しかもアメリカの戦艦が放った十二インチ以上の主砲弾は二発しかあたっていないのである。海戦の宿命なのか、それともアメリカ海軍の射撃能力はこの程度なのか。

ついでビスカヤが二十六発、アルミランテ・オケンドウが五十発。クリストバル・コロンにいたってはわずか六発で、これは艦の戦闘力をうしなわしめるほどの被害ではない。おそらく戦意喪失してみずから岸へのりあげたのであろう。

真之はこの調査にもとづいて、

「西《スペイン》艦隊被弾痕数統計表」

というものをつくり、日本へ送った。こういう「表」をおもいつくというのは、きわめて思考の整理能力の高い真之の得意とするところだが、それにしても明治三十一年ごろの日本人が、「表」をつくって事態をひと目でわからせるようにしたということじたい、めずらしいことといえるであろう。

表だけでなく、観察と感想、教訓を、かれの得意とする文章によっても表現した。

「この表をみるに、スペイン軍艦の被弾はさほど多くはない。その致命的な打撃はなんであったかをみるに、火災である」

真之は、アメリカ軍艦をも調査して被弾状況をしらべた。アメリカ側はほとんど無傷にちかい。

「この両艦隊の勝敗のはなはだしいちがいは、何によるものか」

ということを、真之は報告書に詳述した。

この海戦の結果からみて、その勝敗についてはこういう理由がひきだせる。

まず、

「アメリカ艦隊の砲数の優越」

と、真之はその報告書にかいている。砲数の差ということが、勝敗の決定的理由になった。

しかも、黄海海戦で世界がみとめた艦載速射砲の威力においては、アメリカが断然すぐれている。アメリカ側のは「みな新式鋭利」のものであったが、スペイン側の主力艦三隻につまれたホ

ントリア式十四サンチ速射砲は速射砲という名ばかりの劣弱な機能しかもっていない。

右のように両軍の砲数と砲の機能からみて、一定の時間内に発射される砲弾量はスペイン艦はアメリカ艦の三分の一にすぎない。これが、勝敗をきめるもっとも重大なもとになった。

つぎは、命中させるための「距離測定器」である。アメリカ艦は新式のものを用いていた。

「射撃の巧拙は、両軍ともすこぶる拙劣である。しかし米軍は実弾練習量においてまさり、右の測定器のために照準においてもまさっていた」

真之はさらに、両軍の発射量を概算し、それによって命中度を算定した。

かれの計算によればアメリカ側は百発に二発、スペイン側は百発に一発。

さらに、士気。

「スペイン軍人は風紀敗頽《はいたい》して、開戦のときにはすでに元気が衰耗していた。さらにスペイン人の固有の気質として、ラテン人種の民族的遺伝によるものか、一時に熱中してもただちに冷えるというこまった性質を共有している」

「米艦隊の士気は」

と、いう。

「戦勢が最初から有利であったから、しだいに旺盛へむかって行ったようである。有利とみるや勇進するのは米人の特性である。個人的勇気の例は、猛火につつまれたスペイン艦から敵であるはずの負傷者をすくいだしたこと。またこれは勇気というよりもやや軽率な部類に属するが司令官みずから敵艦を捕獲すべくむかったこと、などである」

「火災のことであるが」

と真之はいう。

「アメリカの軍艦のほとんどは黄海海戦のあとで艤装された新型のものである。当然、右海戦の戦訓がとり入れられ、火災については十分の配慮がなされている。つまり木材の部分がすくない。このため小火災がおこったのはアイオワ一艦のみである。これにひきかえスペイン軍艦は敵にくらべてやや旧式で、造作に木材をつかっている部分が非常に多い。さらには蒸気管がやられた艦が多いが、それはそれについての十分な保護が構造上なされていなかったためである」

「これについてスペイン軍艦の一将校が小官に語ったところでは」

と、アザール少佐らしい士官の談話をはさんでいる。

「黄海海戦の戦訓にかんがみて火災のおそるべきことはスペイン海軍も知っている。このため出港前に木材の家具や部分を海にすてたが、しかし元来の構造上木材が多かったからどうすることもできなかった」


戦いはおわった。

真之は、八月三日、ワシントンにもどってきた。

荷物はすでに送ってある。停車場からは、ぶらぶら歩いた。ポケットに手をつっこんでは干し豆を食った。

干し豆が好き、というより真之にとっては主食にちかい。渡米中も母親からたえず送ってもら

っていた。キューバでは観戦中も船上でこれを食った。

いつもポケットが干し豆でふくらんでいる。

「歩きながら豆を食うなど、海軍士官としての威厳にかかわるではないか」

と、苦言を呈した先輩がいたが、真之は意にも介しなかった。

公使館は都心からはずれたN街の一三一〇番地にあることはさきにふれた。地価のやすい場所で、そのぶあいそうなレンガ造り四階建ての建物は、気のきいた新聞社のワシントン支局程度でしかない。

庭の八重桜が、葉桜になっている
館員も従業員も、みなぶじをよろこんでくれた。

公使の星亨《ほしとおる》にあいさつしようとすると、

「日本に帰られたよ」

と、海軍武官の成田勝郎中佐がいった。まだ後任の公使がきまっていないという。

「君もけんか相手がいなくなってさびしいだろう」

と、成田中佐がいった。

「けんか相手？」

真之はべつに星とけんかをしたおぼえなどはない。

ただ星は、その顔つき姿が豚のばけもののようで、そのせいでもないであろうが、その知識欲は豚の食欲のようにすさまじかった。公使在任中、かれは二階の一室を書斎にしていた。さかん

に書物を買ったために本棚が廊下にまではみだした。かれは公務のほとんどは書記官まかせで、ひまさえあればこの書庫に入りこんで本をよんでいる。

文学書が、多い。シェークスピア戯曲集からディケンズなど、英米関係の文学書はあまねくあつめられており、ほかに地理関係の学術書、外交官や政治家の伝記、各国の歴史書、それに兵書などである。

真之の読書欲も星におとらない。ただ星のように書物を買う財力はなかったから、星の書斎に断わりなしに出入りしては本をぬきだし、例の速読で読んだ。

星はこれをいやがった。

あるとき真之をつかまえ、

「君は勝手にわしの書斎に出入りしては書物をよんでいるようだが、どういう料簡だ」

と、なじった。

真之も、星をさほどに好んでいない。けろりとした顔で、

「閣下はあれだけぼう大な書物をおもちになっていますが、あまり読んでいらっしゃらないようなので、私が閣下のかわりに読んでさしあげているのです」

といった。この挿話は、公使館員のあいだで多少の話題になった。この挿話が成田中佐のあたまにあるらしい。

秋山真之という人物の戦術能力を、海軍省と軍令部につよく印象づけたのは、このキューバに

おける米西海戦のレポートである。

かれの表むきの身分は「海軍留学生」であったが、実際は、

「海軍軍令部第三局諜報課」

というものに属している。いわば、広義のスパイということになるかもしれないが、各国はこのような役割の武官を他国に公然と駐在させていた。現地にいて、おもに公刊の資料を分析したり、戦いの見学や工場見学をして本国にその見聞を送る。

真之が書いたサンチアゴ海戦についてのレポートは、

「極秘諜報第百十八号」

というものものしい表題がつけられていたが要するに現実の海戦を実見することによって得た戦術上の問題点を摘出し、分析し、それに意見を加えたもので、日本海軍がはじまって以来それが終焉《しゅうえん》するまでこれほど正確な事実分析と創見に満ちた報告書はついに出なかったといわれている。これが、真之個人の運命をかえることにも役立った。かれがのちにバルチック艦隊に対抗する東郷艦隊の参謀にえらばれ、

「艦隊の作戦はすべて秋山にまかせる」

という信用をうけるにいたったのは、このレポートが日本海軍の上層部を驚嘆させたことからはじまるといっていいであろう。

かれはワシントンに帰ってから数日でこれを書きあげ、本国へ送った。

送ってしまうとさすがに疲れ、三日ばかり自室のベッドにひっくりかえって、ディケンズの小

説を読みふけった。

ドアには、

「静養中」

という札をかけておいたが、もともとこの当時の公使館全体が執務という点ではのんきで、館員が出そろうのは昼前であり、真之が館内で終日寝ころがっていてもすこしもめだたない。

館員たちは、午後一時に食事をとる。そのあと、五、六人が四階にあがって毎日、それがしとのように花札をひいている。この当時、日本の公使館などあまり仕事もなかったし、それに日本人じたい、事務所で執務をするということについての事務規律や事務のすすめかたなどに習熟していなかった。要するに用がなければあそんでいるのである。

九月に入って、

「どうやら小村さんがくるらしい」

といううわさが館内でもちきりになった。小村寿太郎である。

かつて北京の代理公使として日清戦争の開戦前夜の外交処理をした人物であり、いまは外務次官をつとめている。次官を二年つとめて事実上日本外交をうごかしている人物としてむろん真之もその名を知っている。

北京時代、小男でめまぐるしくうごきまわるところから、

「ねずみ公使」

というあだなを、列強外交団からつけられていた人物である。

一国の外交は天才的な経綸家《けいりんか》のみがなしうるしごとだが、明治の日本はその種の人才をもつことで多少の幸運をえた。日清戦争では陸奥宗光《むつむねみつ》を得、日露戦争では小村寿太郎を得た。

この時期前後の小村の年譜をみると、

明治二十九年四十二歳、朝鮮においてロシア公使と接触し、朝鮮についての協定をおえる。外相大隈重信のもとで外務次官。

明治三十年四十三歳、陸奥宗光死。ドイツ艦隊膠州《こうしゅう》湾を占領。

明治三十一年四十四歳、九月十三日付で、アメリカ駐剳《ちゅうさつ》特命全権公使に任ず。

明治三十三年四十六歳、ロシア駐剳公使を命ぜらる。

明治三十四年四十七歳、九月二十一日、外務大臣に任ぜらる。

明治三十五年四十八歳、一月三十日、日英同盟締結。


以上だが、外務次官から駐米公使、そのまま駐露公使、ロシアに赴任する途中ロンドンに寄り英国の外交事情を観察しつつペテルブルグに行き、ついで外務大臣就任、さらに日英同盟の締結、というこのわずか数年間での小村の足どりは、そのまま明治三十年代の日本の運命の骨格をつくりあげたものといっていい。

痩せている。

度はずれた小男である。

貧相な容貌に大きな口ひげを盛りあげているが、これがかえってねずみを連想させる。もっともかれの駐米公使がきまったとき、ワシントンの各新聞社から公使館に顔写真をもらいにきた。ある記者は、

「このひとはドイツ系か」

といったという。そういえば小さな目がくぼんでいて、ドイツの田舎の靴職人といったような感じもする。

真之は、この小村と接触した。

この時期での小村の言行を採録しておくことは、この時代とこの時代人の理解のために多少の参考になるかもしれない。

以下、それを採録する。

小村寿太郎の政党論。

「日本のいわゆる政党なるものは私利私欲のためにあつまった徒党である。主義もなければ理想もない。外国の政党には歴史がある。人に政党の主義があり、家に政党の歴史がある。祖先はその主義のために血を流し、家はその政党のために浮沈した。日本にはそんな人間もそんな家もそんな歴史もない。日本の政党は、憲法政治の迷想からできあがった一種のフィクション（虚構）である」

藩閥論。

「藩閥はすでにシャドウ（影）である。実体がない」

ついでながら、小村は日向飫肥《おび》藩の出身で、薩長人ではない。

「ところがフィクションである政党とシャドウである藩閥とがつかみあいのけんかをつづけているのが日本の政界の現実であり、虚構と影のあらそいだけに日本の運命をどうころばせてしまうかわからない。将来、日本はこの空《うつ》ろな二つのあらそいのためにとんでもない淵におちこむだろう」

小村は、藩閥と党閥が国家をほろぼすということをつねに言った。

それだけではない。

「自分は国家だけに属している。いかなる派閥にも属しない」

という立場をつねに明言しつづけた。

たとえば、三十一年一月に成立した伊藤博文内閣の外務次官のとき、小村は「京釜《けいふ》・京仁《けいじん》鉄道敷設権問題」というものを解決しようとした。

朝鮮にこの二つの鉄道を敷く。その敷設権は日清戦争のはじめごろに日本政府は朝鮮政府からこの権利を得たのだが、戦後さまざまの事件で実現化しなかった。

要するに日清戦争前後の日本の国力、技術能力、民間の資本力というものの貧弱さから考えると、外国へ出て行ってそこで鉄道を敷くといったような大それたことはとてもできない。国内でさえ一部幹線のほかはろくに鉄道もなく、それを敷くにも外国人技師をよばねばならぬ状態であ

った。

——いっそ、この権利を外国へ売れば。

という案が出て、日清戦争がおわって二年目に米国人のモールスという者に売ってしまった。小村は、これを不可とした。明治二十九年秋、大隈外相の次官になると、これを買いもどすべく八方に奔走した。ついに大江卓らを説き、民間で「京仁鉄道引受組合」というものをつくらせた。ただし、権利買収のための金が百八十万円要る。その元利保証を政府がする、ということで暗礁にのりあげた。議会が、この問題を党利党略につかって承知すまい、ということがたれの目にもあきらかであった。

そのうち政変があって第三次伊藤内閣が出現し、小村はひきつづき西徳二郎外相のもとで次官をつとめることになったが、組閣成立早々、小村は芝公園にある末松謙澄の私邸に伊藤博文をたずねた。伊藤はこの時期、首相官邸に入るまでのあいだ、この女婿《むすめむこ》の邸に仮寓していたのである。

小村は、右の一件を談じこむと、伊藤はブランデー・グラスをなめながら、

「小村、いうておくが、その一件はいかんよ。それほど大きな国庫負担になる案件を議会にはからずに政府の手でやるというのは憲法違反だ。憲法の起草者たるわが輩が違憲をやるわけにはいかん」

というと、

「違憲とおっしゃいますか」

と、以下の言いぐさが、小村の政治思想をよくあらわしている。

「そもそも立憲政治とは責任政治のことでありましょう。国利民福になることなら国務大臣が責任を負って断行すればいいので、いちいち議会にはかることだけが立憲政治じゃありませんよ。げんに憲政の本家である英国はどうです。かつてディスレリーが電報一本で一夜のうちにスエズ運河の株を買いしめ、四十五万ポンドという大金を支出して運河の管理権を英国の手に収めたではありませんか。時に議会は休会中で、その再開を待って事をやれば機会は永久に去るということでそれをやったのです」

結局、この問題は小村の主張どおりになった。


小村の言行録、つづく。

駐米公使として赴任するため東京駅を発つとき、郷党の後輩が、

「ご感想はいかがです」

と、きいた。小村は、

「星さんのあとだからな」

とだけいって、哄笑《こうしょう》した。前任者の星亨は専門の外政家ではないから各国の外交団ともつきあっていない、自然、畑はあらされていない、つまり「後任者としてやりやすい」という意味であろう。

かれはその夫人を伴わず、小村家の書生あがりである工学士枡本《ますもと》卯平《へい》と料理人兼執事の宇野弥

太郎のふたりをつれて渡米した。夫人は強度のヒステリーで、小村との仲はふつうの夫婦のようではなかった。

アメリカ在任中、外務省の同僚である加藤高明が英国から帰任途上、ワシントンに寄った。加藤は夫人同伴であった。ついでながら加藤の妻女は三菱の岩崎家の出である。

小村はこの加藤夫妻のために公使館で歓迎会をひらいた。その席上、加藤は小村の顔をじろじろみて、

「相変らず薄ぎたないな」

と、いった。小村の口のわるさも定評があったが、加藤はそれ以上だった。

「酒ばかりのんで豪傑ぶっているのもいいかげんにしろ。細君をよんだらどうだ」

その加藤のことばに、その夫人が尻馬に乗った。

「ほんとうにそうでございますよ。こんど日本に帰りましたら私ども、奥さまにぜひ渡米なさるようおすすめ致します」

彼女は、外交官夫人としてほとんど申しぶんないほどにその対人接触の感覚が洗練されていた。

が、小村は口ひげから酒のしずくを垂らしながら、

「そいつはまあ、ごめんこうむりましょう。みっともない面《つら》の嬶《かか》ァをひきずりまわして世界じゅう恥をかいてまわるのはまっぴらですからな、あっははは」

と、笑いとばした。

さすがに加藤もその夫人も青くなった。みっともない嬶ァというのが加藤とその夫人に対するあてつけであることは、むろん一座のたれにもわかった。

小村には外交官としての典雅さなどすこしもなかったし、また官僚として自分の評判を顧慮するようなところはすこしもなかった。

「正直は最上の政策である、といったワシントンが、おれにはたれよりもえらい政治家だったようにおもえる」

と、小村は滞米中つねにいった。真之も、しばしばきいた。

「かれは独立戦争の党派争いのなかにあってただひとり超然とし、米国主義をかかげた。米国以外にかれの関心はなかった。またかれの外交はうそをつかない。他国もついにワシントンはうそをつかぬということを信ずるようになった。うその外交は骨がおれるし、いつかはばれるが、つねに誠をもって押し通せばたいした智恵もつかわずにすむ。外交家としてもワシントンは偉大である」

小村の米国観。

「米国人は俠気に富んでいる。かれらの精神はわが国の武士に似ている。名誉と義俠の念に満ち、弱い者を愛する」

この時代、個人としてのアメリカ人には、他国人にそう印象させるところがつよかった。小村は明治八年、大学の「法学科本科生徒」として在学中、文部省留学生としてハーヴァード大学の

法学部に入学した。明治十年、二十三歳で同大学を卒業し、そのあと足かけ三年間、ニューヨークの法律事務所で働き、実務を見習った。

「その留学中の思い出はひとつとして不愉快なことはなかった。自分は毛色のちがった日本人であったし、その日本人のなかでもとくべつ小さい体であったのだが、学校の教師は自分を愛してくれた。学生たちは自分を軽侮しなかったばかりか、かえって非常に尊敬してくれた。途中で出会ってもむこうから帽子をぬいで敬意を表してくれたくらいであった」

が、留学生時代の米国は、かれにとっては十八年前の印象である。

「米国を知っていたつもりだったが、どうも一面だったらしい」

かれは着任早々ひまさえあれば公使館の二階の書斎にひきこもって米国事情に関する書物を読んだ。

「米国は複雑だ」

といった。小村が留学時代に接したのは知識階級に属する連中がほとんどであり、労働者大衆を知らない。

労働者大衆は、カリフォルニア州においてはげしく排日感情をもりあげている。かれらは日本移民を嫌悪した。

――カリフォルニア州では日本人に部屋を貸す家主はない。

と、真之も平部大佐という滞米中の海軍士官からきいた。日本人が住んだあとは白人が借りたがらない。このため家主が拒絶するのだという。

もとは、日本人移民の生活力のすさまじさが、在来の米国労働者を圧迫するからだといわれていた。生活費が安いために低賃銀で働き、しかもミソも酒も夜具も畳もみな日本から送らせて土地に金を落さない。そういう閉鎖的な経済生活者は、米国人の大衆感覚からみれば社会の敵であるということであり、さかんに排斥した。この傾向については日本政府は何度も抗議してきたが、米国政府も、カリフォルニアの有権者の気分を害してまでこのうごきに水をあびせかけるという勇気はない。

小村も、

「カリフォルニア州移民問題は、とうてい外交の力では解決できない」

と、絶望的になっていた。

が、一面では米国の知識層のあいだで、知日気分が盛りあがりつつあった。小泉八雲《ラフカディオ・ハーン》の日本紹介の著作群は小村が着任したころ米国で圧倒的な人気をよんでおり、

「社交界ではハーンの話題でもちきりだ」

と小村は言い、かれもあわてて買いそろえてよんだし、また新渡戸《にとべ》稲造の英文「武士道」がちょうど刊行早々でベストセラーになっていた。米国にはそういう層もあった。

小村は、日本にいるころにすでに新渡戸の「武士道」もよんでいたから、米国人からこの書物についてきかれてもべつにとまどわなかった。

「日本の光は、武士根性である」

と、小村は真之にもいった。

「おなじ東アジア人でもシナの長所は商人根性である。これもすぐれている。この両民族が協同し、その長所が生かされれば、はじめて東アジアに平和がくるし、人類の幸福が保障される」

つぎは、英国観。

「秋山君は、イロコワというインディアンの一種族を知っていますか」

と、ある日、小村はきいた。

「いいえ、インディアンのことにはくわしくありませんが」

と真之がいうと、小村は説明しだした。

十七世紀後半のころ、北米の大原野でたがいに領土と利権をあらそっていたのは、英と仏であった。

かれら白人はともに、原住民であるアメリカ・インディアンを敵としたが、しかしじかには争わない。インディアンが多数の種族にわかれてたがいに抗争している点を白人たちは研究し、かれらの一方に利をあたえて他の一方と戦わせた。

かれらは銃器と強い酒をよろこんだために白人たちは惜しみなくそれをあたえた。

「インディアンには理性的判断力というものがきわめて薄く、それにひきかえ感情がゆたかで部族愛がつよく敵をにくむ力がさかんであり、名誉心に富み、かつ戦いを好み、いったん戦いをはじめればたがいにほろびるまで戦いをやめない。英も仏も、この習性を利用した。かれらにとめどなく銃と酒をあたえた。とくに英人は巧妙で、かれらはインディアンのなかでもイロコワ族が

もっとも勇敢で侠気に富んでいることを知り、これに利をくらわせて自分と同盟させ、この種族の力をかりて北方では仏軍の南下をふせぎ、さらには西部のインディアンを平らげさせた。かれらインディアンはこのようにたがいに抗争して殺しあったため、十七世紀後半に北米にいた百八十万のこの有色人種が、二世紀経ったいまではけむりのように消えてしまった。自滅したのです」

「これが」

と、小村はいう。

「英国の伝統的なやりかたです。ひるがえって東アジアをみるに、シナをめぐって英国の既得利権・利益を、いまロシアとフランスが侵そうとしている。英国としてはぜひ東アジアにイロコワ族をみつけたい。――それが」

「日本でしょう」

「左様、日本です。英国は日本をイロコワ族として使おうと考えている。いまかれらは真剣に研究中です。ところでわれわれはながい国運という観点からみて、ここは一番、東洋のイロコワにならざるをえぬ時機がきています。相手のこんたんを知りぬいたうえでここは一番、イロコワにならざるをえない」

このとき小村はのちの日英同盟の構想を暗に語っていたのであろう。

このころ、のちに日露戦争で活躍する四隻の軍艦が、アメリカで建造されていた。

日本　二等巡洋艦　千歳
同　同　　笠置
ロシア　戦艦　レトウィザン
同　巡洋艦　ワリャーグ

というものであった。このうち千歳と笠置は日露戦争のとき連合艦隊の第三戦隊に属して活躍し、レトウィザンはロシアの旅順艦隊の主力艦のひとつとして日本側におそれられた。

ちなみに日清戦争がおわったあと、日本政府は東アジアの国際情勢の緊張のもとに、大規模な海軍拡張をはじめた。

あたらしく建造される軍艦は、むろんそれを国内でつくる能力はない。国内でつくれるのは小艦艇だけであり、あとは外国に注文しなければならない。八〇パーセントまでイギリスに注文することにした。あとの一〇パーセントはフランスとドイツへ。のこる六パーセントは国産、最後の四パーセントをアメリカに注文することにした。

「アメリカに注文することはなかろう」

という声はむろん、海軍部内にあった。なんといってもアメリカの建艦技術というものの評価がまだ国際的に高くはない。

ただ、日本にすれば将来の対露危機を想定するばあい、アメリカを友好国にしておくという外

交上の必要があった。そこで「吉野型」の快速巡洋艦をアメリカに注文することにした。あくまでも外交的配慮である。

その配慮は、じつにこまかい。おなじアメリカのなかでも日本人排斥運動のさかんなサンフランシスコの造船所にたのもうということになった。

この造船所とその値段をきめるについて、小村寿太郎の前任者の星亨が活躍した。さまざまな曲折をへて、千歳はサンフランシスコのユニオン造船所に、笠置はフィラデルフィアのクランプ造船所へ発注された。

このニュースは、日本の外務省が想像したとおりアメリカ人を大いによろこばせた。日本側は、それが新聞記事になるようにいろいろの手をうった。

たとえば笠置の進水式は明治三十一年一月二十日におこなわれたが、日本公使館はこれを盛大にするため、アメリカの国務長官、海軍長官をはじめ関係要人を招待した。進水式の斧《おの》をふるう役には、ロング海軍長官の愛娘ヘレンにたのんだ。さらにフィラデルフィアでは同市で午餐会《ごさんかい》を催し、帰路ワシントンまで食堂車を一輛仕立てるという気のつかいようであった。将来、もし日露間に戦いがおこれば、日本としてはアメリカに調停役を買ってもらおうという外交的底意が、こんなところにまであった。

むろん、真之もこの進水式と午餐会に日本側の接待者のひとりとして出ている。

この二隻の巡洋艦はそれぞれ排水量四八〇〇トン、速力二二・五ノット、大小の速射砲が三〇門も積まれているという点で特徴があり、将来海戦のばあいにはその快速を利用して猟犬のよう

に戦場水域をかけまわり、その速射砲をもって敵の艦上を掃射するであろうと期待された。

ロシアがアメリカの造船所に注文した巡洋艦ワリャーグと戦艦レトウィザンについては、小村寿太郎の書生枡本卯平が、建造のすすみぐあいをその目で見た。

枡本卯平は、小村と同郷人で、小村をたよって東京に出、その書生になって第一高等学校へかよった。大学は造船科であった。

在学中、実習生として長崎の三菱造船所ではたらき、国産の「常陸丸《ひたちまる》」をつくるしごとに参加した。常陸丸は日露戦争における悲劇の船としてその船名を世間に印象づけた。

ちょうど小村がアメリカへ赴任する直前に卒業した。三菱に入ろうかとおもったが、小村が、

「それより一緒にアメリカへゆかないか」

とすすめ、結局同行することにした。小村にすれば自分の手もとで成人したこの青年に、海外の造船技術を身につけてやりたかったらしい。旅費は三菱が出してくれた。

小村は、枡本を公使館でしばらくあそばせていたが、ほどなく小村は合衆国独立記念祭にまねかれ、フィラデルフィア市に行った。この宴席で、同市のクランプ造船所の社長チャールス・クランプに会い、

――どうです、日本の青年を職工として入社させてくれませんか。日本では造船学をまなんだ男です。

とたのむと、簡単にひきうけてくれた。

桝本は、小村の紹介状をもってフィラデルフィアへゆき、造船所の事務所でクランプ社長に会った。

「君は自分の工場になにを学ぶために入る」

と、その小柄な老人がいきなりきいた。いかにも徒手空拳《としゅくうけん》からたたきあげてこの大工場主になったというそういう経歴のもちぬしらしく、目のするどい、自負心に満ちた顔をした老人だった。

桝本はこういう、いわば哲学的な（と桝本はおもった）質問に出あうとはおもわなかったため、ちょっととまどったが、とっさに、

「私は船を造る練習にきたのではなく、船をつくられるあなたを学ぶためにきたのです」

という返答をした。この返答に、老人はひどく気に入ったらしい。桝本をわざわざ私室に招《しょう》じ入れ、一時間ほど語りあった。老人はいよいよ桝本が気に入り、

「工場の各部に半年ぐらいずつをかけておまわりなさい」

といってくれた。

そのころ、真之がこのフィラデルフィアにやってきて、桝本のために下宿の世話をしてやった。ヘーグというドイツ系のアメリカ人で、造船技師であった。あなたの勉強にとって大いに役立つでしょう、と真之がいった。

ついでながら、真之は、公表されてはいないにせよ、海軍軍令部諜報課の所属である。しかし、桝本に対してその種のことはいっさいいたのんでいない。

枡本は、職工になった。最初に配属されたのは、製図場の軍艦部であった。ちょうどロシアが注文した巡洋艦ワリャーグの仕事がはじまっていた。枡本はその仕事をうけもたされた。

製図場軍艦部には、五十人ばかりの人間がはたらいていた。

純粋の米国うまれというのはきわめてすくなく、ノルウェー、ドイツ、イギリス、フランスからの移住者がおもであった。

「社長はユダヤ人だ」

ということを、はじめてきいた。

数カ月のち、枡本卯平は現場へまわされた。純然たる職工であり、日給も一ドル四〇セントで、一週間やすまずにかよえば七ドル七〇セントになる。ところが下宿料が週に五ドルであった。それでも同僚の職工たちは、

「アメリカの労働者ほど世界で幸福な労働者はない。取れる金が多いし、食物がべらぼうにやすい」

といっていた。事実、五セントもって酒屋にゆけば、職工たちは飲みきれぬほどのビールが飲める。ビールだけでなく、日本の居酒屋で出るような無料のツキダシも出る。その無料のツキダシが、ビーフ、ハム、サンドウィッチ、ビスケット、チーズなどといったふうの大仕掛けなもので、これで昼めしや晩めしの代用になる。ヨーロッパからこの国へ移民がとめどもなくやってくるはずであった。

枡本卯平のあたらしい部署は、戦艦レトウィザンの現場であった。

工場は、まるで戦場のようであった。

真赤に焼けた腕ほどの長さの鋲《リベット》が、鉄砲玉のように頭上を飛んでゆくことはしょっちゅうであり、あるときはつるされた鉄板がまっすぐに落ちて行って下にいた職工の顔を目も鼻もなく削いでしまったことがあり、枡本が高い鉄架の上で働いていると、目の前を人間がまっさかさまに落ちてゆくのも見た。

「十人がひとかたまりになって高い所から落ちて行ったりしたこともある。腕を折ったり、手を切りおとしたりするくらいのことは毎日何度あるか知れない」

と、枡本卯平はその回顧録に書いている。

それでも、アメリカの労働者は陽気で、仕事のあいまに枡本をからかい、

「おまえほどばかなやつもないよ。おまえははるばる日本からやってきて敵の軍艦を作っているじゃないか。この軍艦はやがておまえの国をとりにゆくんだぜ」

といったりした。ロシアの極東における侵略行為は、アメリカの無学な労働者のあいだにまで常識になっていたし、かれらは「シナと朝鮮のつぎは日本がとられる」というふうに、その情勢を理解していた。

もっとも、他の労働者が、

「なあに、枡本はスパイだよ。こいつはこの軍艦の底にドリルで穴をあけるために日本からやってきたのだ」

と、ひやかしたりした。

こういうのんきさは、それぞれが故国の束縛からはなれてアメリカの市民社会の自由さのなかでくらしているという、そういうことが基盤になっているらしかった。かれらはたとえ枡本がスパイであってもかまわないのである。

もっとも枡本はスパイではなかった。日本海軍にとってロシア軍艦の性能、構造など、そのときどきの海軍年鑑をみればわかることであり、枡本にそれをたのむ必要はない。枡本は造艦技術を習得すればよかった。ただその練習台が、やがて日本海にうかぶであろうロシア戦艦であるということだけが、めぐりあわせの奇妙さであった。

子規庵

子規は相変らず、根岸の里で病いを養っている。

「世間には古来、大望をいだいたまま死んだ者は多いが、あしほどの大望を抱いて地下に逝《ゆ》く者はあるまい」

と、虚子にこぼしたが、病勢はそのわりには進まず、ただ腰痛がときにはなはだしい。

かといって臥てばかりいるわけではない。

「日本」から二十九円の月給をもらっている以上、原稿をかかなければならない。義務というより、俳論・歌論を「日本」に書きつづけることが子規一生の事業であった。昼間は病室で来客とはなしをして、夜、原稿を書く。深夜におよぶこともしばしばであり、頭がつかれてきて書けなくなることもある。

「子規は食い意地の張った男であった」

と漱石はいっているが、頭がつかれてくると菓子を食った。「するとそれで勢力を増し、また

二、三時間も書ける」と子規はいっている。菓子屋へのはらいが月に一円五十銭以上にもなった。米屋への払いが四円、家賃が五円という家計のなかにおいてである。

たれいうとなくこの家賃五円の根岸の家を子規庵とよぶようになった。

子規がねている部屋は、相変らず小庭に面した南むきの六畳の間である。このむさくるしい病室が書斎でもあり、客室にもなる。

柱に、菅笠《すげがさ》がひとつ、それが部屋中でのもっとも重要な装飾であるかのようにかけられている。

まだ達者だった国文科学生時代の明治二十四年の暮、関東のあちこちを歩きまわったときに用いた。蕨《わらび》の駅前で買いもとめた。忍《おし》、熊谷《くまがや》、川越《かわごえ》、松山の百穴《ひゃっけつ》などをまわった。

武蔵野のこがらし凌《しの》ぎ旅ゆきし
　むかしの笠を部屋にかけたり

と、子規は詠んでいる。「旅ゆきしむかしの笠」をかかげていると、好きな旅もできぬいまの暮らしのなかで、わずかにみずからをなぐさめることができる。

もっとも、笠の下に蓑《みの》もぶらさげてある。これも旅のおもい出である。菅笠をかぶって武蔵野をあるいたその前のとしの春、房総半島へ旅したとき、にわか雨にふられて茶店で買ったものである。

草枕旅路さぶしくふる雨に
菫咲《すみれさ》く野を行きし時の蓑

と、この蓑にもちゃんと歌をよんでやってある。子規はこういうもちものを、まるで自分の分身のように愛惜しているのは、やはりいのちがみじかいことを自覚しているところから出た心情らしい。

ほかに、庭のみえるガラス戸のそばに、小石を七つならべてある。べつにどうというしろものでもないが、満州朝鮮旅行をしたかれの俳句のなかまが、

「升《のぼる》さん、この石は満州のアムール河の河原でひろうたものぞな」

といって、わざわざ子規のために持ちかえってくれたものである。日本以外の土地にも旅行したくてたまらない子規にとって、この七つの小石を毎日病床からながめているだけで、朔風《さくふう》の吹く曠野《こうや》を想像することができるのである。この小石どもにも子規は歌を詠んでやり、自分のいわば従者にしてしまっている。

「淳《じゅん》（真之）さんはキューバまで行って、スペインとの海戦を見たげな」

と、子規は真之からの手紙でその消息を知ってうらやましがったが、子規の天地は六畳の間と、それに南接する小庭でしかない。

庭といっても、たかが借家の小庭である。人間の背たけ以上の樹といえば、垣のうちがわに椎《しい》があって、垣の外がわにおなじく椎と槻《つき》があるにすぎない。

「さびしげな庭ですなあ」

と、たまにいう人がある。これで歌や俳句がつくれるのかという気持を言外にこめていうひともあるが、子規の写生理論からゆけば、べつに名所旧蹟や、奇岩怪石の海岸に立たなくても歌も俳句もできる。

「古今《こきん》や新古今の作者たちならこの庭では閉口するだろうが、あしはこの小庭を写生することによって天地を見ることができるのじゃ」

と、虚子にもいっていた。

家主が、子規の病床をなぐさめるために小さな松を三本うえてくれたし、ほかに、地面をしさいにみれば、萩《はぎ》もあるし、芒《すすき》、ばら、百日草や葉鶏頭《はげいとう》、鶏頭、石竹《せきちく》、菊などがある。朝顔もあるし、中国で仙翁花といわれるなでしこもあるし、松葉ぼたん、夏菊、山吹、くじゃく草、桔梗《ききょう》などがある。

「柿の木もびわの木もある」

と子規はほこるが、それらは一尺ほどの苗で、ときどきどこにあるのかすすきの草むらのあたりをかきさがさねばならぬほどのものである。ほかに苗ならばいくらでもある。ざくろ、茶、かえで、梅といったぐあいのものだが、どれもこれも実がなるどころか、花をつけるまでにまだまだ歳月がかかる。

「みな芽ばえである」

と、子規はいう。

「そういう芽ばえの苗が、一年々々生長してくる。それが楽しいので、二葉から枝が出て花がさいて実のなるまで待っていると、おのずからのどかな気持になって、いつまでも生きて居られるように思う。その木が何の木であろうがそんなことには構わない」

子規は、死ぬまでのあいだに日本のいまの俳句短歌の思想を一変させてつぎの代にひきつぎたい悲痛な気持になって古歌や古俳句を分類したり、研究したり、俳句論や短歌論をかいたりしているが、かといってかれの本来の気持は、かれ自身すきな日本語のひとつである、

「のどかな」

というふうな心境にあこがれていた。ついでながら、子規の玄《げん》祖父にあたるひとは松山藩のお茶坊主で、一甫《いっぽ》といった。初春の回礼に知人の家々をまわるとき、かならずえりに寒梅の枝を插《さ》し、

――のどかな春でございます。

といってまわったという。子規はこのいくぶんこっけいな、しかし駘蕩《たいとう》とした城下の春を感ずるエピソードがすきで、友人たちによく話した。そののどか好きの子規が、芽ばえの苗をみながら、花のさく年を待っている。そのころには地上にいないかもしれないとおもいつつ、

林檎《りんご》食うて牡丹《ぼたん》の前に死《しな》ん哉《かな》

などといった句をつくっている。

ある日、虚子がきた。虚子がこの家をたずねるのは事務的には雑誌「ホトトギス」の編集上の相談ごとであり、俳人としては子規の詩論の子規にとってもっとも話しやすいきき手になることであり、ついで、病状をなぐさめるためであり、じっさいには看病にまで手がおよぶことが多い。

しかし高浜虚子自身がいうように、

「子規居士の家庭は淋しかった。病床に居士を見舞うた感じをいうと、暗く鬱陶《うつとう》しかった」

というのが、まだ二十代の虚子にとってはいつわらぬ心境だったにちがいない。

玄関へあがると、妹のお律がいる。まず、虚子はお律にそっと病状をきく。

ただし、ここでは長ばなしをしていてはいけない。奥の子規が耳ざとくききつけて、

「いま、たれが来ておいでるのぞい」

と、病床から声をかけるからである。

「清サンです」

と、お律がいうと、子規は露骨によろこんだ。病床で考えつづけているさまざまな思案を、虚子に聞かせることができるからである。

「なにか食べるものはないのかなもし」

と、子規は、お律にいった。なにもありません、というと、漱石のいう「食い意地の張った」子規は、あれこれと、家にありそうなたべものの名をあげては、あれはないか、という。

芋ならある、と母のお八重がいうと、やっと子規は安堵《あんど》して、

「芋でもお焼きなさいや」

と、いう。

芋が焼きあがってくると、子規は清サンおあがり、おあがりな、といいながら自分はまっさきにたべるのだが、口のなかでピチャピチャ音をさせながらいかにもうまそうに食べる。

「あしは清サン、薬も大事じゃとおもうが、魚もだいじじゃと思う。薬のんで野菜を食うているよりも、薬やめて魚を食うておるほうが、肺病のためにはよいとおもう。清サン、どうお思いぞ」

「あしは医者でないけん、わからんが」

「ともかく、食物だけはすこしぜいたくせねばあしはいけんのじゃ。かというて、あしはもはやこの病いからぬけだそうとは思うとらんぞな。病いのなかでも書き物をせねばならぬ。その書き物をするだけの体力がほしいのじゃ」

子規は、死ぬまで体力をもちつづけていたい、といった。

なににしても、病床についてからの子規の文筆活動はすさまじく、その名は天下にひびいていた。子規の名がとどろくとともに、そのまわりにいる「清サン」「秉公《へいとう》」と子規がよんでいる虚子や碧梧桐《へきごどう》のような若者の名も、ひとかどの名士のような名で世間にとおりはじめていた。

このところ子規の既成歌壇への批判は、それらを根こそぎに否定してしまおうとするほどのすさまじさになっている。

「あしがこげん悪口ばかりいうていて、それでも世間の連中ががまんしてくれているのは、病人だからじゃ。これが達者な男なら、世間はとても我慢はすまいぞな。それを思うと、病人はトクなものぞな」

と、子規はいった。

子規はこの時期、その俳論と俳句研究とその実作によって、俳句革新はほぼなしとげたといってよく、世間もこの子規の革命事業の成功をほぼみとめていた。

のこるは、短歌である。

この世界は、俳句よりもやっかいだった。

なぜならばこの当時、古い派の俳人というのは比較的無教養な連中が多い。この前時代である江戸時代には、読書階級である武士たちはあまり俳句をやらず、この文芸は富裕な町人や大百姓たちを保護者として継承されてきた。

が、短歌は、江戸時代いらい、知識階級の手ににぎられている。維新後、子規の生存当時も、この事情はかわらない。

「俳諧は将棋、歌は碁」

というふうにその支持層が説明されることもあった。この事情は、むろん子規出現以後、大い

に変化したが。

要するに俳句のばあい、子規がやった既成概念打破のしごとは強力な反論者が出なかった。子規はいわば敵なき野を征《い》って新国家をひらいたようにうまくいったが、短歌のばあいは相手に知識人が多いだけにかんたんにはゆかなかった。

事をおこした子規は、最初から挑戦的であった。

「歌よみに与ふる書」

という十回連載の文章が「日本」にのりはじめたのは、明治三十一年二月十一日付からである。

その文章は、まずのっけに、

「ちかごろ和歌はいっこうにふるっておりません。正直にいいますと、万葉いらい、実朝《さねとも》いらい、和歌は不振であります」

という意味を候文で書いた。手紙の形式である。

「貫之《つらゆき》は下手な歌よみにて、古今集はくだらぬ集に有之候《そうろう》」

という。歌聖のようにいわれる紀貫之をへたとこきおろし、和歌の聖典のようにあつかわれてきた古今集を、くだらぬ集だとこきおろしたところに、子規のすご味がある。

もっとも子規は、

「じつはかく申す小生も数年前までは古今集崇拝の一人であったから、こんにち世人が古今集を崇拝する気味合《きみあい》はよくわかるつもりである」

と、正直にいっている。子規は古今集を崇拝するだけでなく、実証的で点検的なやりかたをこのむかれは、古今集についてはこくめいに研究した時期があった。ついにくだらぬと見、古典では万葉集と実朝を推賞しはじめたのである。

当節の歌人という存在をも、大鉄槌《だいてっつい》をもってうちくだこうとしている。かれによれば歌をよむための歌よみの歌というのは芸術でないという。歌は事実をよまなければならない。その事実は写生でなければならないとし、なぜ自分はそのようにいうかということを、いちいち古今の歌の実例をあげつつ論証した。

はたして、子規への攻撃が殺到した。

わずかな例外をのぞいて和歌というものはほとんどくだらぬといってのけた子規は、そのくだらぬわけを、さまざまに実証する。

たとえば、

「月見れば千々《ちぢ》に物こそ悲しけれわが身ひとつの秋にはあらねど」

という名歌をひく。上三句はすらりとして難がないが、下二句はリクツである、と子規はいう。

「歌は感情をのべるものである。リクツをのべるものではない。……もしわが身ひとつの秋と思うと詠むならそれは感情としてすじがとおっている、が、秋ではないが、と言いだしたところがリクツである。俗人はいうにおよばないが、いまのいわゆる歌よみどもは多くリクツをならべて

楽しんでいる。厳格にいえばこれらは歌でもなく、歌よみでもない」

思いきったことをいっている。古歌をこきおろすだけでなく、古歌をありがたがってそれを手本に歌をつくっているいまの歌人は歌人ではない、その作品も歌ではない、という。むろん、子規はよくあるような匿名者流のなでぎりをしているのではない。自分の歌論を明示し、かれのかかげる写実論を基準にしたうえでのことである。かれは自分の詩論に適《あ》う例、つまりこれこそ歌であるという例として源実朝の歌などをあげて論旨をより明らかにした。

これらに対し大むこうから跳《は》ねかえってきた反論についても、いちいち相手の息の根をとめるような言いかたで論駁《ろんばく》した。

「すこし言いすぎる」

と、子規の身辺のファンたちでさえそう言って子規のために心配した。ひとびとの恨みをうけるだろうというのである。

また子規の恩人である陸羯南などは、短歌にも一家言があり、「日本」の社長として子規の原稿に横ヤリなどは入れないが、しかし子規の論ずるところにはっきりと反対であった。また「日本」の社内には歌を詠んだり歌に関心のある記者が多い。これらが、ぜんぶといっていいくらいに子規の論に反対であった。

「これがこまる」

という意味のことを、このとしの三月二十八日、子規は漱石へ送った。

「歌については内外ともに敵である。そとの敵はおもしろいが、内の敵には閉口している。内の

敵とは新聞社の先輩その他、交際ある先輩の小言のことである。まさかそんな人（羯南をあたまにおいていたであろう）にむかってりくつをのべるわけにもゆかず、さりとていまさら出しかけた議論をひっこめるわけにもゆかず、こまっている。しかし」

と、いう。

「歌についてはたびたび失敗の経験があるために（羯南以下の社内の歌論との衝突をいう）、こんどはあらかじめ許可をねがい出てからしかるのちにはじめた。だからこの上は死ぬるまでひっこむわけにゆかない」

さらに他の友人に、

「小生はいかに愚なりといえども、また病体なりとも、いまの歌よみどもには負けるわけには参らない」

と、覚悟を書き送っている。

明治三十二年の二月、アメリカにいる真之から子規のもとに絵ハガキがきた。

「ニューヨーク号に乗っている」

と、簡単な記述があった。

（なんのニューヨークやら）

と、子規は病床でおもったが、あとの便でわかったことに、軍艦の名であった。戦艦で、米海軍の北大西洋艦隊に属している。真之は、米海軍省にたのみこんで、七カ月間この艦にのせても

らって、アメリカの艦隊勤務を実地に見学した。

この年の暮になってから、日本から命令がきて真之の任務がかわった。イギリスへゆけ、という。英国公使館付の駐在武官ということであった。

真之は、渡英した。

翌三十三年五月二十日、日本から帰朝命令がきた。

東京では、例年よりも暑さが早い。秋山家に用のあった者が根岸の子規宅にきて、

「淳さんもイギリスからもどるそうな」

ということを子規につたえた。

「もうすこしおればええんじゃが」

と、子規はいった。

べつに理由はない。いま熊本の第五高等学校の教授をしている夏目漱石が、ちかくイギリスに留学することになっているのを子規はきいていたからである。が、考えてみれば真之と漱石は、大学予備門で一緒だったというほか、なんのつながりもない。

ここ数年、子規の知人の数多くが視察や留学のために海外へ行った。そのつど子規は、

「かれが帰国するまで自分は生きているかしらん」

と、判《はん》でおしたようにおもったが、幸いみな生きているうちに帰国して、むこうでの話を子規にきかせた。

ことしの一月には、画家の浅井忠が渡欧することになって、その送別会がこの子規庵でひらか

れた。子規は病床ではしゃいだ。

ふつうのひとの病床生活とはちがい、子規は死が予定されている病人でありながら、その身辺は事が多かった。俳句会や「ホトトギス」編集会議、それに送別会といったたぐいのにぎやかなことまで、この病室でおこなわれるのがふつうだった。

「子規はなんでも大将にならねばすまぬ男であった」

という漱石のことばどおり、病人になっても子規は仲間の大将であろうとした。

見舞客もくる。

とくに隣家の陸羯南は、毎日のように顔をみせて容態をきいてくれる。

「きょうはどんなぐあいですか」

と、母親のお八重か、妹のお律にきく。ひどく痛みますようで、というようなことをきくと、血相を変えるようにしてあがってゆき、枕もとから子規の顔をのぞきこむ。

だまっている。

子規も、たいていはだまっている。

「痛い。……」

と子規が顔をしかめると、羯南はだまって子規の手をにぎってやる。

二月、漱石はまだ熊本にいる。

「日本が売れない」

というような身辺のことを、子規はながい手紙で熊本へ書きおくった。

新聞「日本」のことである。陸羯南によって明治二十二年に創刊されたこの新聞は、当代でもっとも著名な記者をかかえているがどうにも売れゆきがよくない。

「羯南が社長だが、日本の連中は羯南を社長とはおもわず、師であるとおもっている。そういう連中があつまっていた」

と、いわれている。げんに、社員はこの羯南を、羯南翁とよんでいた。翁といっても羯南はまだ四十三歳で、これは尊称である。が、いずれにしても売れない。売れないのはひとつには、

「この新聞は売りものではない」

という意識が社員のすみずみにまであるせいかもしれなかった。もともと羯南が書いた創刊の辞がそうであった。

「いま世間でおこなわれている新聞というのは、政権をあらそうための政党機関紙であるか、それとも私利を追求する商品であるか、そのどちらかに位置する。政党または政府の機関紙をもってみずから任じている新聞は自党の党議にかたよるそしりをまぬがれがたく、また商品であるとしている新聞はどうしても俗流を追いがちであり、いまの時代に新聞たるものの位置はきわめてむずかしい。日本はもとよりいまの政党には関係がなく、また商品をもってみずからあまんずるものでもない」

として、あくまでもその編集においても経営においても非商品主義をとっていた。しかしそのために売れないというよりも、理由のうちの大きなひとつは、その社是にあったかもしれない。

民権主義をとっていない。

国権主義をとっている。この当時の時流からいえば民権がややハイカラで国権がやや保守的である。ややというのは、民権がハイカラといっても明治二十年ごろまでの日本人が感じた「民権」というものの進歩性は立憲政治の成立後やや色があせてしまっているからであり、国権主義がやや保守的といってもまるっきりの保守でもない。ホンモノの固陋《ころう》な保守はむしろ藩閥主義のほうであり、国権主義というのはむしろあたらしい概念の新保守主義であるかもしれず、そういう思想の代表的人物として陸羯南がおり、羯南の友人の小村寿太郎がいる。羯南は「国家」という立場から、社をあげて藩閥内閣に反抗してきたから、左右の感覚でいえば中央に位置する考え方かもしれない。

が、中道はつねに成立しがたい。観念として成立しても中道では現実処理ができにくく、さらに新聞のばあいはいかなる方面からの支持をもうしなうばあいがある。

日本の不振はそれだったであろう。子規はその不振のことを漱石に書き送っている。

「日本は売れぬ」

「ホトトギスは売れる」

と、子規は漱石にいう。子規にすれば陸羯南の「日本」の社員としてそこから月給をもらっているのであるが、かれ個人で仲間をあつめて出している雑誌「ホトトギス」が大いに売れるのである。

「ホトトギス」は、明治三十年一月、伊予松山で創刊号を出した。その創刊号いらい、子規は日本と「ホトトギス」におもに詩文を発表するようになった。

松山で出していた「ホトトギス」は、明治三十一年の十月、発行所を東京に移した。いよいよ売れるようになった。

さて、漱石への手紙にいう。

「陸氏は、僕に新聞のことをときどきいう。けれども僕に書け（もっと新聞のほうに文章をのせよ、という意味）とはいわぬ。ホトトギスを妬《ねた》むというようなことはすこしもない。僕がホトトギスのために忙しいということは十分知っている故」

……書いて、子規は羯南のこのやさしさにはげしく落涙し、涙のために紙がぬれ、濡れたためにそこへ筆をおろすことができない。

子規、さらにつづける。

「（羯南翁は）僕に日本へ書けとはいわぬ。そうしていつでもホトトギスの繁昌する方法などを言う」

羯南のやさしさは、それを思うにつけても子規を物狂おしくさせる。「日本」の売れゆきがともかくもわるい。

「いま売《う》れ高《だか》一万以下なのだからね」

発行部数のことである。一万がきれるという部数で羯南は社員をやしなってゆかねばならないのだが、それでも、当世もっとも人気のある文人の一人である子規に対し、「もっと日本に書け」

とはいわないのである。

子規も、書かない。

書けないのである。月給をもらっている以上、わずかには書くが、しかし子規にとっては俳句革新の運動中核体である「ホトトギス」のほうがより大切であり、この世で残された歳月がいかほどもない以上、力をこの雑誌にそそぎたい。そそぐといってもこの病軀では骨をきざむようなもので、おもうような分量の原稿も書けないのである。羯南は子規の俳論や歌論に異存があるが、そういう子規の志望の悲痛さについてはもっともよく知っている人物であった。それだけに子規をつかまえて「社の窮状をすくえ」とはいえなかったのであろう。

「僕からいえば日本は正妻で、ホトトギスは権妻《ごんさい》（妾）というわけであるのに、とかく権妻のほうへよく通うという次第だから、日本に対して面目がない。それで陸氏の言を思い出すといつも涙が出るのだ。徳の上からいうて此様《このよう》な人はあまり類がないと思う」

子規は、いらだっている。

その「ホトトギス」の原稿さえ、二月号のぶんが一枚もできないのである。この容態のなかでともかくも一週間以内にその原稿をかいてしまわねば「ホトトギス」は出なくなる。その窮状を、新聞にも俳句雑誌にも無縁の漱石にむかってかきくどいているのである。子規にとって漱石はそういうばあいの聞いて貰い役であった。

秋になった。

それより前、八月十三日の朝、子規は大喀血をした。明治二十八年いらいの多量の喀血であったが、しかし喀血後の処置がよかったのか、一度だけですんだ。

喀血はむろん子規を動顚《どうてん》させた。しかしこういう衝撃のなかでなおこの男は岡山からきた一通の封書をひらき、

「お律、これは幸便ぞな」

と、いった。かれはかねて平賀元義という幕末の無名歌人のことをしらべている。元義は備前(岡山県)の人で、ほうぼうに乞食同然で放浪し、維新直後、ゆきだおれで死んだ人物で、この存在を子規が発見した。だけでなく子規はこの元義をもって実朝いらいの数人の歌よみとして賞揚しているほどであった。しかしゆきだおれの無名歌人の作品をかきあつめるのは容易なことではない。ところでいま子規の門人に岡山県人がいる。その男が帰省中、平賀元義の知られざる歌をいくつか発見して子規に書き送ってきたのである。子規の歌論は、これによってすこしでも進むであろう。

血をはきし病の床のつれづれに
　元義の歌よめばうれしも

と、礼のハガキにそういう述懐を書き添えてお律に投函《とうかん》させた。子規のこういう姿をみると、

人間というこの痛々しいいきものは、どうやら仕事をするために生きているものらしい。

九月八日、英国へ留学する夏目漱石が横浜から出発した。子規はむろん、送れなかった。

(もはや生きてあの男とは再会できまい)

とおもうと、子規は悲しくなった。なるべく弱音をはかぬようにして暮らしている男であったが、こんどこそそういう思いが深刻だったらしく、「ホトトギス」の消息欄にも「とても今度は独《ひと》り悲しく相成り候」と書いた。

ところが、子規の身辺の人事往来はなかなかいそがしい。漱石が往《い》ってから数日して、漱石とは逆に英国から日本へもどってきた友人がある。秋山真之である。

真之がたずねてきたとき、子規の病床で小鳥がさわがしくないていた。

「鳥かごがあるな」

と、真之は枕頭にすわるなり、庭に面した窓ぎわをみた。

かごというより、小屋というにちかいほどの大きさで、金網でつくられ、トタン板で円錐形の屋根がつくられている。なかに小鳥が三羽いる。キンバラのオスが一羽、ジャガタラ雀のメスが一羽、ヒワのオスが一羽で、どれもこれも大元気で、やすみなくくびを動かしている。

「浅井忠を知っているだろう」

と、子規はいった。真之もその名前だけは知っていた。中村不折《ふせつ》とともに画技をもって「日本」の同人になっている人物で、日本画も洋画もできる。いまは東京美術学校教授としてパリに留学していた。

その浅井が、ある家の庭に置きすてられていたのをもらってきて、この南面の軒下に置いてくれたのだ、と子規は説明した。

「アメリカでは、どうおしじゃった」

と、子規はききたがった。

真之は、ごく要点だけを箇条書きのようにして話すと、

「淳サンも軍人におなりじゃな」

と、じれったがった。

「イギリスは、どうじゃ。軍人というのははなしがおもしろくないというのである。おもしろいところへお行きじゃったかの」

イギリスは、こんどで二度目であった。

「おもに軍港や造船所ばかり見てあるいた」

「商売じゃからな」

「まったく妙な商売だ」

と真之がいったのは、子規とはべつな感慨だったかもしれない。真之にすれば、軍人とは戦いに勝つために名誉と給料を国家からあたえられているという職業人である。つねにロシアの海軍の現勢と成長をあたまに入れつつ、日本の海軍の持ち駒を考え、それとの海戦を毎日のようにあたまのなかで設計しては消している。

「いまイギリスで日本の新海軍の半分以上ができあがりつつあるのだ」

「軍艦か」

「軍艦だ」

と、真之はうなずいた。

真之はイギリスの各造船所で工事が進行しつつある軍艦をのこらず見学した。たとえば新式巡洋艦の出雲や磐手《いわて》もみた。アメリカ海軍がもっているどの巡洋艦よりも優秀な性能をもっていた。

サザンプトンで艤《ぎ》装《そう》中の戦艦朝日にいたっては世界一の大戦艦であり、その姉妹艦三笠もヴィッカース造船所でつくられつつある。

「これが、朝日の後甲板だ」

と、真之はポケットから一葉の写真をとりだして子規にみせた。

「朝日がポーツマスに回航されてきたときに撮った」

士官が二人ならんでいる。

「この横の人はたれかね」

「広瀬というのだが」

と、真之はいった。

海軍大尉広瀬武夫のことである。広瀬はロシア駐在武官をつとめていたが、このときゆるされてヨーロッパ視察旅行中であり、たまたまロンドンにたちより、イギリス駐在の真之と落ちあい、ともにポーツマスに行って朝日を見学したのである。この撮影のあと、ふたりは四十日にわ

たるヨーロッパ旅行を共にしている。

「いま各国に注文してつくられつつある各級軍艦はことごとく時代の先端の技術がとり入れられている。これらがぜんぶできあがったあかつきは、やっとロシアに対する日本の恐怖は半減するだろう」

「半減するか。まったくなくなるわけにはゆかんのか」

「そうはいくまい」

「もしロシアの大艦隊が攻めてくるとなると、日本海軍は勝てるか」

「作戦と運用の次第によってはあるいは勝てる」

「日本というのは悲痛な国よ」

と、真之はいった。

欧米をまわってみると、みな産業によって国が富んでいる。日本というのはまだまだ農業のほかろくな産業ももっていないくせに、ヨーロッパの一流国とおなじ海軍をつくろうとしている、と真之はいう。

「それも超一流の軍艦をそろえたがる」

と、真之はいった。

「そのエナージーのひとつは恐怖だ。外国から侵されるかもしれぬという恐怖が明治維新をおこし、維新後はこのような海軍をもつにいたった。しかし残念ながら、軍艦は小艦艇はのぞいてみ

な外国製だ」

「なあに、それでええぞな」

と、子規は、枕の上の頭をすこしうごかして断定した。

子規は、歌論をしはじめた。

「あしはこのところ旧派の歌よみを攻撃しすぎて、だいぶ恨みを買うている。たとえば旧派の歌よみは、歌とは国歌であるけん、固有の大和言葉でなければいけんという。グンカンということばを歌よみは歌をよむときにはわざわざいくさぶねという。いかにも不自然で、歌以外にはつかいものにならぬ。淳サンが水兵に号令をかけるときにいくさぶねのふないたをはききよめよというか」

「軍艦の甲板を掃除せよということか」

「水兵が笑うじゃろ。笑うのは、結局は生きた日本語でないからじゃ」

子規は、「歌よみに与ふる書」の第七稿目にそれを書いた。

外国語も用いよ、という。外国でおこなわれている文学思想もとりいれよ、といった。

「そういうことは日本文学を破壊するものだという考えは根本があやまっている」

と、子規はその論でいう。

「たとえ漢語で詩をつくるとも、西洋語で詩をつくるとも、はたまたサンスクリット語で詩をつくるとも、日本人が作った以上は日本の文学であることにまちがいない」

「むかし奈良朝のころ、日本は唐の制度をまねて官吏の位階もさだめ、服色もさだめ、唐ぶりた

る衣冠をつけていたが、しかし日本人が組織した政府である以上、日本政府である」

「和歌の腐敗というのは」

と、子規はいう。

「要するに趣向の変化がなかったからである。なぜ趣向の変化がなかったかといえば、純粋な大和言葉ばかり用いたがるから用語がかぎられてくる。そのせいである。そのくせ、馬、梅、蝶、菊、文といった本来シナからきた漢語を平気でつかっている。それを責めると、これは使いはじめて千年以上になるから大和言葉同然だという。ともかく、日本人が、日本の固有語だけをつかっていたら、日本国はなりたたぬということを歌よみは知らぬ」

「つまりは、運用じゃ。英国の軍艦を買い、ドイツの大砲を買おうとも、その運用が日本人の手でおこなわれ、その運用によって勝てば、その勝利はぜんぶ日本人のものじゃ。ちかごろそのようにおもっている。固陋《ころう》はいけんぞな」

と、子規は、熱っぽくいった。

真之が子規庵の客になっているあいだに、子規のいう秉公と清サンがやってきた。ふたりは、看病人である。

日をきめて交代でやっているが、きょうはふたりが顔をそろえた。

文章論やら詩論やらが出た。

「この淳サンというお人はなかなかの文章家じゃぞな。軍人にさえなっておらねば、秉公や清サ

ンよりも上をゆく」

「いや、だめだ。あしには執着がない。物事は執着がなければものにならない」

「執着はあろうが」

と、子規はかぶせていう。真之は軍人になってもなおむかしの未練をのこしていることを子規は察している。

「ないな」

真之は、触れられたくなさそうな顔でいった。そういうことは忘れようとしていた。真之のいまの執着は海軍作戦のことしかない。この執着はちょっと異常なくらいである。

「淳サンは、大そう本を読む」

子規は、この点だけは真之に頭をさげている。真之はいよいよ気乗り薄に、

「乱読よ。本は道具だからな」

「道具」

これには、子規はひっかかった。子規はわずかな家計のなかから書物を買っているが、その書物はことごとく美術品のごとく愛蔵し多少書痴の傾向がある。

真之はべつであった。本はどういう名著でも数行、または数頁しか記憶しない。気に入ったくだりは憶えてしまい、あとは殻《から》でもすてるように捨てる。人にやってしまうか、借りたものなら返してしまってそれでしまいである。従ってこれだけの多読家が、蔵書というものをほとんどもっていない。

「それが戦争屋よ。海戦をするのに本をみながらはできまい」

「憶えておくのか」

「数行だぜ。その事柄つまりあし《い》のばあいは海軍作戦だが、それに関心さえ強烈ならたれでも自然とおぼえられる。ただ、名文句にぶつかることがある。これは本の内容とはべつに、書き抜いておく。もっとも書き抜きの手帳を紛失することがあって参考にはならんが、まあ憶えちゃいる」

「どういう名文句かの」

「いろいろある。漢籍はあまり読まんが、新聞にもそれがあり、英語の書物にもそれがある。それを書きぬいておいて、ときどき報告書などを書くときにおもいだす」

　これが、真之の生涯を通じてのただ一つの文章修業法であった。新鮮な方法とはとうていいえないが、文章のリズムを体に容れるには案外いい方法かもしれない。

「しかし、なにが名文です」

　と、清サンがきいた。真之は、わからんといって逃げたが、子規が代って答えた。

「美に基準はあるまァ。あし《い》は、美に一定の基準なしとおもうとるぞな。美の基準は、各個人の感情のなかにあり、同一人物でも時が経つと基準がかわる。あし《い》は美に一定基準なしとおもうとるけん、なにが名文かは、それを読んで感ずる人次第ぞなもし、清サン」

　子規は、疲れた。

真之は辞去しようとしたが、子規が、

「まあ、ええぞな、お居《い》よ」

といって、放さない。

真之は、長ばなしが子規の病気にさわることをおそれ、それでは書いたものでも読ませてくれ、あしは横で寝ころがって読むことにする、新聞の切りぬきでもええぞな、というと、

「切りぬきなら、たくさんある」

といって子規はお律をよび、あれこれと口うるさく命じて切りぬきをとりださせた。

真之は一時間ばかり、それを読んだ。ほとんどが俳句と短歌の革新論に関するものばかりであり、読みすすむにつれて子規の革新精神のすさまじさと、そのたけだけしい戦闘精神に酔ったがごとくになった。

「なんぞ、感想はおありるか」

と、子規はときどきいった。そのつど真之はなま返事をして読みすすんだ。

読みおえて、真之は、

「升サンには、どうも」

と、毒気にあてられたようにぼんやりしている。真之はこの気持をうまくいいあらわせないが、子規のこの闘志は、そのあたりの軍人などが足もとにも寄りつけるものではないことだけはわかった。軍人流にたとえれば、子規の戦いの主題と論理はつねに明晰である。さらに戦闘にあたっては、一語々々のつよさがあたかも百発百中の砲門からうちだされる砲弾のようである。

「おどろいたな」

と、その譬《たと》えをいうと、子規はそこは時代の人間で、軍人にたとえられたことがいくぶん得意だったらしく、何度もうなずいた。しかし口ではべつなことをいった。

「あしは侍の家の子にうまれたくせに臆病で」

と、子規は、子どものころを回想しはじめた。子規の家のなげしに、火縄銃がかけられていた。

「おぼえている」

と、真之はうなずいた。

「あしはあの火縄銃をみるのがどうにもおそろしかった。鉄砲の音も大きらいじゃ。この弱虫はいまでもそうで、鉄砲猟にゆくひとを町角で見かけるのさえおぞましゅうおぼえるのじゃが、しかし人間というのは複雑ぞな、たとえば生死の覚悟となれば軍人などには負けんぞな」

(そりゃ、この男ならたれにも負けんだろう)

真之はおもった。

「升サンには勇気がある」

「勇気かな、勇気よりももっと底の底の大勇猛心というようなものが毎日のあしをうごかしているように思えるのじゃが」

「悟りということか」

「禅坊主の悟りは、あしにはわからん。念仏坊主の欣求《ごんぐ》浄土ということもあしには無縁のものじ

や。あしは宗教には無関心じゃが、すきな宗祖はたれぞときかれれば、そりゃ日蓮ぞなやと答えている。日蓮のあのかっかとのぼせているところが、あしは好きぞな。あしは、あと何百日生きるか知らぬが、生きられるだけはやらねばならぬことをやる。悟りをひらいたり念仏をとなえたりしているひまはない」

真之は、滞米中からおもいつづけてきたことを、子規に話した。

「どうせ、あしの思うことは海軍のことじゃが。それとおもいあわせながらいま升サンの書きものをよんでいて、きもにこたえるものがあった。升サンは、俳句と短歌というものの既成概念をひっくりかえそうとしている。あしも、それを考えている」

「海軍をひっくり」

「いや、概念をじゃな。たとえば軍艦というものはいちど遠洋航海に出て帰ってくると、船底にかきがらがいっぱいくっついて船あしがうんとおちる。人間もおなじで、経験は必要じゃが、経験によってふえる智恵とおなじ分量だけのかきがらが頭につく。智恵だけ採ってかきがらを捨てるということは人間にとって大切なことじゃが、老人になればなるほどこれができぬ」

(なにを言いだすのか)

と、子規は見当がつかぬままに、うれしそうに聴いている。

「人間だけではない。国も古びる、海軍も古びる。かきがらだらけになる。日本の海軍は列強の海軍にくらべると、お話にならぬほどに若いが、それでも建設されて三十年であり、その間、近

代戦を一度経験し、その大経験のおかげで智恵もついたが、しかしかきがらもついた」

「そげなものか」

「山本権兵衛という海軍省の大番頭は、かきがらというものを知っている。日清戦争をはじめるにあたって、戊辰以来の元勲的な海軍幹部のほとんどを首切ってしまった。この大整理はかきがら落しじゃ。正規の海軍兵学校出の士官をそろえて黄海へ押し出した。おかげで日本海軍の船あしは機敏で、かきがらだらけの清国艦隊をどんどん沈めた」

「なるほど」

「かきがらは人事だけではない。あしは作戦屋で軍政には興味をもたぬけん、人事のことは言わぬ。あしの言いたいのは、作戦じゃ。作戦のもとになる海軍軍人のあたまじゃ」

「古いのか」

「古今集ほど古くなくても、すぐふるくなる。もう海軍とはこう、艦隊とはこう、作戦とはこう、という固定概念《かきがら》がついている。おそろしいのは固定概念そのものではなく、固定概念がついていることも知らず平気で司令室や艦長室のやわらかいイスにどっかとすわりこんでいることじゃ」

真之は、アメリカ海軍の話をした。

「アメリカ海軍は、素人じゃと思うた」

と、いった。

「日本のほうが玄人か」

「世界一の玄人であるイギリス海軍に学んだため、当然ながら玄人じゃ。あしの玄人の目でアメリカ海軍をみると、やることなすことがじつに素人くさい。しかし、おそろしさはその素人ということじゃ」

素人というのは智恵が浅いかわりに、固定概念がないから、必要で合理的だとおもうことはどしどし採用して実行する。ある意味ではスペイン海軍のほうが玄人であったが、その玄人が、カリブ海で素人のために沈められてしまった、と真之はいう。

真之のこの感想については、かれの帰国後の奔走が裏うちされている。

「兵棋《へいき》演習」

という、そのことである。

かれがアメリカ海軍で見聞したもののなかでもっとも感心したのは兵棋演習であった。こどものおもちゃのような各種軍艦を大図盤のうえにうかべる。軍艦は木製で、小指ほどに小さい。しかし三笠なら三笠で、それらしい姿をしている。

「ここに敵の戦艦ボロジノが針路をこうとって、何ノットで走っている。駆逐艦三隻をしたがえている」と想定すれば、そこにボロジノ型の模型をおく。駆逐艦三隻もおく。

「味方は、これだけの勢力でここにいる」

といえば、その想定どおりの軍艦をそこへおく。練習者は敵味方にわかれ、教官の統裁のもとに作戦の演習をするわけである。

現在おこなわれているものは、図上演習というもので、日本は英国からまなんだ。世界じゅうの海軍がこれであり、日本だけではない。海図の上に赤や青のエンピツで作戦をすすめてゆく。そこへゆくとオモチャの兵棋をつかって演習するなどいかにもアメリカ流の、いわば素人の思いつきくさいが、古今、物事を革新する者は多くはその道の素人である。しかもこの兵棋演習には、図上演習などではとうてい汲みあげられぬほどの大きな利点がいくつもある。

真之は、滞米中、本国の軍令部へこれを採用すべきであるとの意見書をかいて送ったが、帰朝後、さらに説得してまわった。

その理由を、人間論から説く。

「平素、きわめて智恵に富み、しかも豪勇であるといわれている人でも、いざ戦陣にのぞみ重責の職についたため、責任の重さから心が昏《くら》み、気がまどい、せっかくのその資質を発揮できぬという実例が多い。われわれ軍人のほとんどはナポレオンやネルソンではなく、平凡人にすぎない。平凡人であるがために責任の重さにうちひしがれるという大弱点をもつ」

だから兵棋演習がいいという。

兵棋をうごかすにあたって、重責を帯びてそれぞれが艦隊司令官、参謀長、艦長のつもりになって真剣に運用し、それをくりかえし鍛練することによって、いかなるときでも自信と沈着さをうしなわぬという第二の天性をつくりだすことができる、というのである。

「さらには、意識をつねに新鮮にしておくことができる」

ともいう。うごかしている兵棋は、その軍艦がもっている性能によってうごく。敵よりも劣性

の性能をもつばあいは運用によってカヴァーすべきであるが、結局は負けることが多い。このためつねに性能のすぐれた機械力をもって相手を圧倒せねばならぬというあたまもできてくる。このあたまがあるかぎり、あたらしいものをとりいれてゆくという積極的な精神がおこる。兵棋演習はそのような意味でも重要である、という。

真之のこの提案は、さっそく海軍当局によって採用された。日本海軍はこういうあたりはまだまだ固陋ではない。

列強

この十九世紀末というのは、地球は列強の陰謀と戦争の舞台でしかない。謀略だけが他国に対する意志であり、侵略だけが国家の欲望であった。

帝国主義の時代である。そういう意味では、この時代ほど華やかであった時代はなかったかもしれない。列強は、つねにきばから血をしたたらせている食肉獣であった。

その列強どもは、ここ数十年、シナというこの死亡寸前の巨獣に対してすさまじい食欲をもちつづけてきた。

が、なおもシナの実力を過大に評価した。

「シナはねむれる獅子である」

と、列強はおもい、もしその獅子を過度に刺戟することによって、ついに奮いたたせてしまいでもしたら、大けがをするのは列強のほうである、というおそれが、かれらの侵略行動をつねに制御した。

ところが、日清戦争での敗北は、シナの実体を世界にさらけだした。その戦いぶりのだらしなさ、その政府大官の亡国的な怠慢さ、無気力さ、さらには兵士たちの清帝国に対する忠誠心の欠如ということは、平和時においてすでにそれを感知していた列強の外交専門家の目にも、意外なほどであった。

——シナは、すでに死んだ肉で、死肉である以上、食用にさるべきであり、それについての後《あと》先《さき》などはない。さきにナイフを突きたてた国のかちである。

という気分が、どの国の政府にとってもあたらしい通念になった。

日本は、日清戦争の結果、二億両《テール》の賠償金と、領土を得た。領土は、台湾および澎湖島《ほうことう》、および遼東半島である。

講和条約の調印は、明治二十八年四月十七日におこなわれたが、そののち一週間もたたぬまに、ロシアが、

「遼東半島をシナにかえしてやれ」

という横やりを日本に入れてきた。むろんロシア自身が考えて発案したものだが、ロシアはこの要求を世界の公論というかたちにして正当の擬態をとるため、フランスとドイツを語らって要求してきた。表むきの理由は、

「遼東半島をうばうことは東洋の平和に障害がある」

というもので、むろん口実にすぎない。なぜならば、その後わずか二年のちにロシアはみずから遼東半島に軍隊を入れてうばってしまったのみならず、満州まで占領してしまったのである。

日本は、戦慄した。

——この要求を入れなければ一戦あるのみ。

という態度がロシア側にあることが、駐露公使西徳二郎のさぐりによってわかったのである。日本は、とうていロシアと戦えるような国ではない。ましてドイツ、フランスをも敵にまわすような実力はなく、実力がなければその言いなりになるしかなかった。日本は遼東半島を還付した。

ロシアについて、しばらく触れつづけたい。

十八世紀もしくはそれ以前から、ロシア人は東へ東へとすすみ、その勢力圏をのばしつづけた。陸つづきの土地を、これほど広大な地域にわたって占有した民族は、ジンギス汗《カン》のモンゴル人以外史上にないかもしれない。

かといってスラヴ＝ロシア人が、本来好戦的であり侵略的な民族であるときめるのは、大きなまちがいである。むしろその民族的本性はその逆であるかもしれない。

日本の平安朝のころ、日本人はすでにそれなりの統一社会と文化をもっていたが、スラヴ人はなお未開にちかかった。人口の稀薄な東ヨーロッパの地で点々と聚落をもち、むろん、それらを連合する国家はまだできていない。

かれらが国家というものを経験したのは、他民族に征服されることによってであった。

そのころスウェーデンのあたりにいるノルマン人が、ヨーロッパにおけるもっとも活動的な民

族のひとつであったが、そのノルマン人の酋長リューリックという人物が、スラヴ地帯の一部を征服してはじめて小規模ながらロシア国家の祖型のようなものをひらき、この家系の王家がしだいに版図をひろげ、キエフに都した。

十三世紀に入って、アジアからやってきたモンゴル人の征服をうけた。日本の鎌倉時代、北条泰時《やすとき》が執権になった年、モンゴルの侵入軍がカルカ河畔で南ロシアの諸侯連合軍をやぶり、それから十三年後、モンゴルの将抜都《ばつ》がロシアに入り、モスクワとキエフを占領し、やがてこの地に封建制をしき、大モンゴル帝国の一環であるキプチャック国を建設した。他民族に支配されているとはいえ、スラヴ人が一つ国家のもとに大きな集団を形成した最初といっていい。

モンゴル人の支配は、百年つづいた。その支配下でかれらは、モンゴル人軍の戦闘の仕方などを自然のうちにまなんだようにおもわれる。

やがてモンゴル人の支配力が衰えてくると、スラヴ人は同民族の英雄のもとに結集力をつよめ、のちイワン三世は、スラヴ人の軍事力を強化し、日本でいえば室町末期のころ、ウグラ河畔の決戦でモンゴル軍をやぶってキプチャック国をほろぼした。これによっておなじ民族出身の王による最初の民族国家が成立し、以後、その統一がすすみ、盛衰をくりかえしつつその後のロシア圏の原型ができあがってゆく。

日露戦争におけるロシアの支配者ロマノフ王家ができあがったのは、日本では徳川幕府の成立の初期、大坂ノ陣がおころうとしている慶長十八年、一六一三年である。

初代皇帝ミカエル・フェオドロウィッチ・ロマノフは内政整理に手腕を発揮し、その子のアレ

クセイもそれを継承して、その後までつづくロシア的体制の基礎をつくった。が、なお西ヨーロッパの諸国にくらべれば文明の度合は低く、ロシア人自身もそれを当然とし、民族的奮起をしようというような気概はあまりもたなかった。

ロシア帝国というものの本質について、おもしろい学説がある。原型は「モンゴル帝国であり、あとでロシア人がたてた帝国はその後継者である」という。この考え方をとる派を、ユーラシア学派という。このユーラシア学派の説を極言すれば、社会史的にみたロシア人は目の青いモンゴリアンであるということになるであろう。ジンギス汗のモンゴル人は西はロシア平原をもふくめ中央アジアに壮大な帝国をつくったが、それ以前、五世紀にもロシア平原に帝国をつくった民族は、モンゴル種といわれる匈奴《きょうど》であった。

匈奴とは、東洋史上のよびなである。フン族ともいう。モンゴル語で humun というのは人という意味である。純粋の遊牧生活をもち、騎馬に達者で、射術に長じ、その容貌は日本人に似、その言語も日本語と文法が類似している。

匈奴も、のちのジンギス汗のモンゴル人もゴビ沙漠の北を根拠地にしているが、騎馬民族だけにその行動範囲はきわめてひろく、紀元前から中国本土を侵しつづけ、その力はしばしば中国の帝国を衰亡させた。

それがロシア平原の征服者として、五世紀と十三世紀にかれらの国家をたてたことはすでにの

べた。のちロシア人が民族的結集をして西洋史上でいう「タタール（モンゴル人）のくびき」を断ち切って民族国家をつくるにいたったが、しかしその影響をまるでうけなかったということは、反ユーラシア学派の学者といえども言えないであろう。

ロシア人は、ヨーロッパ人がもったような市民社会をついにもたなかったというのも、ロシア以前の支配者であるモンゴル人の影響から説くほうがわかりやすい。さらには、ユーラシア学派のいうように、皇帝の専制主義ということも、アジアの遊牧民族から相続したものであろう。皇帝の専制主義といえば、日露戦争当時のロシアですら驚嘆したくなるほどにそれであった。こういう、おなじ白人でありながらおよそヨーロッパ的でないロシア的現実は、アジア人の支配をながくうけたという事実と濃厚な血脈関係がある。

ともかくロシア人は「タタールのくびき」があったために、他のヨーロッパ人にくらべてすべての点で遅れてしまっていたことはたしかなことである。

さらに、ロシア人は、古いころ、商業民族ではなかった。古代にあっては商業民族はそれ以外の民族にくらべてはるかに冒険的で行動力があるが、ロシア人はそうではない。ロシア人を最初に征服したノルマン人は武装した隊商を組んでほうぼうを押しわたる機能をもっていたが、そのころのロシア人はそれから学ぶところがはなはだ薄かった。

が、そのロシア人も、十六世紀ごろになると商業的情熱をもつようになった。その商業というのは、毛皮である。

シベリアは、毛皮が豊富とされる。そのシベリアにむかってロシア人とロシア国家が伸張しは

じめたのは、植民地獲得のためでなく、毛皮を得たいためであった。毛皮を得ることが、結局は土地を得ることになった。

古い時代、ロシア国家というのは、一個の巨大な毛皮商人であった。とくに十七世紀以後、毛皮輸出が国家の重要財源になり、専売制がとられたこともある。

シベリアは、その宝庫である。この全面積一二三〇万平方キロという広大な地域には広大な森林があり、その果実で生活する毛皮獣がおびただしく棲息している。熊、狐、いたち、うさぎ、りす、それに毛皮としてもっとも珍重される黒い貂《てん》や黄いろい貂が棲む。

人類も、まばらながらすんでいる。すべてアジア人と総称される諸人種で、最初のシベリアの住民は、古アジア諸民族に属する狩猟民族であった。ついで、黒竜江のほうにいたツングース人や、ヤクート人といった遊牧民族が侵入し、ながい歳月のあいだに土着した。

かれらが、毛皮獣をとる。ロシア人がそれを買いにくる。ロシア人は、この西欧の貴族社会がよろこぶ毛皮を土人から買いたたき、買いあつめることで、商業というものがいかにおもしろいものであるかを知った。かれらはシベリアを東へ東へとすすみ、ついに沿海州《えんかいしゅう》に達し、さらにカムチャツカ半島にまで達した。達することによって、

——ここは、ロシアの領土だ。

ということになった。先住民族どもは狩猟か漁撈《ぎょろう》をしている未開人で、領土意識というものはきわめてすくなく、それに、侵入民族とたたかうだけの国家を形成していない。さらには、ロシ

ア人は西ヨーロッパとの接触によってつねにあたらしい武器をもっており、その武器によって土民を征服した。ロシア国家そのものがシベリアを領有しようとした政治意図ははじめはなかったが、毛皮商人とコサックどもが私掠《しりゃく》し、その私掠した領域が結局はロシア国家のものになった。いわば、毛皮への魅力が、ロシアをして史上空前の大領域をもたせることになった。

いまひとつ、シベリア領有には、ロシア人の心理的事情がある。かれらロシア人をながいあいだ領有していたのは、そのシベリアの南方にひろがる中央アジアの大地帯を根拠地にしていたアジア系の遊牧民族であったことはすでにのべた。この中央アジアとシベリアをふくめて、ロシア人は、

――自分たちの征服者の土地だ。

ということで、その征服者が、内紛などによって雪が融けるようにその支配機構を消滅させてしまうと、ロシア人はその地域にすすんでその地域を自分のものにした。ごく心理的にいえば、ロシア人はそれらの地帯を、他人の地帯とはおもわず、ただ出かけて行ってなんのうたがいもなくそれを自分の土地にしてしまったにすぎない。侵略戦の血なまぐさきがあまり（程度の問題だが）ともなわなかったのが、このロシアの北アジア領有事業であった。

かれらは長い歳月のあいだ、なしくずしの「侵略」をかさねつつついにカムチャツカ半島に達し、さらに千島列島に南下し、占守《しゅむす》、幌筵《ぱらむしろ》の両島を占領し、いよいよすすんで得撫《うるっぷ》島以北の諸島を侵したとき、はじめて日本と接触した。一七一一年、わが国の正徳元年、六代将軍家宣《いえのぶ》の治世、日露戦争からほぼ二百年前、新井白石が活躍していたころである。

日本人が、当時でいう赤蝦夷《あかえぞ》――ロシアの危機を感じた最初であった。

このあたりで、ピョートル大帝とよばれている巨人について語らねばならない。Peter をペートルとよんだり、ピーターと英語読みしたりするが、ここではピョートルとよぶ。

「王としての革命家」

とよばれたほどにロシアを一新した人物で、ロシアをピョートル以前とピョートル以後に大別することもできる。近代ロシアは、この人物からはじまっている。かれはロシア的なものを「遅れたもの」としてきらい、西欧の文物を洪水のようにしてロシアにそそぎ入れた。

ピョートル大帝の活動した時代は、日本でいえば元禄の泰平期から八代将軍吉宗の中興時代にあたる。

むろん当時の日本は鎖国のなかにある。ロシアもまた、ピョートルが出るまでは文化的には鎖国にひとしかった。さらにはその文明の遅れかたは、当時の西ヨーロッパ人からみれば半開国にひとしかったであろう。

若いころのピョートルの肖像は、おとぎ話の王子のように可愛い顔をしている。学習がきらいで、宮廷の教師から逃げまわっていたが、機械いじりが病的にすきだった。西ヨーロッパから輸入した機械類や鉄砲を分解しては構造をしらべたり、その原理を知ろうとした。

ほどなく船に興味をもち、十六歳のとき造船所へ出かけて行って船大工として働いた。十一歳で即位しているから、帝王の身分である。側近がとめても、きかなかった。うまれつきの職工と

いうべく、ほどなく一流の船大工になった。

このような、技術へのあこがれから、数学をまなぶことに熱中した。かれがもし民間にうまれていれば、ロシア第一の技師になっていたであろう。

かれは、航海にもあこがれた。このため航海術をまなび、げんに航海演習もした。となると、民間にうまれていれば船長だったかもしれない。

銃砲も、かれのすきな機械のひとつである。職工としてその製造法をまなび、さらには老練な下士官のようにうまい射撃法をも身につけた。トルコとの戦いで、二十三歳のこの帝王は、二メートルの長身をかるがると動かしつつみずから砲側に立ち、砲手として戦った。こうなると、かれがべつなうまれであったら、もっとも実力のある砲兵士官であったかもしれない。

いずれにしてもこれらの機械ずきが、かれの西欧へのあこがれをあおりつづけた。同時にこの機械ずきが、かれを観念論者たらしめなかった。ついで、およそ「ロシア的」といわれる旧習尊重主義、迷信、その他のあらゆる不合理なものをぶちやぶる改革主義者たらしめた。ピョートルは単なる新しがり屋でなく、国家や諸現実を、力学の場で見ようとしている。かれはロシア史上最強とおもわれる陸海軍を、手づくりで作ったが、そういうかれにとって必要なのはロシアの神話や習慣でなく、つねにリクツに適《あ》った現実であった。現実分析力や直視精神は、かれの機械ずきのなかからうまれたといっていい。

ピョートル大帝は、わが国の歴史のなかでは、幕末の開明君主といわれた薩摩藩の島津斉彬

や、肥前佐賀藩の鍋島閑叟《かんそう》にきわめて類似している。ただし、ピョートルには斉彬や閑叟がもっていた人文の教養はない。

対比ということでおもいうかべるのは、斉彬や閑叟という開明君主の出現が、ピョートルよりも百五十年のちということである。

この百五十年という大きな落差で日本がやっと開化したというのは、維新後、日本の欧米に対する運命のようになってゆくのだが、それはさておく。

斉彬や閑叟は、自分の藩を欧米ふうの産業国のようなものにしようとして、さかんに新技術をとり入れたが、同時にかれら自身は漢学にもあかるく、閑叟のごときは詩文の徒としても当時の二流ではない。

が、ピョートル大帝のおもしろさは、帝王として文書を書くにあたっても、かならず一つや二つはツヅリをまちがえたというほどに、そういう面での教養はない。

しかしピョートルが、斉彬や閑叟よりも偉大——というより風変り——であったのは、かれ自身が外国で職工になったことである。

——ロシアの造船技術はだめだ。

と、ピョートルはかねておもっていたが、同時にその不満を解消すべき機会をねらっていた。かれの当時、造船技術での高峰といえばイギリスとオランダである。

その機会をつくるために、かれはべつな企画を考え、実行した。

かれの二十五歳のとき、宮廷政治家たちを中心にした二百五十人の団体を組み、かれがみずか

らひきい、西欧文明の見学旅行をやったのである。ロシア貴族のあたまをきりかえるためであった。これも、日本の維新当時によく似たことがある。

岩倉具視《ともみ》を首領にした大見学団がそれで、閣僚のほぼ半数をふくめた者がこれにくわわり、その人数は二百人という大世帯になった。大久保利通、木戸孝允、伊藤博文などがこれに加わり、その収穫はその後の開化にはかりしれぬ影響をもたらした。

ロシアのばあいも、同様である。その「文明見学」は、さまざまの珍談をうんだ。生活習慣がちがうため西ヨーロッパの側からみれば、ロシア人は野蛮人であるとしかおもえないことが多かった。そのように断定するひともあった。すくなくともピョートル以下がとまったロンドンの旅館の主人はそうおもった。ロシア人は室内でも痰《たん》をはき、つばをはき、酒をのむと集団発狂したように乱暴になり、カーテンをひきちぎったり、家具をこわしたりした。ピョートル自身がそのこわし屋の大将であった。かれは酒をのむとロシア風の乱痴気さわぎをするのがすきであった。とうていヨーロッパの王や貴族といったふうの典雅さはなく、そういう点は匈奴であった。

しかし、この「匈奴の王」は、ヨーロッパ貴族ふうの典雅さこそないが、行動力にかけてはかれら文明の貴族たちがピョートルの足もとにも寄れぬところがあった。

オランダでは、ザータム造船所に一職工として入りこんだのである。

「ロシアの君主《ツァーリ》であることをひとに洩らしてくれるな」

と、最初から造船所の幹部にたのんでおいたから、職工たちは知らなかった。

「大工のピーテル」

という変名で働き、職長にどなられながらあらゆる労働に従事した。材木もかついだし、釘運びもした。かれは全長百フィートの船の建造工事に最初から参加した。竣工までやった。どういう技術でも職工技術からやるというのがピョートルの考え方であり、そういうことをやってのけた帝王は古今東西にたれもいない。帝王としても人間としても、ピョートルは奇蹟のようなところがあった。

ピョートルのどの肖像をみても、ロシア風のもじゃひげをはやしていない。かれはそれがきらいであった。かれは帰国すると、自分の貴族たちがそれをはやしているのをみて、やりきれなくなり、

「今後、ひげをはやしている者には課税する」

と宣言し、事実そのとおりにした。開化の日本が、チョンマゲをゆるさず、断髪令を出したのとおなじであった。

「みな長靴下をはけ」

とも、ピョートルは命じた。それまでロシアは、東洋の影響をうけて貴族はだぶだぶの長衣をつけるのが普通であったが、それを禁じ、服装を西欧風にさせた。

当然、保守家のあいだで「攘夷論」がおこり、ピョートルの評判はわるかったが、かれはつぎつぎに改革と西欧化を断行した。学校をつくり、産業をおこすなど、かれはここで列記することができないほどに多くの事業をやったが、かれのそういう政治的奇蹟——革命——がかれのただ

ひとりの手でなしえたのは、ひとつは、ツァーリというものがそれほど大きな専制力があるということであった。

そこは、君主専制の国家である。

この君主専制ということを考えずに革命以前のロシアは理解できない。十五世紀以後、ヨーロッパでも日本でも、ロシアのような専制君主をもたなかった。君主の権能はきわめてせまく制限されたもので、それがいわば進歩した社会というものかもしれない。日本などは君主としての絶対権を自由に行使できた人物はほとんどいない。源頼朝、豊臣秀吉、徳川家康とならべても、かれらはみなロシアの皇帝よりも不自由であった。ましてそういう創業者のあとの君主たちは、その君主権は輔佐者によって大幅に制限されていた。

ピョートルがやった上からの文化大革命というのは、ロシア的事情による君主《ツァーリ》でこそできるものであった。くだって日露戦争をおこしたのも多分に皇帝《ツァーリ》の意思によるものであったことを、われわれはおもいあわせなければならない。

日露戦争当時のロシア皇帝は、ニコライ二世である。

かれの父親はアレクサンドル三世である。かれはこの先帝より教養はあったが、帝王としてははるかに凡庸であった。

先帝のアレクサンドル三世について、多少語っておかねばならない。この先帝は、次子であったために帝王学の教育をうけず、一軍人として教育された。事実かれは軍人に適しており、それ

も将官級の軍人でなく、佐官級の軍人に適していた。かれ自身、自分を、誠実な連隊長であるとし、それをもってみずから任じていたところ、長兄の死とともに皇位継承者になり、やがて父帝が暗殺されたために、ロシア皇帝になった。

「アレクサンドル三世は、個人としては教養はなかったが、帝王としてはりっぱであった」

と、口のうるさいウィッテですら、そのように評している。ちなみにウィッテはこの時代のロシアにあっては傑出した財政家で、アレクサンドル三世とニコライ二世の両帝につかえ、大蔵大臣をつとめ、のち総理大臣になった。どちらかといえば非ロシア的な人物で、西欧的教養と思想をもち、ロシアそのものの批判者としてもその言葉はつねに警抜であった。

アレクサンドル三世の治世には、ロシア的資本主義がほぼ完成し、西欧なみにブルジョワジーという富裕階級も出来、同時に都市労働者が社会の大きな存在として登場し、成熟し、ロシア的専制体制に大きなくるいが生じはじめていた。

そういう時勢にあって、アレクサンドル三世は信念的な保守家であり、あくまでもロシア的な専制体制を堅持しようとし、その宣言もし、そういう政策をうちだした。かれはロシアの貴族階級が、ちょうど江戸末期の旗本階級の零落《れいらく》とおなじように没落しかけているのをふせぎ、貴族の封建的特権を擁護しようとしたり、大学の学生問題に手をやき、教育制度を変えたり、大学の自治をうばったりした。

ウィッテなどはそういう政策のひとつひとつには異論があったが、アレクサンドル三世が擁護しようとしている専制体制そのものには賛成であった。

「ロシアは全国民の三五パーセントも異民族をかかえている。ロシアの今日までの最善の政体は絶対君主制だと確信している」

という。西欧的ブルジョワ思想のもちぬしだったウィッテにしてしかもこのような意見をもつのは、いかにロシア国家とその社会が他のヨーロッパ諸国とちがうかということを見るべきであろう。

アレクサンドル三世のロシア帝国はたしかに強大であった。

「なにがそのロシア帝国をつくったか。それはむろん無制限の独裁政治であった。無制限の独裁であったればこそ大ロシア帝国は存在したのだ」

ついでながら、ロシア帝政はニコライ二世を最後の帝としてたおれたが、それにとってかわった革命政権もまた独裁政治である時期が長かったことをおもえば、このウィッテのことばはきわめて深い暗示をもっている。

開明家といっていいウィッテですら、ロシア的性格には独裁政治が必要なのだという。

「ピョートル一世にせよアレクサンドル一世にせよ、憲法があったのでは、ロシア帝国の建設はできなかったはずである」

と、ウィッテはいう。

「私は内心ではまるで魔女にでも魅せられたように無制限な独裁政治の心酔者である」

ウィッテ伯爵がこの回想記をかいたときには、すでにロシアの絶対君主制がたおれたあとであ

ったから、かれは君主制にこびを売るつもりで書いているのではない。

ただし、かれが心酔する無制限な独裁国家におろかな君主があらわれた場合はどうであろう。

「その国はもっともおそるべき試練をうけねばならない」

とし、その「おろかな君主」として、ウィッテは、かれの反対をしりぞけて日露戦争をやってしまったニコライ二世を見本においている。

「破壊ほど容易なしごとはない。三歳の幼児でも大人が十年も百年も考えてつくったものをまたたくまにこわすことができるように、おろかな君主は、かれの先行者がつくったよきものをたちまちにこわしてしまう」

——よき独裁君主とはどういうものか。

「強い意志と性格が必要である。つぎに高潔な感情と思想、それから智恵と教養と訓練が必要である。ただし、智恵と教養うんぬんの条件はとりたてていうほどではない。十九世紀から二十世紀にかけてのヨーロッパ各国の貴族や富豪においては普通の属性であるからだ。要するに普通の頭脳でも独裁政治はりっぱにやってゆけるのである。プロシャの大帝ウィルヘルム一世がなによりの証拠である」

ウィッテは、独裁君主においてはなによりも、つよい意志と高潔な思想、感情を第一条件とする。

「これなしで、自分の国や、自分自身に幸福をもたらすことはできない」

その逆がニコライ二世である、と言いたいような語気である。

ウィッテは、ニコライ二世の父のアレクサンドル三世につかえ、大臣になり、この先帝において理想にちかい独裁君主をみた。

「私は個人的感情でいうのではない。アレクサンドル三世は普通の頭脳と教養をもっているにすぎなかったが、かれは鋼鉄のような意志と性格をもっていた。かれは言行一致の人であった。皇帝らしい品格と皇帝らしい高遠な思想をもっていた。かれには利己心も自負心もなかった。かれの我《が》は、ロシアの幸福にぴったりとむすびつけられていた。かれは天性の独裁者で、歴史的に混乱しきっていたロシアの絶対的独裁を支持し保存することができた」

その逆がニコライ二世である。

ニコライ二世は、あほうではない。教養についてはその父帝をしのいでいる。父帝よりすぐれているのは、その点だけであった。その他のことは、右にかかげた父帝の美質のすべて逆である、と、ウィッテはいう。

漢語でいえば、暗愚ではないにしても庸劣《ようれつ》の君主といえるであろう。その独裁者が、極東の島国の相手であった。

ニコライ二世は、平素、日本および日本人ということばが出るとき、

「猿《マカーキ》」

というあだなでよんだ。ウィッテによれば公文書にまでこの皇帝は「猿」とかいた。かれは即位する以前から日本人に対し、生理的とまでいえる憎悪をもっていたことを、ウィッテも触れて

いる。この憎悪は、皇帝にとって終生のものであった。

かれは、猿の国にきたことがある。

まだ二十四歳だった皇太子のころである。ウラジオストックにおいてシベリヤ鉄道の起工式が予定されている。皇太子はそれにおもむくためロシア艦隊をひきいて極東に来航し、そのついでに日本を訪問した。おいにあたるギリシャ国のジョージ王子二十三歳を同行していた。明治二十四年のことである。その五月十一日、皇太子は琵琶湖を見物した。

その帰路、大津を通過したとき、沿道を警備中の巡査津田三蔵が突如、そのもちばをはなれ、皇太子の人力車に駈けより、抜刀して二度にわたって斬りつけた。

巡査津田三蔵は、三重県士族である。精神医学でいう狂人ではない。思想的狂人であろう。憂国的感情という、ときにもっとも危険な心情をうみやすい精神がかれにおいてはげしい。それがはげしすぎるわりには、その心情を秩序づけるための知識と良識がきわめてとぼしく、結局は論理を飛躍させ、行動で自分の情念を表現しようとする。津田は素朴な攘夷主義の信者であった。さらに日本が欧州の大国とくにロシアから侵略をうけようとしているという、そういう危機意識で心をこがしていた。

過度な危機意識というのは、妄想をうみやすい。津田は妄想した——このたびロシア帝国の皇太子が艦隊をひきいて日本見物にきたのは、侵略の前提行動であり、日本の実情や地理を偵察しにきたのである、と。が、これはかならずしも津田だけの妄想ではない。当時、この説をなす者が多かった。

であるから津田にすればこれを斬るにしかず、ということになる。斬って、国難を未然にふせぎ、ロシアの侵略者どもを驚倒させ、日本男子がどれほど手ごわいものであるかをみせてやろうとした。

津田は、下士官あがりで、剣術の心得もあった。

皇太子の右のこめかみに一刀あびせ、さらにのがれようとするところを、後頭部へ一刀あびせた。傷の深さは骨膜に達するほどであったが、ただし頭蓋骨にまでは達していない。いずれにせよ皇太子にとって生涯の傷あとになった。

三蔵は、ギリシャの王子の竹鞭《たけむち》ではげしくたたかれ、行動をはばまれた。つづいて二人の日本人車夫が津田に組みつき、その剣をうばい、これをとりおさえた。

おどろくほど多量の血が、皇太子の頭部から流れた。現場のそばに、永井という呉服屋がある。そこで応急の止血をし、そのあとふたたび人力車にはこばれた。日本側は滋賀県庁において日本人医師による治療をうけられんことを懇願したが、皇太子は手をふり、側近に告げた。

「日本人の医師の治療はうけない」

そのあと京都へ急行し、宿所の常磐《ときわ》ホテルに帰り、そこでロシア医官の治療をうけた。

この報は、日本中を震撼《しんかん》させた。たれもが日本の滅亡をおもった。かならず戦争になるであろう。日本はひとたまりもない。明治二十四年の日本の国力は、人口が五千万人もあるという点をのぞいては、ヨーロッパにおけるどれほど小さな国の国力よりも小さい。

政府首脳が見舞と陳謝のために京都へ急行したが、明治帝みずからが西下し、常盤ホテルをたずね、詫びかつ見舞った。

国中の騒ぎかたは、尋常でない。あらゆる団体、たとえば県会、市会、学校、会社などから見舞の電報、書信が、常盤ホテルもしくは東京のロシア公使館にとどいた。その数は、数日のあいだに一万通にのぼった。

人も、ロシア公使館に行った。学士会も、一ツ橋の講義室に緊急会議を招集し、日本の学界からも陳謝と見舞をのべるということで、二人の会員が派遣された。
のどを突いて自害した者まである。二十七歳の女性である。畠山勇子《ゆうこ》といい、べつに津田三蔵とつながりのある人物ではない。千葉県鴨川《かもがわ》のひとで、事件をきくと京都へ急行し、京都府庁の前にすわり、短刀をぬき、のどを掻き切って死んだ。遺書は日本政府およびロシア政府あてのもの数通あり、ロシア政府あての遺書には言葉をきわめて陳謝している。ロシア人たちもおどろいたであろう。同時に、兇刃をうけた当の被害者である皇太子の心情からすれば、津田の事件といい、畠山勇子の異常行動といい、日本人というものがぶきみになったにちがいない。

日本人が集団で昂奮するとき、後世からみると、ちょっと理解のとどきかねる現象がおきる。陳謝が、ちょうど流行現象になった。仏教のあらゆる本山において「御《ご》平癒《へいゆ》大祈《だいき》禱《とう》」がおこなわれたのはまだいいとして、東北地方のある村では、村会で、

「今後、出生児に三蔵という名前をつけてはいけない」

という決議をした。

このあと、皇太子は母后からの指示で日本のホテルに滞泊することをやめ、神戸港内に碇泊中の自分の軍艦にうつることになった。それをきいて明治帝はふたたび西下し、神戸港の桟橋まで皇太子につきそい、ランチが桟橋をはなれて軍艦につくまで見送られた。ニコライ二世と日本とのつながりには、このような事件がある。

「猿」

とかれが日本人のことをそう呼んだ気持には、感情家だけにこの事件も重要な要素をなしていたであろう。

スラヴ人という民族は、本来、侵略的でないというのをさきにのべた。

このことには、いますこし註釈が要る。侵略的でないというのは、たとえばノルマン人のようではない、という程度の、つまり比較からきた印象である。

ついでながらノルマン人というのは、

「北方の人」

という意味である。五千万キロという大氷河のあるスカンディナヴィア半島やデンマークにいた民族で、古くから航海に長じ、冒険性に富み、性格は剽悍《ひょうかん》で、民族ひとぐるみが海賊というしごとにもっとも適していた。ヴァイキングとよばれる連中がそれである。

このいわば野蛮（当時の基準でいえば非キリスト教的）なこの民族は、八世紀から十二世紀という長期間にわたってヨーロッパの他の農耕・牧畜地帯をあらしまわった。東西フランクもさんざん

な目にあい、アングロ・サクソンのイングランドもこの民族のために征服された。南イタリアもシシリー島も同様であり、ノルマン人はヨーロッパのほうぼうでノルマン王朝をひらき、かれら自身も被征服民族と混血し、同化し、キリスト教化し、この「かきまわし作業」によってヨーロッパというものが、人文的に渾然《こんぜん》たる一ツ圏になる結果をつくった。

スラヴ人も、九世紀にノルマン人に征服された伝説をもつということはさきにのべた。「原初年代記」がつたえるロシア建国の神話は、当時スラヴ人の数多くのグループがたがいに相剋《そうこく》しあってまとまりがつかなかったため、自分たちの統治者を輸入するため、本来もっともおそろしい戦闘民族であるノルマンに使いを送り、

「われわれは豊かな地域にすんでいるが、しかし秩序をもっておらぬ。汝らヴァリャギ（ノルマン）よ、われわれのために来《きた》って君臨せよ、支配し、秩序をつくってもらいたい」

と、申し入れた。これによってノルマンの一氏族が北方から南下し、ロシア地帯を支配し、最初の王であるリューリックがスラヴ人をおさめた。これがキエフ国家のはじめとされている。もっとも現在のソ連ではこの伝説をみとめたがらない。

要するにスラヴ人は、歴史のながい期間にわたってノルマン人のような冒険心と運動性に富んだ侵略はやっていない、というのが、前述の、「スラヴ人は本来侵略的でない」ということばの背景にある。

が、ピョートル大帝のロシア近代化によってこの民族も、他のヨーロッパ諸民族からみれば遅い目覚めであったとはいえ、国家的膨脹をしようとする動きがめだってきた。

アジアに対する関心は、シベリアの毛皮への魅力が中心になっていたということはさきにのべたが、ピョートル大帝以後、それにくわえて不凍港《ふとうこう》を得たいという関心がしだいにふくれはじめた。

その後、ヨーロッパでの他の国と紛争があればその期間だけ東への伸張活動は弱るか、休止するが、西の問題が片づくとふたたび東へ活動するという、そういう活動のしかたが、この大帝国の生理的習慣のようになった。

ロシア帝国が極東侵略の野望を露骨にあらわしはじめたのは、わが国の年代からいえば、江戸中期から後期にかけてである。

その地名に、

——東を征服せよ。

という意味があるというウラジオストック（浦塩）をロシアがシナ（清国）からゆずらせたのは、日本が攘夷熱にあおられていた安政五年、一八五八年である。

この時期になると、ロシア帝国の侵略熱はすさまじくなる。帝国主義の後進国であっただけに、それだけにかえって目覚めたとなると、いかさにかかったような侵略の仕方をした。日本の幕末ごろからしきりにシナ領に食指をうごかした。

満州をふくめたシナ地帯は、シベリアとはちがい、漢民族の独立国である。しかも紀元前から存在した文明圏であり、土足で踏みこむわけにはゆかず、他のヨーロッパ諸国はおなじ侵略をす

るにしても老巧な手段をもちいたが、ロシア人たちはこの点露骨であった。

その露骨さは、他国の例よりも日本に対しておこなわれた例で感じとるほうが、実感があるかもしれない。例の一八六一年文久元年、ロシア軍艦によって対馬《つしま》が占拠された事件がある。

当時、

「極東を争う者は、英国とロシアである」

といわれ、このことは日露戦争当時までつづく。ともかく、日本の幕末、英国も、この朝鮮半島と九州のあいだの海峡によこたわる島に対し、執拗《しつよう》な関心をよせた。領有して軍港と商港をひらきたかった。もし英国が対馬を領有すればロシアはどうなるであろう。

南下策が、一頓挫する。沿海州とウラジオストック港を得てこれに一大海軍基地をロシアは作ろうとしているが、対馬で英国に塞《ふさ》がれることによって、せっかく制圧下におこうとしている日本海は、ロシアにとってダム湖になってしまい、ウラジオストックの艦隊が南下してシナへゆきにくくなる。

「英国は、対馬島のまわりを測量している。かれに侵略奪取の野心があるから、貴政府はロシアに加担せよ。ロシアはこの島に英国からまもるための砲台を築いてやる。大砲も提供してやる」

と、ロシア政府が、外交官コスケウィッチをして江戸幕府にいわせたのは、文久元年二月である。幕府は、ことわった。

が、同時にロシアは実力行動に出ていた。ビリレフという男を艦長とする軍艦が二月三日、対馬へあらわれ、尾崎浦に投錨し、十二日、大船越《おおふなこし》の番所付近に陸戦隊を上陸させ、番所の小者安

五郎という日本人を射殺し、さらに番所にいた郷士二人を捕虜にし、番所に置いてあった武器や物品いっさいを略奪し、村へ押し入って牛七頭ほか金品をうばい、軍艦にひきあげた。こういう強盗式の侵略方法が、ロシアのやりかたである。

その後も、軍艦は去らない。

対馬は、宗家《そうけ》十万石の藩で、厳原《いずはら》（府中）を城下としている。むろん古代から日本のうちで、「魏志《ぎし》」にも倭《わ》（日本）の領域の一つとして出ている。

ロシア軍艦はこの対馬のその碇泊地付近を占領したまま去らず、対馬藩ではこれに対し退去方を交渉したが、ロシア側は相手にしない。

ロシアが占領している近辺の村々は、ロシア水兵の掠奪《りやくだつ》暴行にたえかね、村をすてて山中に入り、野宿した。対馬藩は江戸へこの暴状を急報した。

飛脚の往復に日数がかかるため、幕府から交渉役の小栗上野介《おぐりこうずけのすけ》がやってきたのは五月に入ってからである。同月十日、ロシア側の艦長ビリレフと面談した。ロシア側は、

「幕府代表よりむしろ対馬の島主（藩主）に面談したい」

という意向で押してきた。幕府側がいうのに、交渉相手は幕府である、藩主はなにも知らない、ということであくまでもつっぱねたが、ロシア側はきかず、ついに小栗はそれについての幕府当局の訓令をうけるべくひとまず江戸へ帰った。対馬滞在は二週間ほどであった。

その間、ロシア代表は対馬藩の交渉役（家老仁位孫一郎）と対面し、ロシアの意向をつたえてい

る。

このときのロシア側の発言内容は対馬藩の公式記録でのこっているが、ロシアの帝国主義というものがどういうものであるか、この記録はその内臓のにおいまで蒸《む》れにおわせているようである。

ロシア側はいう。

「昼ケ浦から芋崎までの土地を租借《そしやく》したい。このことはさきに英国からも将軍家にねがい出ている（筆者註・うそである）。江戸役人はロシアに好意的で、かれらのいうのに対馬藩さえかまわなければどうこうといっている（筆者註・これもうそ）。だから対馬藩から租借かまいなしという書きつけをわれわれにさし出してもらいたい」

「英国人の本意は、対馬を借りうける上は対馬の日本人を追い出すつもり（筆者註・根拠のないこと）だが、ロシア人はそういうことをしない。われわれは対馬藩の利益をはかろうとしている。たとえばわれわれは先般朝鮮へゆき、沿岸を測量した。朝鮮ぐらいは、われわれの武力ですぐ奪《と》れるのだが、もし君たちがこの島の一部をロシア人に貸してくれるなら、ロシア帝国は朝鮮を奪って対馬藩にさしあげる。対馬藩は大大名になれるではないか」

「そのかわり、こういう条件をのんでもらいたい。右の租借地をロシアにさし出すほか、牛島から大船越までの浦々はロシア帝国の警備地にする。他国人がきても、相手になってはいけない。ロシア人がその相手をする」

要するに対馬の主権をロシア帝国にわたせというのである。そのかわり朝鮮を呉れてやるとい

う。朝鮮こそいいつらの皮であろう。

この結着は、駐日英国公使がその艦隊勢力を背景にロシア側に抗議し、軍艦の退去を要求したことによって落着した。対馬はあやうくロシアの領地になることをまぬがれた。

ロシアが右のように対馬で侵略さわぎをやったのは、アレクサンドル二世の治世である。

その前の皇帝であるニコライ一世は、その晩年においていわゆるクリミア戦争をおこし、セヴァストーポリの要塞で大いに戦ったが、敗戦し、敗戦のさなかに没して、右のアレクサンドル二世が立った。

ロシアの南下侵略策というのは代々の方針であったが、この帝もそれを試み、トルコと戦って勝利をえたが、英国その他の干渉外交にやぶれ、結局はヨーロッパにおける南下策に失敗した。ヨーロッパでの失敗を極東でとり戻そうというのが、ロシア外交の基本性格である。このアレクサンドル二世のときに、しきりにカラフトや千島に勢力をのばし、日本にあっては幕府を憂慮させ、論客に北方防衛論をとなえさせ、志士たちを悲憤させ、やがては維新による国家統一への大きな刺戟剤になるにいたった。

このアレクサンドル二世が虚無党員に暗殺されるにおよんで、一八八一年、日本の明治十四年、アレクサンドル三世が三十七歳で即位した。在位は明治二十七年の死までつづく。

このひとの子が、大津で兇漢のために負傷したニコライ二世で、日露戦争を能動的におこした人物だが、しかしおこさざるをえなくなったロシア側の条件は、アレクサンドル三世のときにす

でに熟《う》れている。

ロシア的宿命である極東伸張と、極東において南下して不凍港をえたいというこの国家の欲求が、このアレクサンドル三世の治世にいたって史上空前ともいうべき活潑さを示した。

アレクサンドル三世とその政府は、ヨーロッパで南下しようとする意思（たとえばバルカンへの野心）をすて、対外政策の重点をはっきり極東にむけた。一八八九年、わが明治二十二年、シベリア鉄道を起工するとともにその政策はいよいよ露骨になった。

もっとも、この帝よりも以前の時代において、すでにロシアの極東制覇の基礎工事はできあっていた。日本の安政五年には黒竜江以北を占領し、万延元年にはウスリー江北東の広大な地を得、一方では中央アジアを逐次侵し、途中、清国領を侵しつつ南へくだってアフガニスタンに出た。将来はインド洋に出ることも夢のひとつであった。

この帝は、満州と朝鮮だけを空白にして死んだ。

征覇極東王とも諡《おくりな》すべきアレクサンドル三世が死んだのは、日本が日清戦争をはじめた年であったことは、象徴的である。

このころ、

「ロシアにとって残っているのは、満州と朝鮮だけである」

と揚言したロシアの宮廷人がいたというが、ありうべきことであろう。帝の在世中、中国本土をのぞくほか、そのまわりの広大な部分がロシア領もしくはその勢力下の領域にくみ入れられ

た。シベリア鉄道の工事がすすむにつれ、早晩、満州と朝鮮がその勢力下にひき入れられるであろうことは、もはや時間の問題にすぎない。

いわば、勢いである。ロシアの侵略主義者にとっては、満州と朝鮮は奪らねばならない。なぜならば、ロシアの極東進出の大いなる眼目のひとつは、南下してついに海洋を見ることである。不凍港を得たかった。

それには、満州を得なければならない。とくに南満州の遼東半島が貴重であった。そこには旅順、大連といった天然の良港がある。さらにはその東の朝鮮半島。これを得てはじめてロシアの南下政策は完結するであろう。ところが、日本が勃興した。

日本は歴史的にロシアの南下策をおそれることおびただしい。さらには日本防衛の生命線として朝鮮半島を重視した。この朝鮮半島を、露清両勢力から独立した地帯にすることを国防の主眼に置き、そういう朝鮮問題が争点になって日清戦争をおこした。

「日本はシナに敗けるだろう」

と、ロシアは見た。見るだけでなく、清国を応援した。

ところが、日本が勝った。勝って、その宿願どおり朝鮮から清国勢力を追いはらった。

そういう時期、

「満州と朝鮮」

というこの二つの課題をのこしてアレクサンドル三世が死んだ。自然の勢いとしてそれは後継者に継がれなければならない。ニコライ二世が二十七歳で即位した。かれが即位した月に日本海

軍は大連湾に進入し、陸軍はその諸砲台を占領し、さらに旅順要塞を陥落させた。

「猿は」

と、日本人を公文書でもそのように書くニコライ二世は、滋賀県大津で兇漢に殺されかけたことを生涯わすれなかっただけに、日本の動静について、多少の軽侮と多少の憎悪をこめずには考えられない。

「猿は、満州をむしりとろうとしている」

戦後、日本は清国との講和条約によって遼東半島を得たことはすでにのべた。それに対し、ロシアが独、仏を誘ってすかさずいわゆる三国干渉をし、

「遼東半島を清国に返せ。しからずんばロシアは独自の自由行動（軍事力行使）によって任意の処置をとるであろう」

と、日本をおどし、結局は屈せしめたこともすでに触れた。

英国が帝国主義の老熟期にあったとすればロシアやドイツは、その青年期にある。

それだけにこの遼東還付のばあい、やりかたがいかにもなまなましく、欲望と行動が直結し、そのあくのつよさは、十九世紀末の外交史上、類がない。

「シナに遼東をかえせ」

と、駐日公使ヒトロヴォーをして日本政府に談じこませたとき、公使の背後には極東水域におけるロシア艦隊があり、それらは塗装をことごとく戦闘色に変え、各艦とも弾庫に砲弾を満載

し、いつでも命令一下東京湾に侵入して砲弾の雨を東京市に降らせるだけの態勢をとっていた。日本は屈する以外になかった。時の外相陸奥宗光は、

「たれがこの政局にあたっても、屈する以外の策がなかったであろう」

と、みずからなぐさめた。

干渉側の露、独、仏は、「日本の遼東放棄は東洋の平和のためである」ということを名目としたが、ところが帝国主義外交にとって外交上の言語はつねに魔法のようなものであり、真実は武力しかない。ドイツはこのあと、いきなり膠州湾《こうしゅう》（青島《チンタオ》）を奪ってしまったのである。うむをいわせず兵を上陸させて清国からうばった。

清国には、事前に了解などは得ない。ドイツ皇帝はロシア皇帝にだけ了解をえた。この両皇帝は明治三十年八月、ロシアのペテルホフの避暑地で会合し、離宮の一室に閉じこもって密談をとげた。まず口火を切ったのは、ドイツの皇帝《カイゼル》である。

「ドイツは、アジア艦隊の根拠地として膠州湾をほしいとおもっているが、貴国にご異存があるだろうか」

皇帝《ツァーリ》ニコライ二世はかぶりをふり、

「ロシアは、天津以南の地にはいまのところ欲望を感じていない。ここではっきり申しあげておくがロシアにとって重大な関心は、旅順から鴨緑江《おうりょっこう》にいたる地域に集中している」

カイゼルは安堵し、かさねて念を押し、

「もしも、である。ドイツが膠州湾を占領するようなことがあれば、貴国は如何《いかん》」

「異存はない。むしろ歓迎する。いまロシアの対アジア政策をいたるところで妨害しているのは英国である。これに迷惑している。ドイツが来てくれればむしろ、ロシアにとって有利かもしれない」

このあと、まるで白昼の押し込み強盗のようなドイツの膠州湾事件がおこった。占領は、ロシア側を刺戟した。

その電報が首都ペテルブルグ（レニングラード）の外務省に入ったとき、すぐさま御前会議がひらかれた。メンバーは例の大蔵大臣ウィッテ、陸軍大臣ワンノフスキー、海軍大臣トゥイルトフ、それに外務大臣ムラヴィヨフである。

「ロシアとしてはこのドイツの強奪事件を利用し、このさい遼東半島の旅順、大連を占領すべきである」

と主張し、ウィッテをのぞく他の大臣がことごとく賛成し、皇帝も賛成した。

ウィッテは大蔵大臣ではあったが、閣僚中の実力者として外交問題にもつよい発言権をもっていた。

このウィッテの終始かわらなかった考え方は、極東においてはなるべく日本との衝突を避けるというところにあった。要するに日露戦争を回避するということであり、こういう考え方は、この時期のロシアの大官においてはきわめてめずらしい。

むろん、ウィッテは平和主義者ではない。

修道院的な平和主義者が、この時代の本来血なまぐさい大国の大官がつとまるはずがない。

ただウィッテは、帝政ロシアの大臣のなかにあっては、めずらしく西欧ブルジョワジーの考え方をもっていることはすでにのべた。簡単にいえばウィッテは銀行家の代表であり、その立場からいえば、

「日本との戦争は、ロシアになんの利益ももたらさないばかりか、害のみである」

という考え方をとっている。

まず、財政家として戦費の浪費がおそろしい。ロシア財政は疲弊するであろう。それに日本と戦って得るところのものは、日本列島ぐらいのものである。得たところで海をへだてて列島を支配するというのは困難で、それに列島には単一民族が人口多く居住し、それを治めるのにおそらく手を焼く。さらには、日本には米以外の産物がなく、資源もない。こういう列島をとったところでひきあうものではない(むろん、ロシアの他の大官も、日本まで奪ろうとおもっている者は一人もいなかったが)。

さらにはウィッテは、戦争の副産物としての社会問題にするどい洞察眼をもっている。すでにロシアにおける反帝政主義運動は、ロシア的矛盾のなかで癌《がん》のようにはびこっている。戦争ほど人心を投機的にさせ、社会の既存秩序をゆさぶるものはないが、この時期、ロシアがもし対日戦争をおこせば、帝政秩序はただではすむまい。もっとも、

「むしろ帝政にとって有利である」

という者が多い。大いなる外征軍をおこして連戦連勝すれば、人民の関心は一挙に戦争のほう

に集中し、人民の国家への随順心も大いに高まるであろう、というのがその論者の論点だが、ウィッテはそうはおもわない。ウィッテはすでにロシアの社会主義勢力がどこまで来ているかを十分に察していた。もし兵士に厭戦気分がおこれば戦いに負けるばかりか、負ければ後方のロシア社会は変質する。あるいは帝政は倒れるかもしれない、という危機感をもっている。

ウィッテは、およそ楽天家ではない。

「日本を刺戟してはいけない」

と、ただ一人言いつづけてきた。

もっともかれは、ロシアの極東伸張政策そのものに異存があるわけではない。その世襲的国策は、ロシア国の大臣としてむろん支持している。ただ日本を刺戟せずしてそれをやる方法はある、という側であった。

「この当時、日清戦争前後、極東に関する諸問題は、もっぱら私の管掌《かんしよう》に属していた」

と、大蔵大臣ウィッテはいう。帝政ロシアにおける大蔵大臣は、大きな権限をもっていた。帝政ロシアの体質の一部が、たまたまこういうところにもあらわれている。外務大臣のしごとはおもにヨーロッパとの「交際」であり、大蔵大臣は極東《ファー・イースト》を管掌する。極東とは、中国、朝鮮、タイ、そして日本など。そこにおこる対外問題は大蔵大臣の所管であるというのは、ロシアにとって極東とは、

「財産もしくは財産になりうる土地」

ということなのである。

もっとも、このころのロシアの各省は近代的な意味での組織とはいいがたい。

シベリア鉄道にしてもそうであった。交通大臣というものがいるのに、この鉄道の建設と運営は、初期においては大蔵大臣ウィッテのしごとであった。先帝がウィッテの才腕を見込み、そのようにせよ、と命じた。皇帝の命令は、あらゆる法律や法規に先行する。このことについて、ウィッテがいう。

「シベリア鉄道を建設してヨーロッパ・ロシアとウラジオストックをむすぶことは、先帝アレクサンドル三世がとくに私に委任された事業である」

ついでながら、いまの皇帝になってから、ウィッテはシベリア鉄道についての鉄道技術的なしごとのほとんどを交通省にゆずった。交通大臣も、ウィッテが皇帝にすいせんした。かつて鉄道局長をやっていたヒルコフという侯爵である。

この侯爵の略歴は、この当時のロシアの一面をうかがうことができる。かれはもともと近衛連隊の一士官であり、トゥヴェルスカヤ県に世襲の領地をもっていたが、一時、農奴解放がおこなわれたときその田地をみな百姓たちにくれてやり、かれはロシアをすて、アメリカへ渡った。この当時のロシア貴族のなかでの良心的な、そして能動的な、そのくせ革命などということをくわだてぬ青年の一典型であろう。

アメリカはすでに技術社会である。ここへ渡ったヒルコフ侯爵は、一労働者になった。かれは鉄道につとめた。最初は工夫になった。ついで機関士の助手になった。さらに機関士になった。

ところでこのころ、ロシアにおいて鉄道の大々的な敷設がはじまっていた。かれはたまたまロシアへ舞いもどったところを、政府はこの工夫および機関士あがりの貴族の技術を見込み、鉄道局長にしたのである。

当時のロシアの鉄道技術の段階が、この侯爵の略歴でわずかに想像できる。

ところでウィッテは、鉄道の敷設や運営という技術面こそ交通省にゆずったが、その財務面、沿線の行政面についてはなおも大蔵省の領分においていた。この鉄道は極東へゆく。自然、ウィッテは極東の地理、歴史、政治情勢については、いかなる大臣よりもくわしかった。むろん、外務大臣や陸軍大臣よりも、である。

——極東を制覇せよ。

というのはロシアの大官たちの合言葉のようになっているくせに、

「この当時のロシアの政治家の通弊として、極東についてなにも知らない。たとえばシナの国情とか、シナ、朝鮮および日本などの地理的情勢やらそれら諸国の相互関係などについて、高官たちを見わたしたところ、いっこうに知っていそうにない」

と、ウィッテはいう。

外務大臣ですら、例外でない。

「もし前外相ロバノフ侯爵にむかって、満州とはどういうところか、奉天《ほうてん》、吉林《きつりん》はどこにあるかなどを質問したところで、かれは中学二年生程度の回答しかできないであろう」

そのくせ、ロシアの極東における出先機関は決して鈍重ではない。虎のような攻撃心と機敏さをもっており、日清戦争が勃発したときも、ウラジオストックにいたロシア軍団は、どういう目的か、にわかに戦闘態勢をととのえ、国境をこえて満州の吉林にまで進出し、そこで進駐しつつ事態を観望した。この目的の真意は、なぞである。

ともあれ、首都のペテルブルグの高官たちはその程度の知識しか、極東についてはない。ひとり、ウィッテのみがもっている。ウィッテが大蔵大臣の身で、皇帝の極東問題についての諮問《しもん》にこたえつづけてきた理由のひとつは、そこにある。

ウィッテの極東感覚を知るうえで、かれが日清戦争直後に閣議でいったことは重要である。

「シナは、いまの状態にながく停滞させなければならない」

いまの状態、というのは「ねむれる状態」のままとどめておくということであり、シナにとってみればおそるべき発言である。

「停滞させるためには、いろいろの手段が必要だが、ひとつはシナの側に立ってその領土と独立を保全してやらねばならない。その独立をおびやかすようなことはすこしでもしてはならない」

ウィッテの考えは、シナを家畜にすることである。いまあせって肉にしてはならない。ロシアだけができるならよいが、他国もそれをやる。自然わけ前の肉はすくなくなるし、またそのことに反抗してシナ人の民衆がめざめてしまえばそれまでである。それよりも懐柔してロシアにとってよき家畜にすることだ、という。ウィッテはロシア人ではあったが、まるで英国人のような感覚をもっていた。

さらにウィッテは、日本を無用に刺戟することには反対だったが、日本が日清戦争で遼東半島を得たことについては他のロシア高官とおなじ立場をとった。つまり日本に遼東を放棄させ、シナに返させよ、という意見である。それによってロシアはシナに恩を売っておく。

「もし日本が返還をしぶるなら、日本のある地点を砲撃するくらいのことは、やむをえない」

と、閣議で主張した。

ウィッテの極東に対する政略は、右のようである。

結局、日本はロシアなど三国にせまられて遼東半島を清国にかえした。そのあとロシアがその遼東半島をうばったことはすでにのべた。

当時のロシア外交の思考法を知るために、ロシアが遼東半島（旅順・大連）を横どりするにいたるいきさつをみると、この閣議では当然ながらウィッテは反対している。

「シナへの背信ではないか。露支条約はどうなるのだ」

露支条約というのは、日清戦争のあとでむすばれた。シナを日本の侵略からまもってやる、という条約である。いわばシナをロシアの家畜にする条約であった。その条約締結早々それをやぶるばかりか、保護者みずからが強盗のまねをするのはもってのほかである、とウィッテはいう。

「むろん、これは道義問題ではない」

ウィッテがいうまでもなく、帝国主義外交に道義などはない。必要のために道義めかしくするのが、外交の技術である。どうせ、侵略の野心はある。それを道義で擬装することこそ大切であ

り、いま遼東をうばうことはロシアの本心をロシアみずからが暴露することである。

「シナはロシアを疑惑する。それによってわが国の極東発展に大いなる障害をまねくであろう。眼前の一片の土地のほしさに百年の国益をうしなってはならぬ」

と、反対した。

が、外相、陸相、海相は旅順・大連をとることがいかに大事かを主張してやまない。

もっとも海相は、

「私は海軍根拠地が旅順・大連でなければならぬということは申しません。むしろ朝鮮のどこかのほうがほしいのです。なぜならば朝鮮のほうが大洋に近いですから」

と、いったりした。海軍大臣というのはどの国でも、海軍だけの技術的なことしか発言しない。それに対し多くの国の陸軍大臣が対外強硬論者でありがちなように、この当時のロシア陸相ワンノフスキーもそうであった。あくまでも旅順・大連をとることを主張し、外務大臣を応援した。外相ムラヴィヨフはウィッテにいわせれば「平凡な人物であったが、非常に功名心がつよく、自分の奪取案を主張した。

あとは、皇帝が裁断する。

ニコライ二世は、ウィッテの意見をしりぞけ、外相案を採用した。

ウィッテはこれをふんがいし、回顧録に、

「われわれがもし露支条約を忠実にまもっていたら、あの恥多き日露戦をひきおこすこともなく、ロシアは極東においてゆるぎない立場を保持しつづけていたであろう」

と、いう。さらにこの奪取案を皇帝が採用した日、ウィッテはある皇族に会い、腹だちまぎれに、

「殿下よ、きょうの日を御記憶くださいますように。この日の第一歩が、ロシアのためにどのようにおそろしい運命をもたらすかをとっくり見てくださらねばなりませぬ」

と、ささやいた。

ウィッテは、日露戦争を予想した。

さらにはその敗戦も予想した、とウィッテ自身、その回顧録で語っているが、そこまでは信じることができない。過ぎたことをふりかえるとき、人間は神になりうる。こうなることを私だけは知っていたのだ、と当時の渦中の当事者がいうほど愚劣なことはない。

ウィッテは、閣僚として渦中にいた。

「遼東半島を強奪したことがロシアののろわれた運命の第一歩だった。私のみがそれを知っていた」

と、ウィッテは言いながら、遼東半島をシナからとりあげるということをニコライ二世がきめたあとは、ウィッテはかれ自身の反対論をすて、その半島をとりあげる方向にむかってかれは、その能力を使用した。官僚は、一個の機能である。皇帝の大臣である以上、しかたのないことであったかもしれないが、ウィッテのいう「没落への第一歩」に、ウィッテ自身も力を貸したことはまぎれもない。

「卿《けい》よ、卿は反対したが、しかし私はそれを決めた。わが艦隊はすでに陸軍部隊をのせて遼東半島にむかっている」

ニコライ二世は、食卓の話題のような調子でウィッテにそう告げた。ウィッテは、無言で頭を垂れた。皇帝専制の国家である以上、やむをえない。

皇帝がいったときはなお航海中だったロシア艦隊は、明治三十年十二月十八日、旅順と大連に入り、上陸し、占領した。中国人は、仰天した。

すぐ年が明けた。その一月一日、ロシアでは陸軍大臣が交代した。その後任には、陸軍部内の秀才として名声の高いクロパトキン将軍が就任した。

「かれは年がまだ若く、理解力に富み、頑固ではない。私が説けばいかにこんどの冒険策が将来への禍根になるかを理解してくれるのではないか」

ウィッテはそうおもった。いったん奪った旅順・大連を放棄するというそれである。

が、実際はクロパトキンも、ウィッテのいう冒険主義者であった。かれは最初の閣議において強硬に主張したことは、前任者以上の内容であった。

「旅順と大連を奪っても、それは港だけのことだ。港をまもるために大いなる要塞をつくらねばならないが、それには遼東半島のすべてが必要である。シナに対し、それを要求すべきである」

結局、これが採択された。

清国にあっては、独裁権をもつ西太后《せいたいこう》がこの時期、北京郊外の別荘地にいたが、ロシアの要求に対し、かぶりをふりつづけた。すでに英国と日本の外交筋から手が入っており、決してご承諾

なさらぬように、万一のばあいは英国と日本が清国をまもります、ということを西太后にきかせていた。

このため西太后の態度はきわめてかたかった。

しかし、ウィッテには、手がある。

ウィッテの手とは、賄賂《わいろ》である。

シナ人官吏に対するロシア人の見方は、

「かれらシナ官吏は、すこしでも仕事をすれば当然報酬があるものとおもっている。この呼吸をのみこんでいなければ、シナで外交のしごとをすることはできない」

というものであり、ウィッテはそれをやろうとした。賄賂の相手は、李鴻章《りこうしよう》である。

この清帝国の国政の枢機《すうき》をにぎる権勢家については、ウィッテは以前、李鴻章がロシアの戴冠《たいかん》式《しき》にきたとき、ペテルブルグで会って知っている。

「かれは私の見た偉人中の偉人である。かれはヨーロッパ風の学者ではなかったが、シナにおいては大学者であった。そのうえなお尊敬すべきことは、明敏な頭脳と常識の発達していることである」

ウィッテは、そうほめている。ウィッテは露支条約を締結するためこの期間、李鴻章と折衝を大いに深めたのだが、李鴻章の政治哲学を知るうえで印象的なことばをいくつかきくことができた。

戴冠式はモスクワでおこなわれた。その行事のひとつとしてモスクワ近郊の広場ハドゥインカで群衆の自由参加をたてまえとする園遊会が企画された。ここに新帝が親臨して親しく群衆の祝賀をうけるのだが、ところがその朝未明、はやばやと来集した群衆のために混雑し、二千余人という死傷者を出すにいたった。

その惨事のあと、李鴻章の馬車がきた。李鴻章は馬車をおりてウィッテに近づき、

「惨事のあったことを陛下はご存じですか」

と、きいた。ウィッテは当然ごぞんじである、なぜならそういうことは所轄大臣からすぐさま報告するから、と答えると、李鴻章は物憂げにくびをふり、

「どうも貴国の政治家たちは経験が足りないようである」

と、訓戒するような調子でいった。

「私がむかし直隷《ちょくれい》省の総督であったころ、管内で流行病が猖獗《しょうけつ》して毎日——毎日である——何千人という死者が出た。しかし私は皇帝に対してそれを報告せず、管内は平穏無事で民衆は生を楽しんでおります、という報告ばかりしていた。どうせ救いようのないことを、いくら報告したところで君主の心を悩ますだけのことではないか」

それが、東洋式というものであろう。ロシア人は西欧人的基準からみればその思考法に東洋色がつよく、そのぶんだけロシア人自身も遅れていると考えている。ウィッテはこの李鴻章のことばをきいたとき、ひそかに、

（われわれロシア人のほうが、やはり進歩しているな）

と、おもった。

ウィッテは、北京駐在財務官ポコチロフに電報をうち、李鴻章とおよびそれに次ぐ権勢家である張蔭桓《いんかん》に賄賂をおくることを命じた。李には五十万ルーブル、張には二十五万ルーブルである。かれらはそれをうけとり、西太后に対しロシアの要求をきき入れるよう巧みに説き、承知させた。

遼東半島は、ロシアのものになり、明治三十一年三月十五日、調印された。

ロシアがわがものにした遼東半島南端地方は、ふつう、

「関東州」

とよばれている。以下、そうよぶ。満州大陸が南にむかって垂れて遼東半島になり、さらにその先端が小指のようにのびた半島で、小指の骨としての脊梁《せきりよう》山脈はきわめて低く、地形は丘がひくくうねるように起伏するのみで、高峰はない。三方海に面し、おもな湾としては西に金州湾、東に大連湾があり、先端のせまい湾入部に旅順港がある。旅順には、

——シナ人がつくったおもちゃのような要塞（ウィッテの表現）

がある。先年、これを日本軍が一日で陥落させた。そういう容《い》れものができた以上、

「ここに大要塞をきずき、大海軍を建設せねばならぬ」

ということが、ロシア軍部の緊急でかつもっとも重大な課題になった。極東海軍というものである。のちにウラジオ艦隊、旅順艦隊ということで、アジアにおけるもっとも大きな海上勢力に

なったものである。

皇帝は、裁可した。

「しかし、ウィッテはゆるすかどうか」

と、皇帝は軍部大臣にいった。ウィッテは大蔵大臣であり、ロシアの金庫番である。ウィッテがそれに否《ノー》を発すれば問題がめんどうになるのである。しかしウィッテは、予算外の非常支出ながら、それを捻出《ねんしゅつ》した。総計九千万ルーブルという、気の遠くなるほどの巨額である。

このロシアの関東州租借があった時期から、シナではいわゆる義和団が蜂起し、さわぎがまたたくまに北シナの天地をおおった。

「拳匪《ボクサー》」

ともいう。

この時期、列強はあらそって中国に土地や利権――たとえば鉱山の開発権――を得、鉄道を敷き、さらには大量の商品を流入させた。このことは中国のふるくからの経済社会を大混乱におとし入れた。商品の流入は農民の副業をうばい、鉄道や河川の汽船便は船頭や飛脚を失業させ、その他、はかりしれぬ破壊をもたらしたが、それによってあぶれた農民が各地で暴動をおこし、それが次第に義和団運動に吸収されてゆくにつれて暴動の範囲がひろくなった。義和団が攘夷団体であることは、

「扶清《ふしん》滅洋」

清をたすけ洋をほろぼすというスローガンによってもわかるが、一面では宗教団体でもあり、

武器として拳《けん》を用い、指揮者以外は刃物を用いず、拳法を修得することによって神霊が体にのりうつり、刀槍から身をまもることができるというもので、この集団が、各地で外国人を襲い、外国商社を焼き、鉄道をこわし、電信所を襲った。ついには流民だけでなく小地主階級までこれに加わり、中央政府や地方政庁までが陰に陽にこれを応援するにいたった。

「この痛烈な排外運動は、ロシアやドイツが先鞭《せんべん》をつけた土地掠奪や権益強奪が導火線になったのだ」

と、中国を食肉でなく家畜として飼育しようとするウィッテは、そういう見方をとった。

民族には、ごく土俗の感情としてナショナリズムというものがある。

ときによってこの言葉は、国家主義という意味につかわれたり、国民主義あるいは民族主義の意味でつかわれたりするが、要するに民族がもっている決して高級ではないがごく自然な感情——たとえば自分の村を愛して隣村をののしったり、郷土を愛してその悪口をいわれると腹をたてたり、といったふうの土くさい感情——のことであろう。

侵略は、それを刺戟する。侵略とは単に他民族の土地に踏みこむという物理的な行為ではなく、その民族のそういう心のなかへ土足で踏みこむという、きわめて精神的な衝撃をいう。

結局はナショナリズムを誘発し、このため一民族が他の民族の領域にふみこんで成功した例は、歴史のながい目でみればきわめてまれである。結局は、報復される。

ところが十九世紀末のヨーロッパ人は、

「中国人にはナショナリズムはない」

とみた。

そのために軽侮した。されるほうにとってはわりにあわないはなしだが、ナショナリズムのない民族は、いかに文明の能力や経済の能力をもっていても他民族から軽侮され、あほうあつかいにされる。十九世紀末、日清戦争ののち、ヨーロッパ人や日本人が、中国人をにわかにばかにしはじめたのは、どうやらそういうことであるらしい。

——この民族には、なにをしてもいいのではないか。

と、かれらは思いさだめたとき、あらそって中国から利権や土地をむしりとった。

が、その見定めは錯覚であった。

なるほど漢民族は、

「清《しん》」

という異民族の帝国に対しては、たとえば日清戦争のときのように無自覚な怠業《サボタージュ》をしてやぶれたが、明治三十年以後のロシア、ドイツ、英国などがやった土地の分捕りさわぎに対しては、これはべつであった。農民自身が、外国人の敷く鉄道のために土地をとりあげられ、外国人の商工業進出によって手工業をうばわれ、じかに被害をうけた。キリスト教の大がかりな進出も、かれらの土俗的な信仰感情を刺戟した。

かれらは、ようやくナショナリズムを刺戟された。

「扶清滅洋」

という、当時の漢民族にしてはめずらしく国家的な、つまり清王朝をたすけようというスローガンが義和団によってかかげられたのはその事情による。義和団が白蓮教《びゃくれんきょう》という土俗の迷信宗教で統一されたのも、また「洋夷」の宗教に反撥するそういう事情によるのであろう。

さらには天災がかれらの猖獗《しょうけつ》をたすけた。

北シナでは連年天災がつづいている。黄河や淮河《わいが》がはんらんして田畑をながし、農民は流動した。ひでりもつづいた。イナゴの害もあった。農民は土地を離れた。

渦をなして移動し、それが義和団になって外国人の土地、建物、施設をおそった。

義和団さわぎは、天地を覆うようないきおいでひろがり、いたるところで官軍をやぶり、ついには首都北京に入った。およそ二十万人の義和団が首都で掠奪、放火をくりかえし、ついには清国政府も公然これと手をにぎった。

かれらは、外国公館員をも殺した。明治三十三年六月十一日には日本公使館書記生杉山彬《あきら》が殺され、同二十日にはドイツ公使ケトラーが殺された。

が、外国側は手のくだしようもない。北京に居すわっているのは義和団であり、それを応援しているのは官兵である。諸外国の公館は、孤立した。

だけではない。ドイツ公使が殺された翌日、清国政府はもはや自暴自棄のような行動に出た。列国に対する宣戦布告の上諭《じょうゆ》を政府軍と義和団にくだしたのである。

北京在住の外国人はそれぞれの公館をトリデとして籠城し、救援軍を待った。

が、諸外国はなにぶん本国が遠く、急には大軍を送れない。日本は、近い。

「日本が、大兵を出せばいい」

と主張したのは、日本と協調的な英国であった。米国もそれを支持した。が、ドイツとロシアは難色を示した。かれらにすれば、大兵を出した国が戦後処分において大きな利権をつかむというのである。ロシアとドイツはこの時期、帝国主義的欲望のつよさという点ではつねに息せき切ったような思考法をした。

結局は日本が、連合軍の総兵力の二万余のうち大部分を送ることになり、この連合軍に仲間入りしたことが、中国における列強《ザ・グレート・パワーズ》の位置をあらたに占めることになった。日本は、広島の第五師団がうごいた。この師団の兵站監《へいたんかん》として、この時期すでに騎兵大佐になっていた秋山好古《よしふる》も出征した。この外征は、日本では北清事変という。

ロシアのことである。

当初、非侵略論を主張して孤立していたウィッテは、

「みたことか」

という気持がおさえきれず、たれかれなしにそれを言い、ふんがいした。ロシアが関東州（遼東半島）さえ強奪していなければこういう義和団事件などはおこらなかったはずだというのである。ウィッテにいわせればたとえ義和団を武力で鎮圧してもこれが導火線になってそれからそれへと国際紛争を誘爆させてゆくであろうというのである。

それを軍閥の総師である陸相クロパトキンにもいうと、

「冗談じゃありませんよ、伯爵」

と、クロパトキンは意気軒昂としていた。

「北京へ兵力を出す。が、義和団は北京だけにいるのじゃありませんからね、満州にもいる。われわれは満州にも大軍を出す。そのまますわりこんでしまう。満州は自然ロシアのものになる」

軍部ではすでにそのような手配りを完了してしまったらしい。

満州。

アジア大陸の東部に位置するこの広大な山河ほど、古来、多くの民族の興亡をかさねた地域はすくない。

ふるいころは、漢民族の領域ではない。

漢民族にとっては不可解な心と言語と習慣をもつ民族が、ここにいた。この言語はおそらくウラル・アルタイ系に属し、日本語もまたその縁類につらなっている。

漢民族はこの不可解な連中をよぶのに、紀元前は、

貊《ばく》

濊《わい》

などとよんだ。貊というのは豸というムジナヘンがついている。漢字のおこりからいうと、ネコが背を高くまるめ、息を殺してネズミをねらうカタチをとったもので、そういう連想から豺《やまいぬ》、豹《ひょう》、貂《てん》といったたぐいのものの文字ができたが、中華民族にとっては、文明のそとにいる

野蛮人がいかにも半獣的なものに感じられていたことがおもしろい。ついでながら日本人というのは「倭《わ》」とよばれる。体格上の印象として姿勢がシャンとしておらずなんとなく小さくてひねこびているさまがこういう文字になったようだが、それでもニンベンがついているだけでも幸いとしなければならない。貊は騎馬民族で、狩猟や牧畜をやり、濊はサンズイがついているように、海のほとりで漁撈《ぎょろう》をしてくらしていた。

その後、その満州は漢民族の帝国の版図になったり、離れたり、ときには高句麗《こうくり》や扶余《ふよ》といった部族連合国家がうまれたりしたが、やがて七世紀の末、唐のころ、南満州に本拠をおく渤海《ぼっかい》帝国がうまれ、平安時代の日本と国交をもったりした。このころの民族名は、漢民族から靺鞨《まっかつ》とよばれていた。革ヘンである。

はるかにくだって、民族名が女真《じょしん》とよばれるようになったころ、金帝国がおこり、やがてそれも衰亡し、満州はモンゴル人の元帝国の支配下に入り、それにつぐ明《みん》帝国もここを支配下におき、明がおとろえると、満州にいた女真族が興って中原《ちゅうげん》に侵入し、明をほろぼし、清帝国をたて、その清が日本と日清戦争をおこすにいたる。

清の王室は、漢民族にとっては蛮夷である女真——ツングース人種——だが、かれらにとっては満州が故郷であり、この地を神聖視してきたが、十七世紀の後半以来、いままでとはまったくちがう異民族にこの地がねらわれることになる。

ロシア人である。

この種族は、十九世紀後半いらい執拗《しつよう》に侵略をくりかえし、すでに黒竜江以北、ウスリー江以

東を奪い、ついで関東州をとった。さらに義和団事件によって全満州を得ようとしている。

いわゆる北清事変で連合軍を組織したのは英、独、米、仏、伊、墺《おう》の六カ国と、日本とロシアである。日露両軍がもっとも人数が多く、主力をなした。

各地で清国軍や義和団をやぶりつつ八月十四日、ついに北京のかこみをやぶって入城し、各国公館員や居留民をすくうことができた。

キリスト教国の側からいえば、いわば正義の軍隊である。しかし入城後にかれらがやった無差別殺戮《さつりく》と掠奪のすさまじさは、近代史上、類を絶している。

かれらは民家という民家に押しこんで掠奪のかぎりをつくしたばかりでなく、大挙して宮殿にふみこみ、金目のものはことごとく奪った。

ロシア軍は、司令官のリネウィッチ将軍みずからが掠奪にくわわった。

「これは風説ではなかった。私はその後、北京駐在の財務官ポコチロフから非公式に情報をうけとって、その風説が事実であったことを知った」

と、ウィッテはいっている。

ただし、日本軍のみは一兵といえども掠奪をしなかった。

北京占領後、各国が市内をいくつかに分割して警備を担当したが、日本軍の担当地区ではいっさい掠奪暴行事件はおこらず、避難していた中国人もこれをききつたえてぞくぞくともどって来、復興がもっとも早かった。日本国は条約改正という難問題をかかえており、「文明国」であ

ることを世界に誇示せねばならず、そのため国際法や国際道義の忠実なまもり手であろうとした。

「すでに白人ですらやっているではありませんか。われわれだけが行儀よくする必要はない」

という者もいたが、占領地の軍政長官である中佐柴五郎がそれをおさえつづけた。柴五郎は秋山好古と士官学校の同期であり、真之とは米西戦争の観戦武官としてキューバで一緒だった。

ただしこの軍規厳守も、柴五郎がのちに他に転出するとともにくずれた。

「陸相クロパトキンは、この事変にさいして大変軽率な行動をとった」

と、ウィッテはいう。

軽率な行動とは、ウラジオストックの兵をうごかしただけでなく、なんと大げさにもヨーロッパ・ロシアからも大兵を派遣したのである。

シベリア鉄道で極東へ送られたロシア軍は、このまま全満州を占領し、居すわってしまった。むろん、違法である。

——日本は、どう反撥するか。

というのがウィッテの心配であったが、このころから極東に関するかぎり、ウィッテの発言力は大いに弱まっている。

北清事変がおわってから、列強は清国に駐屯軍をおいた。

名目は居留民の生命財産の保護ということであった。むろん、権益の保護もする。これを清国

の側からみれば、すでに独立国としての体面も威厳も地に堕《お》ちたといえるであろう。義和団さわぎの結末である。このさわぎが中国史にとってどういう位置を占めるかはむずかしい問題だが、なににしてもこの時期は功罪のうち罪のほうがはるかに大きい。

連合軍解散後、各国の駐屯軍司令部は北京と天津におかれた。日本も同様である。各国ともなかば恒久的な駐屯であった。天津における日本の司令部は、

「清国駐屯軍守備隊司令部」

と呼称された。

司令官に任命されたのは、すでに大佐に進級している秋山好古である。

天津というのは首都北京の外港にあたる経済都市で、明の永楽年間にはじめてここに城郭がきずかれ、街《まち》の体《てい》をなした。

清になってからいよいよ街は栄え、やがてここが直隷《ちょくれい》省の首府になり、直隷総督が、保定と天津との二カ所にかわるがわる駐《とど》まるという政治都市になったが、ほどなく開市場になり、華北における外国貿易の基地になった。居留民も多い。当然、義和団さわぎのころはこの街も義和団によって占拠され、連合軍の攻撃目標のひとつになり、その砲撃によって城壁がこわされた。戦後、さらに残存していた城壁も連合軍の手でこわされ、無防備都市になった。日本も列強にならってここに租界《そかい》（外人居留地）というものを置いた。

「北清事変で三井大儲け」

という記事が、この年の一月六日付の報知新聞に出ている。三井物産は去年義和団さわぎのた

めに損害をうけたが、その後はこの事変のためにかえって大儲けし、馬蹄銀《ばていぎん》の売買だけで百万円の利益をあげた、と。その三井の中国における根拠地も天津の日本租界にある。

「アジアにおける二十世紀は北清事変の砲煙がしずまるとともにひらけた」

と、天津在留の外国人たちはみな口ぐせのようにいった。

この明治三十四年は、二十世紀の第一年にあたる。中国にとってはさんざんの年であったが、中国利権で飽食しようとする列強にとってはこれほどありがたい夜明けはなかったであろう。

「帝国国民の世界的雄飛をなすべき新しき世紀は来れり」

と、この年の元旦、時事新報もその社説に書いている。

「新舞台は東洋にひらけんとす。わが国民は大いに奮発してこの新舞台に優者の地位を占むるの覚悟なかるべからざるものなり」

そのころの天津領事は伊集院彦吉という鹿児島県人である。好古がすきで、多い日には朝晩二度も駐屯軍司令部にやってくる。伊集院はこれを、

「秋山見物」

と、自分でいっていた。

ある日、

「どうも、秋山君、日本租界はきたないですな」

と、窓のそとを見ながらいった。

むろん、雑談である。

「欧州各国の租界にくらべて、肩身のせまいことです」

といったが、きたないといっても好古に責任があるわけではない。この時代、軍人はあくまでも一介の武弁《ぶべん》で、政治の圏外に立つことを美徳としていたし、好古はとくに生涯そうであった。かれは政治どころか、陸軍部内の人事軍政にすらきわめて消極的な態度をとりつづけた。

「なるほど」

窓をふりかえって、なにがおかしいのか、急にはじけるような笑い声をたてた。

「おっしゃるとおり、きたないですなあ」

八月のはじめで、陽ざしが烈しい。土がかわき、わずかな風がふいてもそのあたりが黄色くなるほどほこりが立ち、樹木もすくない。貧弱な日本風家屋や商店、事務所のようなものが建ちならんでいるが、道幅もせまく、ぜんたいが猥雑で、欧州人の目からみればスラムのような風景であろう。

日本租界は、土地がひくく、ひと雨ふると水があちこちにたまり、雨季には湿地帯になる。かといって下水道をつくるという智恵も金も日本人にはなかった。

南どなりに、英国租界があり、北東はフランス租界に接しているが、そこでは石造や木造の大《たい》厦《か》高楼《こうろう》がならび、道路はレンガ舗装され、街路樹が風にそよぎ、日本租界にくらべると、ひと目で文明の落差がわかる。フランス租界の北むこうのイタリア租界ですら、日本のそれよりもうつくしい。

もっともひとつには、かれらは北清事変以前からここで町づくりをしており、作りあげるだけの資力のある商人がここに居留している。日本租界は新設のうえに、ここへやってきている連中が着のみ着のままのいわゆる一旗組がほとんどであったことによるであろう。

「貧なるかな、ですな」

窓外の光景を見ながら、これだけ貧乏な国の納税者が、欧米と似たりよったりの軍隊をもっていることに、あらためてあきれるような思いがした。

「日本とは、つらい国ですな」

と、好古は伊集院のほうにむきなおっていった。つらい、とはどういうことか、好古も説明しない。伊集院も質《ただ》さない。

外国にきてみてたがいの姿をみれば、なんとなくわかるような感じなのである。

しかしこの風景をみて、日本人のつらさをぼやいているだけが能ではあるまいとおもい、

「せめて、道普請《みちぶしん》でもしましょうか」

と、好古はいった。

道路をひろげるのである。ひろげるだけでなくカマボコ型につくって排水をよくし、道のまわりに陽よけの街路樹をうえれば、わずかでも街としてみられるであろう。

「しかし、予算などありませんよ」

と、領事伊集院彦吉がいった。

「いや、いいです。ちかく私の隷下《れいか》に工兵が一個小隊入ります。工兵にやらせれば、まあただです。日本人は、金よりも体をつかってなんとかやってゆく以外にありません」

数日して、工兵小隊がやってきた。小隊長は中柴末純中尉である。

かれらは、広島からきた。天津に上陸し、白河《はつか》のほとりで露営し、小隊長の中柴中尉のみが好古に申告すべく司令部をめざした。

司令部といっても、急造のバラックである。

このあたりは海光寺という寺のあったところで、そのひろい敷地を中国から借り、ここに司令部と兵営が建てられるはずであった。

「秋山司令官どのは?」

と、中尉が、司令部の曹長にきくと、いま領事館のほうにいらっしゃる、という。

中尉は、領事館庁舎へ行った。ここは以前からある建物で、まずまずイタリア領事館ほどの建物である。

入って中庭に面したところが大広間になっている。中庭に陽があたっているため、ソファにもたれている人影が黒い。騎兵長靴をはいた脚が、ソファの横にはみ出ている。

騎兵長靴は、むかいの平服のひと――あとで伊集院領事であることがわかった――としきりに話している。

「工兵中尉中柴末純ただいま到着いたしました」

と、中柴は赤い絨緞《じゅうたん》の上で直立不動の姿勢をとった。騎兵長靴がゆっくりと立ちあがったと

き、中柴は一瞬、迷った。西洋人の将校かとおもった。が、将校はすぐ、

「私が秋山じゃが」

と、のんきそうな声を出した。あとはじつに簡潔で要領のいいあいさつをした。

「貴官を待っていた。世話になる。あすにでもくわしく話そう」

と言い、大きな目をわずかに細めた。隆《たか》い鼻、赤い頰、そして髪がやや茶っぽい。というより、その茶っぽい髪もほとんどなく、前頭部は帽子で蒸れるのか禿げている。齢は四十をすぎて二つ三つというのに、ずいぶん早い。

その翌日、司令部にゆくと、好古は係官をよび、日本租界についてのいっさいの図面を中柴中尉にわたさせた。

伊集院領事が、

「秋山見物」

と称して毎日のように好古に会いにきたように、好古は日本人だけでなく、天津駐在の欧州各国の軍人や、清国の官民にも人気があった。とくに清国人にいわせれば、

——あの将軍(大佐なのだが)こそ、各国第一の大人《たいじん》である。

ということであり、好古の、ごく自然な東洋豪傑風の人格に安心したりなついたりしていたのであろう。

たとえば駐留フランス軍司令部の副官のコンダミー大尉などは、好古の熱心なファンであっ

た。

ある日の午後、好古が副官の石浦大尉をつれて街をあるいていると、街頭でコンダミー大尉に出会った。同大尉はたまたま好古に報告すべき用事があったので、路上ながらそれを言うと、フランス語の達者な好古は、

「ふむ、ふむ」

と、いちいちうなずき、ときどき笑い、やがて、大声を出し、しかも日本語で、

「あっははは、そりゃよかった。おれもそれで安心した」

と、コンダミー大尉の肩をたたき、そのまま行こうとした。同大尉はむろん日本語がわからず、ぼんやり立っていると、好古の副官の石浦が気の毒におもい、石浦の専攻語であるドイツ語でそれを通訳した。

そういうことが多い。

各国の司令官の親睦会でも、好古は浴びるほど酒をのみ、むこうがフランス語で話しかけてくると、しきりにうなずいて話相手になってやるが、しかし返事は十度に二、三度は容赦なく日本語でやった。わざとそうしているのではなく、自分はフランス語をしゃべっているつもりであり、ごく自然に日本語がとびだしてしまう。要するに相手に対して隔意がなさすぎるのである。

各国の軍隊が駐留しているために、摩擦も多い。

あるとき、司令部の若い将校が、北京公使館や天津領事館の若い連中と、天津にある日本料亭で懇親会をした。

ところが、こういう料亭にも外国将校が客として入ってくる。その日、ドイツ将校が入ってきて、靴のままで縁側を歩いてくる。

「なんだ、あの野郎」

と、北京公使館の門田という書記官が座敷からとび出してゆき、そのドイツ将校を叱責した。ドイツ将校は、反抗の気構えを示したのでその書記官は相手の胸ぐらをつかみ、外刈《そとが》りで庭にむかってなげとばしてしまった。書記官は、柔道五段だった。

投げとばしただけでなく領事館警察をよんでひきわたし、あとはみなで飲みつづけた。

翌日、当然ながら好古のもとにこのドイツ将校がやってきて苦情をもちこんだ。

好古はたまたま庭で他の者とスキヤキを食っているところだったが、この男をよび入れ、杯と箸をわたし、一緒に酒をのんで高談し、なんとなくうやむやにしてしまった。

——秋山大佐は独特の外交の才がある。

と、日本人のあいだでいわれた。

このころ好古は袁世凱《えんせいがい》から重大な機密をおしえられるのだが、こういうことがあったから伊集院領事ら外交関係者が、

「秋山さんは意外な」

と、ささやきあうようになった。外交の才があるという。しかし好古自身は、

「ヘータイの本務は敵を殺すにある。その思考法はつねに直接的で、いかにヘータイの秀才であ

ろうとも政治という複雑なものはわからないし、わかればヘータイは弱くなる。世に醜怪なもののひとつは、兵にして政を談ずる者だ」

といっていたから、好んで外交に身を入れていたわけではない。

かれの職務が、それをふくんでいるのである。かれはこの明治三十四年七月に「清国駐屯軍守備隊」の司令官になったが、十月には昇格して「清国駐屯軍」司令官を兼ねることになった。前任者は山根という少将だったが、大佐の身で兼務した。

そういう職であるため、駐屯地である「清国」そのものの政情を知っておかなければならないし、それとの外交問題の責任も、領事とともに負わなければならない。

清王朝における最大の実力者は李鴻章であったが、この人物は北清事変が片づくとともにこの年、病没した。

かわって声望を高めはじめているのは、袁世凱である。

「梟雄《きょうゆう》」

とのちにいわれた男だけに、李鴻章よりもはるかに食えない。李はなんといっても衰亡してゆく王朝の柱石といったところがあったが、袁はそういうまじめさはない。清朝の臣でありながら、すでに清王朝のほろびを見越して自立する考えをもっていた。

袁は、李が科挙《かきょ》（高等官登用試験）をへた学者であるのに対し、それの落第生あがりである。中国にはむかしから金で官職を買う「捐納《えんのう》」という制度があったが、袁はその方法で官吏になり、やがて武職に転じ、兵を養って軍閥を形成して行った。

日清戦争ののちは清国でも軍隊の洋式化がさかんになったが、袁はそれを担当し、そういう軍隊勢力を背景に政界に進出し、北清事変当時は山東鎮撫という重職についた。

かれがいかに食えぬ男であるかは、北清事変のときの挙動でもわかる。あのとき清国は義和団と連合してついに列国に宣戦布告するにいたるが、袁はその軍隊を最後まで山東にとどめてうごかさず、清軍および義和団が潰滅すると、無傷の軍隊をひきいて戦後経営にのりだした。

袁世凱はのちに革命派と手をにぎりあって清王朝をたおし、初代の中華民国大総統になるのだが、すぐ本心をあらわして帝政をしく謀略をすすめ、自分が皇帝になろうとし、やがて天下の信望をうしない、混乱のなかで病没するにいたる。

好古が清国駐屯軍司令官として天津にいたとき、この袁世凱が直隷総督であった。

その袁が、他人目《ひとめ》にもおかしいほど好古を信頼したのである。

好古は、自分の人生は簡単明瞭でありたいとおもっている。

「おれの一生の主眼はひとつだ」

と、かねがねいっていたが、ひとつというのは騎兵の育成ということであった。さらにはその育成した騎兵をひきいて、将来万一ロシアと戦端がひらかれた場合、あの強大なコサック騎兵と戦い、たとえ勝つことがなくとも、負けを最小限に食いとめたいとおもっていた。

「負ければ、死ぬ。だから、妻子はいらない」

と、弟の真之にもらしていたが、しかし日清戦争の直前、三十五歳で妻多美をむかえたことは

すでにのべた。こどももできた。かれは人一倍子煩悩《こぼんのう》であったが、一面そういう自分をひそかに愧《は》じて、

「おれの結婚は早すぎた」

と、ひとにも洩らしていた。ロシアとの戦争がはじまっておわるまでは独身でいたほうがよかったということであった。

ともかくもそういう指向の男である。軍でもかれの気持がわかっていたらしく、陸軍大学校出身者としてはめずらしく軍政面や参謀本部畑にはいっさいかれをふりむけず、騎兵関係の学校勤務と部隊勤務のみにかれを用いつづけた。

ところが、かれの生涯のなかでこの時期だけはちがっている。

清国駐屯軍司令官といえば軍隊指揮者である反面、きわめて政治的な能力を必要とするしごとで、げんにその配下に、秘密情報をさぐる特務機関が付属している。

あるとき、その機関が得た不確認情報で、

「どうも、ロシアと清国とのあいだに秘密条約を結ぶことがすすめられているらしい」

ということを知った。

事は、重大である。

北清事変いらい満州に居すわっているロシアが、またまた軍事・経済上の大きな利権を得るべく清国に強要しているらしい。それが成立すれば、当然、日本の安全にとって脅威になる。

事実ならば、日本はあらゆる手をつくしてそれを阻止しなければならない。

「佐藤大尉」

と、この日、軍司令部付の大尉佐藤安之助をよび、袁世凱のもとにその実否を問いにやらせた。

じかにこれほどの外交秘密を袁世凱にきくほどに好古と袁とのあいだには信頼関係が成立していた。

袁は、すべてを佐藤大尉に語った。

好古はすぐ天津領事の伊集院彦吉にそのことを告げた。外務省ではすでに攻守同盟をむすんでいる英国とともにすかさず露清両国に抗議しその密約を流産させた。

もっともロシアはいったんは手をひいたがそのあとなおも秘密交渉をすすめ、やがてはその密約成立に成功している。


さて、閑談。

この明治三十年代の前半に東京で流行したもののひとつは、ミルクホールであった。

それもただのミルクホールではなく、新聞の各紙がそなえつけられていて、

「牛乳、御呑みなさる御方に限り、新聞縦覧《じゅうらん》無代の事」

というはりがみのかかった店で、店内に各紙をとじた新聞掛けがあり、図書館にあるような長机がおかれていて、牛乳を注文するとそのあたりの新聞を読んでいい。給仕には桃割れ髪の小娘がいて、大きな牛乳かんからコップに牛乳をついでまわる。

そういう店が、繁昌した。客にとっては牛乳よりも新聞があてであった。

新聞が、よく読まれた。どの町内にも一人は新聞狂のような人物がいて、時事に通じていた。それ以前のどの時代にもまして、時事というものが国民の関心事になっていた。それほど、世界ことにアジアの国際情勢と日本の運命が、切迫していたといっていい。

こころみに筆者も、当時の新聞各紙をひろげてみる。

「露国の大兵、東亜に向ふ」

明治三十四年一月十一日の時事新報。ロシア陸軍四万がオデッサから海路極東にむかったという（筆者註・満州を非合法占拠するのが目的である）。

「まさに来らんとする一大危険・露国の満州占領は東亜の和平を攪乱《こうらん》す」

右は一月二十二日の万朝報《まんちょうほう》の社説。

「露清密約問題に大学教授ら憤起。伊藤内閣の軟弱外交を痛罵《つうば》す」

一月二十四日報知新聞。露清密約はまだ風説の段階であったが、法科大学（東京大学法学部）の有志教授たちが「ロシアと開戦の機、逸すべからず」と痛論し、あわせて伊藤博文の対露軟弱外交を憤慨し、

「いかに文化が進んでも、一国の独立をたもちえなければ、ついになんの用もなさぬ」

と、論じた。

「帝国議会は、こぞって恐露病患者」というのは、同紙の三十日付の記事。

「福沢諭吉逝《ゆ》く」

二月五日付、各紙。

「露清密約内容・満州は御意の儘《まま》」

二月二十七日付、時事。「その筋より探知したところによれば」と書きだしにあるが、内容は秋山好古が袁世凱からききこんだものが外務省に入り、その外務省で記者が取材したらしい。満州の駐兵権と行政権をロシアが清国に要求し、清国が腰くだけになって受容したらしいという記事。

「露国国旗を寸断々々《ずたずた》に蹂躙《じゅうりん》」

四月六日、報知。ロシアの満州横領にふんがいした清国の志士たちがこの記事の掲載日より二日前に上海の張園内のホールに集会し、抗議大会をひらいた。開会にさきだって辮髪《べんぱつ》の志士十数人が正面にすすみ、正面の横にかざられていたロシア国旗をひきおろし、寄ってたかってひきさき、足でふみ、しかるのち会長汪康年《おうこうねん》氏を議長に開会、満場ロシアの横暴をいきどおる声に満ちた、という。

清国にようやく国民運動が盛りあがろうとしている時期である。

新聞閲覧つづく。

「露国・満州占領を宣言」

というロンドン発の記事が、明治三十四年四月八日の時事新報に出ている。

見出しの「宣言」ということばはつよすぎるが、現実の問題としてロシアは事実上満州を占領

しており、この間《かん》、清国の当惑と抗議にもかかわらず、ロシアはこれを既成事実とし、ロシアの政府筋ですらこの既成事実を公然と揚言するにいたっているという意味である。

その意味では、この記事は正確であった。

実際には、ロシアは満州だけでなく、それにつらなる韓国をも占領する意図を成長させつつあった。ロシア皇帝の寵臣に、ベゾブラゾフという退役の騎兵大尉がいる。

ウィッテにいわせれば稀代《きたい》のくわせものだが、しかし帝国主義的膨脹期にはどの国でもかならず登場するタイプの人間で、いわば右翼の大立者《おおだてもの》といっていい。ロシア皇帝ニコライ二世は、このロシア宮廷にあってはきわめてまれな雄弁の才と空想的経綸《けいりん》能力をもつ男をここ数年、たれよりも信用するようになっている。

――日露戦争の原因は、ベゾブラゾフがつくった。

と、ウィッテはいうが、あるいはまとを射ているかもしれない。ベゾブラゾフは、この時事新報の記事が出た時期、ロシアの有力な皇族たちのあとおしのもとに皇帝に対し、

「朝鮮をも領有なさらねばなりませぬ」

と、言葉をつくして説いた。ベゾブラゾフの論旨は、

「満州と遼東を占領しただけで朝鮮を残しておいてはなにもならない。朝鮮は日本が懸命にその勢力下に置こうとしており、将来日本《かれ》はこの半島を足がかりにして北進の気勢を示すであろう。その日本の野心をあらかじめ砕くには、いちはやく朝鮮をとってしまうほかない」

というものであり、骨のずいからの政治的虚栄家であるニコライ二世は、自分にとって歴史的

偉業になるこの案に大いに賛同した。

「しかし、朝鮮とどのようにして戦争をする」

口実がなければ、いかにこの時代の列強でも戦争をはじめるわけにはいかない。

「かならずしも砲弾を用いる必要はありませぬ。朝鮮に国策会社を進出せしめ、ここであらゆる事業をおこし、産業、都市建設、鉄道・港湾建設などにロシア資本をたっぷり注ぎこめば、それだけで朝鮮人の心を得ることができ、他日機会があれば一挙に日本の勢力を朝鮮から駆逐することができましょう」

ベゾブラゾフは、ニコライ二世の虚栄心に訴えるべく、

「朝鮮半島を得てはじめて陛下が欧亜にまたがる史上空前の帝国のぬしになられるということになります」

と、そういった。朝鮮をもロシアをも併有した史上空前の帝国はすでにモンゴル帝国に先例があるが、産業革命以後にそういう帝国をつくりあげるという皇帝は陛下以外にないというのである。

ニコライ二世はこれに乗った。

ロシア皇帝が、策士ベゾブラゾフの献策によって設立したのは、

「東亜工業会社」

という会社である。満州は軍が奪《と》る。朝鮮は東亜工業会社が奪る、といったふうにその侵略作

業が分担された。

会社ができたのは明治三十四年だが、その前年においてすでに朝鮮に商人をよそおった軍人を派遣し、軍事地理や経済地理の調査をし、その年の五月、駐韓公使バヴロフをして土地の租借《そしゃく》を韓国政府に申し入れさせ、成功している。

朝鮮においてロシアが租借した土地は馬山浦《ばざんぽ》にちかい栗九味《りつきゅうみ》というところで、ここに四〇九エーカーの土地を租借し、さらにその付近の巨済島《きょさい》を他国に貸さぬという約束をとりつけた。ゆくゆくは巨済島をもロシアの領有にするつもりであった。

このあたり、つまり馬山沿岸と巨済島とは鎮海湾を抱いて天然の良港をなし、日本の対馬へは最短距離にあり、ここにもし軍港が出来、要塞が出来、ロシア艦隊を収容するとすれば、日本はその軍事上の恐怖で飛びあがらねばならない。

さらにロシアは、東亜工業会社の名義のもとに、北朝鮮鴨緑江河口の竜巌浦《りゅうがんぽ》港を根拠地とし、ここで盛大な森林事業をはじめた。

すべてこういう仕事は、皇帝の寵臣ベゾブラゾフ退役大尉が主宰した。ベゾブラゾフの妻は美人で教養があった――とウィッテはいう。その妻が亭主が皇帝にとり入ってこれだけの大仕事をしているということをあとで知り、驚いて、

「私にはさっぱりわからない。あの半物狂いのような人間が、宮廷のみなさんにはなぜわからないのかしら」

といったという。

その妻のいう半物狂いは、

「組織的に段階を追って朝鮮を占領するのである」

と、つねに言い、皇帝にも説き、皇帝をその気にさせた。

極東（中国・朝鮮・日本）に関するかぎり、ベゾブラゾフの権能は無限にちかかった。

いや、いまひとり極東に関するかぎり無限にちかい権能をもつ人間がいる。

関東州総督アレクセーエフである。この人物はベゾブラゾフの献策で地位を大きくひきあげられて、極東総督という新設の職についた。バイカル湖から東ぜんぶの軍事と行政を独断専行しうる大職で、一方、清国、朝鮮、日本に対する外交上の専断権をもった。外務大臣を通さなくてもいいということになっていたから、極東におけるロシア皇帝の完全な分身としてかれは旅順に常駐した。

一方、常識派のウィッテはこの時期に皇帝に遠ざけられ、政界から没落している。ベゾブラゾフの工作によるものとされた。

「中世がもう一度きたような、時代おくれの冒険主義」

と、ウィッテがののしったように、ロシア皇帝がまるでジンギス汗のような、とほうもない冒険にむかって本格的にのりだしたのは、このアレクセーエフとベゾブラゾフの二本立ての極東体制が確立してからである。

このあまりに露骨なロシア皇帝の極東侵略のやりかたに、ロシアといわば侵略仲間のドイツの

ウィルヘルム帝がむしろ心配になってきて、

「わが盟友（ニコライ二世）は、どうやら興に乗りすぎているらしい」

と、その幕僚に語ったという。

この時期、ドイツ外務省は東京からの暗号電報で、

「日本は猛烈ないきおいで対露開戦準備をしている。ロシアがいまの態度（極東侵略）を持続するなら、日本は開戦のほか道はないと決心している」

という内容の情報を得た。

ドイツはロシアと同盟関係にあり、皇帝《カイゼル》ウィルヘルム二世は、皇帝《ツァーリ》ニコライ二世に対し、この情報をおしえる義務を感じた。

一九〇三年（明治三十六年）の八月のことである。この時期、ニコライ二世は保養のため海外旅行をおもいたち、ダルムシュタットに滞在していた。

皇帝《カイゼル》の使者が、皇帝《ツァーリ》のもとにきた。電報の内容をあかすと、この覇気《はき》に富んだ、教養に不足のない、しかし精神の根もとがいくぶんもろくできているロシア皇帝は、すこしもおどろかずにいった。

「戦争はありえない」

ちょうどその落ちつきぶりは、航海に老熟した船長が、あすの天気を確信をもって断言するようなにおいがあった。

使者である皇帝《カイゼル》の侍従武官のほうがおどろき、

「陛下、戦争はありえぬとおおせられますので？」

と、ききかえした。

皇帝《ツァーリ》はうなずき、

「なぜならば、私が戦争を欲しないから」

と、平然とこたえた。

このニコライ二世の答えは、すぐパリやベルリンの外交界で話題になるほどの話題性をもった。

――なるほど、私が欲しないからか。

と、この当時、すでに大臣を退職していたウィッテはパリに滞在していたが、ダルムシュタットから訪ねてきたニコライ二世の廷臣フレデリックス男爵から、のちに有名になったこの挿話を、なまできいた。

ウ「陛下はお元気ですか」

フ「きわめて快適な毎日を送っておられます」

そういう会話からはじまり、話題は当然ながら極東問題になり、この挿話にふれた。

「私は戦争を欲しないから」

という皇帝のことばは、巨大漢とこびとのあいだの笑話のようなものでべつに解説を要しないが、ウィッテは皇帝の対日外交観について、皇帝自身のことばでこう説明している。

「なるほど日本がロシアのいうことをきかない。中国もロシアの言いなりにならない。それはロ

シアがかれら東洋の国々に対してあまりにも遠慮がちな態度を示してきたからである。かれらにわれわれの命令をきかせる手段は、一つしかない。威圧である」

威圧すれば足りる、かれらはロシアと戦争する能力などからっきしないから、戦争はあくまでもロシアがきめるものであり、ロシアが欲しないかぎりおこりっこないのだ、ということであった。

関連地図

（地図作製・高野橋　康）

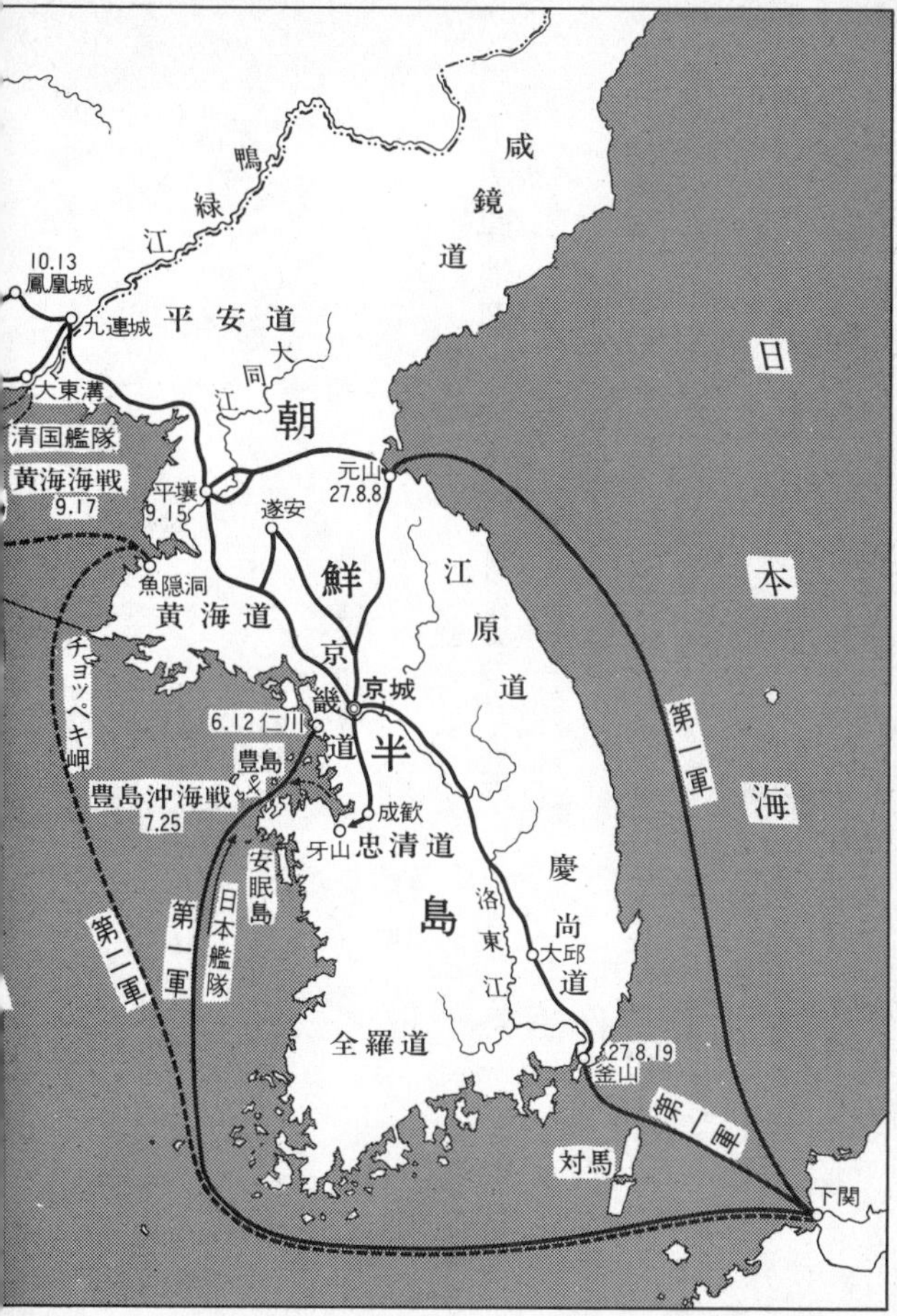
鴨
緑
江
咸
鏡
道
10.13
鳳凰城
九連城
平安道
大
同
江
大東溝
清国艦隊
黄海海戦
9.17
朝
平壌
9.15
元山
27.8.8
遂安
魚隠洞
鮮
黄海道
江
原
道
京
畿
道
京城
日
本
海
チヨッペキ岬
6.12 仁川
豊島
半
豊島沖海戦
7.25
成歓
牙山
忠清道
第一軍
慶
尚
道
安眠島
日本艦隊
第一軍
第二軍
島
洛
東
江
大邱
全羅道
27.8.19
釜山
第一軍
対馬
下関

日清戦争関係図
第一軍
第二軍
日本艦隊
清国艦隊
奉天
3.4
牛荘
12.13
鞍山站
田庄台
3.9
海城
営口
3.6
遼
東
湾
蓋平
28.1.10
岫巖
12.12
山海関
北京
12.5
復州
10.24
花園口
11.6 金州
遼東半島
海洋島
天津
大沽
水師営
大連
旅順
渤
海
直隷海峡 11.21
日本艦隊
2.17
芝罘
威海衛
登文
栄城湾
山東半島
黄
河
青島
膠州湾
黄
海

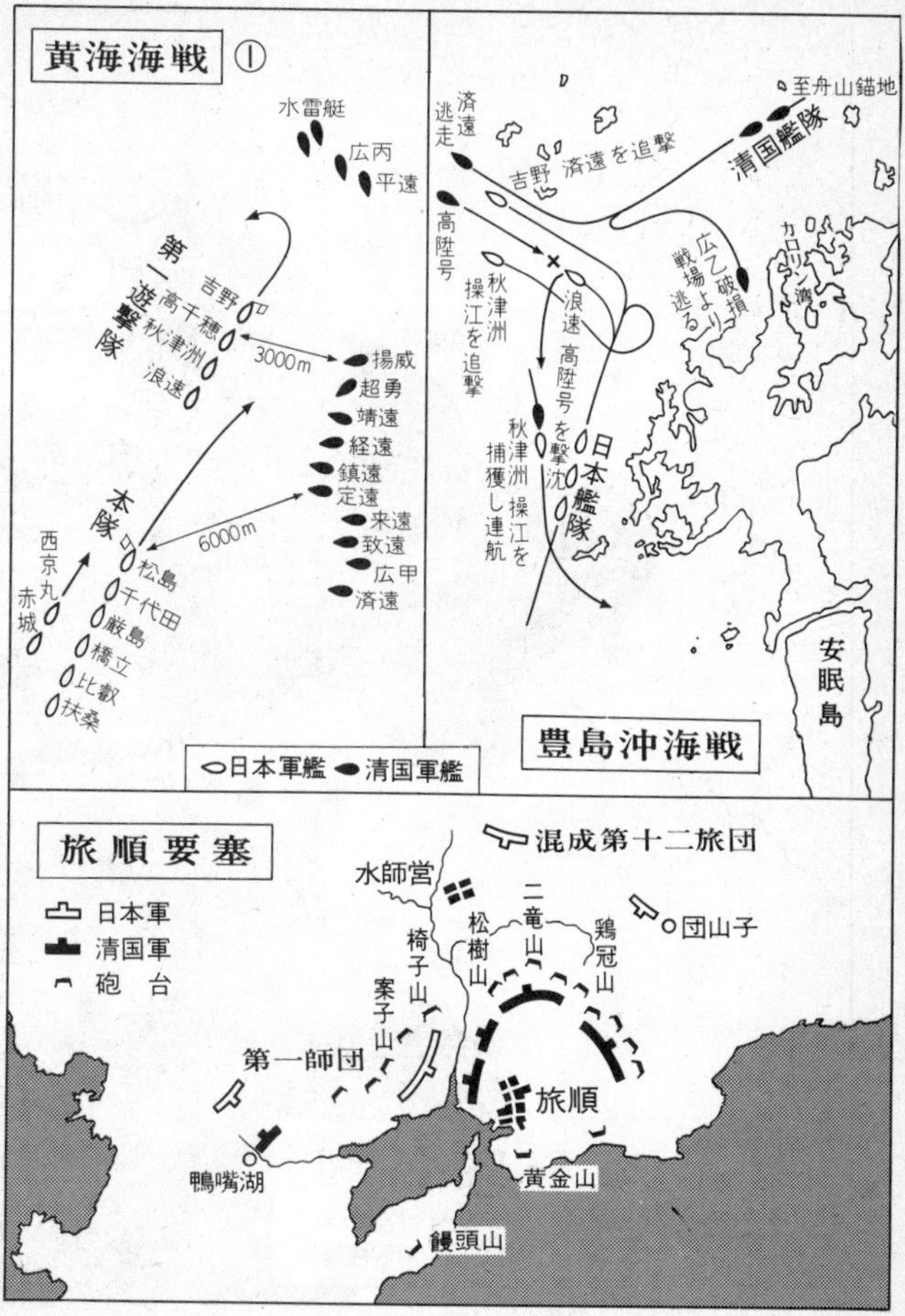
黄海海戦 ①
水雷艇
広丙
平遠
第一遊撃隊
吉野
高千穂
秋津洲
浪速
3000m
揚威
超勇
靖遠
経遠
鎮遠
定遠
来遠
致遠
広甲
済遠
本隊
6000m
西京丸
赤城
松島
千代田
厳島
橋立
比叡
扶桑
日本軍艦
清国軍艦
至舟山錨地
済遠逃走
吉野 済遠を追撃
清国艦隊
高陞号
秋津洲 操江を追撃
広乙破損 戦場より逃る
カロリン湾
浪速 高陞号を撃沈
秋津洲 操江を捕獲し連航
日本艦隊
安眠島
豊島沖海戦
旅順要塞
日本軍
清国軍
砲台
混成第十二旅団
水師営
二竜山
松樹山
鶏冠山
団山子
椅子山
案子山
第一師団
旅順
鴨嘴湖
黄金山
饅頭山

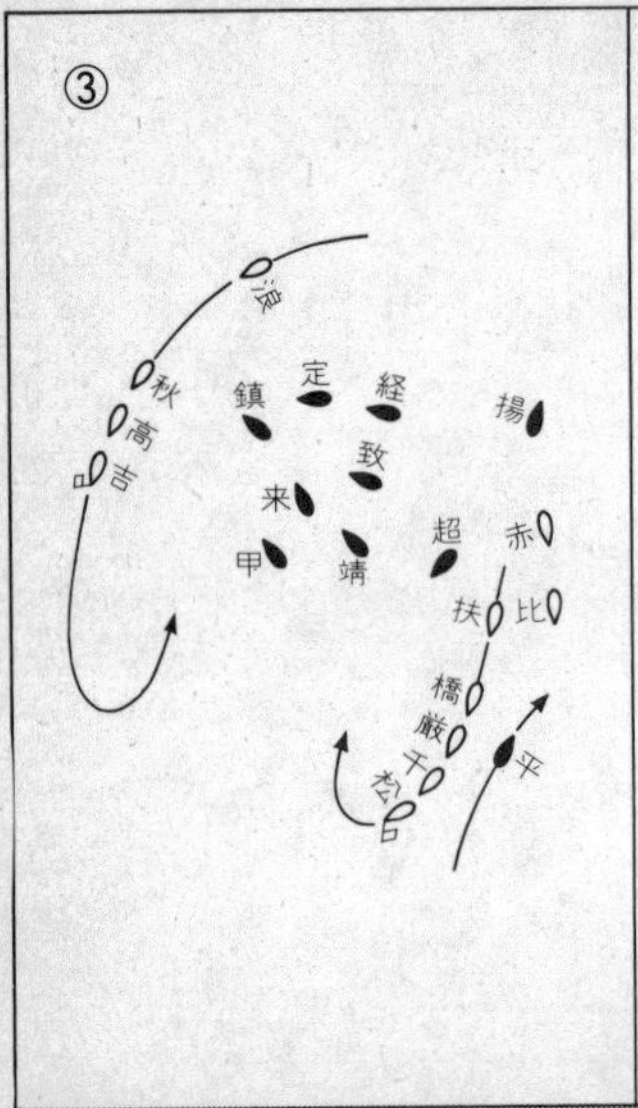
③
浪
秋
高
吉
鎮
定
経
揚
致
来
甲
靖
超
赤
扶
比
橋
厳
千
松
平

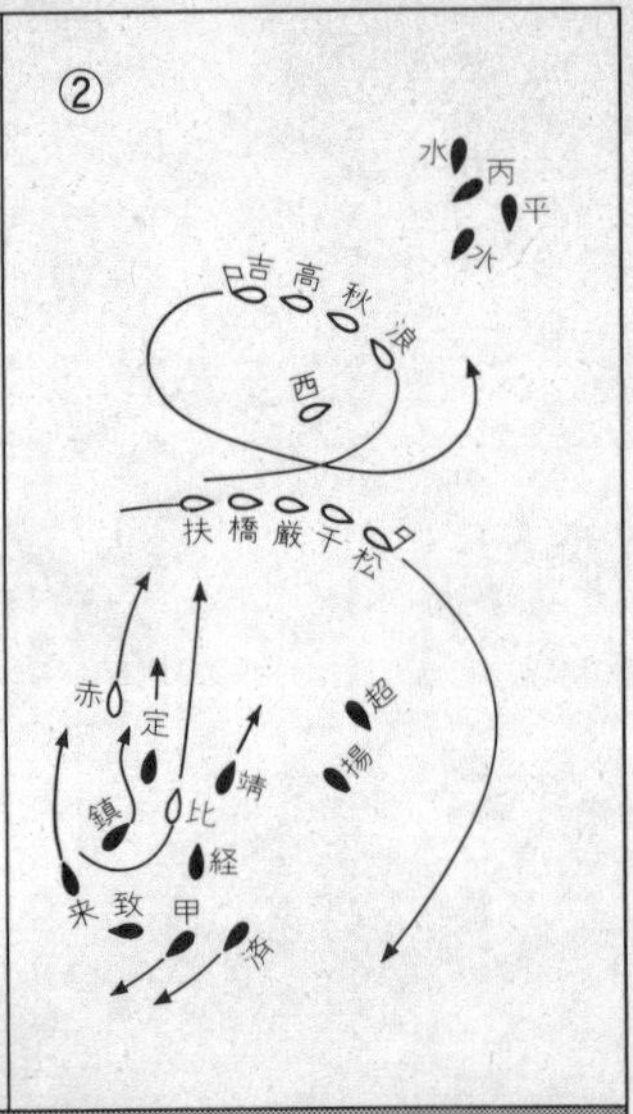
②
水
丙
平
水
吉
高
秋
浪
西
扶
橋
厳
千
松
赤
定
超
揚
靖
鎮
比
経
来
致
甲
済

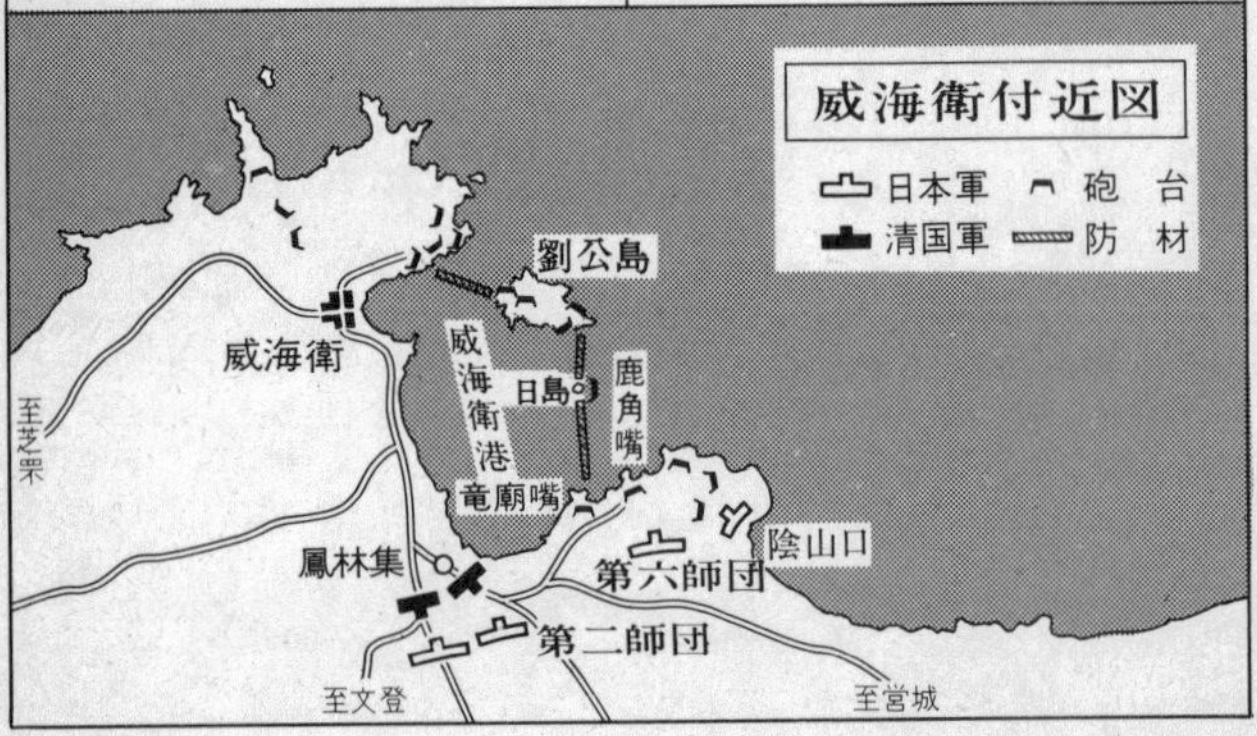
威海衛付近図
日本軍
砲台
清国軍
防材
劉公島
威海衛
威海衛港
日島
鹿角嘴
竜廟嘴
至芝罘
鳳林集
陰山口
第六師団
第二師団
至文登
至営城

文春文庫

坂の上の雲（二）

定価はカバーに
表示してあります

1978年1月25日　第1刷
1996年3月15日　第36刷

著　者　司馬遼太郎
発行者　堤　　堯
発行所　株式会社文藝春秋
東京都千代田区紀尾井町3—23　〒102
TEL　03・3265・1211
落丁、乱丁本は、お手数ですが小社営業部宛お送り下さい。送料小社負担でお取替致します。

印刷・凸版印刷　製本・加藤製本

Printed in Japan
ISBN4-16-710529-2

文春文庫 フィクション

文春文庫　フィクション

澁澤龍彦　高丘親王航海記
島田荘司　夏、19歳の肖像
島田雅彦　未確認尾行物体
清水義範　動物ワンダーランド——ヒト特集
清水義範　ナウの水びたし
清水義範　ムイミダス
清水義範　酒とバラの日々
白石一郎　天《あま》翔《か》ける女《ひと》
白石一郎　幻島記
白石一郎　サムライの海
白石一郎　島原大変
白石一郎　海狼伝
白石一郎　長崎ぎやまん波止場　若杉清吉捕物控

白石一郎　蒙古の槍　孤島物語
白石一郎　オランダの星
白石一郎　海峡の使者
白石一郎　海王伝
白石一郎　江戸の海
白石一郎　戦鬼たちの海　織田水軍の将・九鬼嘉隆
城山三郎　鼠　鈴木商店焼打ち事件
城山三郎　一歩の距離
城山三郎　緊急重役会
城山三郎　学・経・年・不問
城山三郎　当社別状なし
城山三郎　忘れ得ぬ翼
城山三郎　甘い餌

文春文庫　フィクション

城山三郎　怒りの標的
城山三郎　望郷のとき　侍・イン・メキシコ
城山三郎　「粗にして野だが卑ではない」　石田禮助の生涯
城山三郎　賢人たちの世
新藤兼人　小説田中絹代
須賀敦子　コルシア書店の仲間たち
杉本章子　写楽まぼろし
杉本章子　東京新大橋雨中図
杉本章子　名《な》主《ぬし》の裔《すえ》
杉本章子　爆弾可楽
杉本章子　妖花
杉本苑子　埋み火　上・下　近松門左衛門の生涯
杉本苑子　影の系譜　豊臣家崩壊

杉本苑子　冥府回廊　上・下
杉本苑子　冬の蟬
杉本苑子　穢《え》土《ど》荘《しょう》厳《ごん》　上・下
杉本苑子　残照
杉本苑子　鶴屋南北の死
杉本苑子　雪中松梅図
杉本苑子　隠々洞ききがき抄　天和のお七火事
杉本苑子　大江戸ゴミ戦争
杉本苑子　玉川兄弟　江戸上水ものがたり
杉本苑子　虚《こ》空《くう》を風が吹く
瀬戸内晴美　輪環
瀬戸内晴美　死せる湖
瀬戸内晴美　あなたにだけ

文春文庫・司馬遼太

夏草の賦 (上)(下)

戦国期の四国の覇者・長曾我部元親の深謀遠慮ぶりと政治に生きた人生を、妻との交流を通して描いた長篇。

義経 (上)(下)

華やかに歴史に登場した義経は軍事的天才であったが政治的感覚が全くなかったため、悲劇的最期を遂げる。

坂の上の雲 (全八冊)

歌人正岡子規と軍人の秋山好古・真之兄弟を中心に、維新を経て近代国家をめざした明治を描く大河小説。

殉死

輝ける英雄として称えられ、多くの栄誉を受けた乃木将軍。明治帝に殉死した彼の人間性を解明した問題作。

翔ぶが如く (全十冊)

征韓論から西南戦争に至るまで、新生日本を根底からゆさぶった激動の時代をダイナミックに捉えた大長篇。

木曜島の夜会

オーストラリア大陸北端の木曜島で、白蝶貝採集に従事した男たちの哀歓と軌跡。ほかに短篇三作を収録。

菜の花の沖 (全六冊)

江戸後期、日露関係のはざまで数奇な運命をたどった北海の快男児・高田屋嘉兵衛を描いた雄大なロマン。